Ce ~

W9-BDX-660

à Sophie

LE CIEL DE BAY CITY

Catherine Mavrikakis

LE CIEL DE BAY CITY

HÉLIOTROPE

Héliotrope
4067, Boulevard Saint-Laurent
Atelier 400
Montréal, Québec
H2W 1Y7
www.editionsheliotrope.com

Maquette de couverture et photographie : Antoine Fortin
Maquette intérieure et mise en page : Yolande Martel

*Catalogage avant publication de Bibliothèque et Archives nationales
du Québec et Bibliothèque et Archives Canada*

Mavrikakis, Catherine, 1961-

    Le ciel de Bay City

    ISBN 978-2-923511-12-2

    I. Titre.

PS8576.A857C53 2008   C843'.6   C2008-941473-X
PS9576.A857C53 2008

Dépôt légal : 3ᵉ trimestre 2008
Bibliothèque et Archives nationales du Québec
© Héliotrope, 2008

Les Éditions Héliotrope remercient de leur soutien financier le
Conseil des Arts du Canada et la Société de développement des
entreprises culturelles du Québec (SODEC).
Les Éditions Héliotrope bénéficient du Programme de crédit d'impôt
pour l'édition de livres du Gouvernement du Québec, géré par la
SODEC.

IMPRIMÉ AU CANADA

À toi, à qui l'Amérique appartient
À toi aussi, ma fleur de ce continent

Les années soixante et soixante-dix

De Bay City, je me rappelle la couleur mauve saumâtre. La couleur des soleils tristes qui se couchent sur les toits des maisons préfabriquées, des maisons de tôle clonées les unes sur les autres et décorées de petits arbres riquiqui, plantés la veille. Je me souviens d'un mauve sale qui s'étire des heures. Un mauve qui agonise bienveillamment sur le destin ronronnant des petites familles. Dès cinq heures du soir, quand les voitures commencent à retrouver leur place dans les entrées de garage, on s'affaire dans les cuisines. Les télés se mettent à hurler et les fours à micro-ondes à jouir. Les barbecues exultent, les skate-boards bandent, dilatent démesurément leurs roues en se cognant vicieusement sur les bicyclettes et les ballons de basket lancés contre un mur répercutent à travers les allées l'ennui de tout un continent.

À Bay City, à peine la journée est finie qu'on accueille le soir frénétiquement en se préparant pour le sommeil sans rêve de la nuit. À Bay City, mes cauchemars sont bleus et ma douleur n'a pas encore de nom.

Je ne sais même pas s'il y a une baie dans cette petite ville du Michigan où j'ai passé dix-huit années de ma vie, et puis surtout tous les étés bien longs de mon adolescence. Je ne sais même pas s'il y a une promenade au bord de l'eau, un chemin sur lequel les foyers américains vont faire des balades le dimanche après-midi ou encore tiennent à faire courir Sparky, le gros labrador blond, après avoir laissé l'Oldsmobile à quatre portes sur le parking attenant aux berges. Je ne sais pas si l'hiver sur le lac Huron rappelle quelque période glaciaire, primitive et oubliée et s'il est effrayant de s'aventurer sur l'eau violette, gelée, quand les tempêtes balayant les Prairies d'ouest en est apportent des flocons gros comme des désespoirs. Je ne sais si l'esprit des Indiens d'Amérique hante encore quelque rive sauvage et si le mot Pontiac veut dire autre chose qu'une marque d'automobiles.

De Bay City, je ne connais rien. Je ne sais que le K-Mart à un bout de Veronica Lane, la maison de ma tante à l'autre bout et l'autoroute au loin, immense mer, sur laquelle nous voguons si rapidement le samedi matin jusqu'au *mall* de Saginaw pour aller faire des courses. Et puis le ciel, ce ciel mauve, amer dans lequel je ne me vois aucun destin.

4122 Veronica Lane. C'est là que j'ai habité. Veronica Lane, une rue au nom sans histoire, une rue de l'avenir. Je me dis souvent : « Oui, c'est cela l'adresse, 4122 Veronica Lane, Bay City, Michigan, United States of America. » J'ai habité là. C'était tout à fait comme cela. Mais je n'arrive pas à y croire. Mon oncle et ma tante avaient acheté en 1960 cette maison bleue métallisée, sur le toit de laquelle le soleil expirait le soir. Babette était alors grosse de mon cousin. Victor allait naître quelques semaines après moi, puisque ma mère et sa sœur s'étaient concertées pour tomber enceintes en même temps, pour donner vie à de petits Américains tout neufs qui leur feraient oublier les rages et les colères de l'Europe guerrière. La maison avait été construite dans une usine de Flint. Un énorme camion l'avait laissée un jour au bout de Veronica Lane. La construction en tôle avait été posée inélégamment sur la terre. Puis le camion était reparti vers Flint se charger d'une nouvelle cargaison qui peuplerait d'autres rues de l'Amérique. À l'époque, presque toutes les maisons étaient faites pas loin de chez nous et des millions de voitures étaient montées à Flint, chez General Motors ou à Dearborn, chez Ford. Les cheminées des usines crachaient une fumée bise, un peu écœurante qui donnait au ciel du Michigan cette couleur mauve, les soirs d'été et les après-midi d'hiver. Notre maison avait donc été abandonnée sur le sol de Veronica Lane au printemps 1960. On lui avait vite adjoint quelques arbres petits et chétifs. Ceux-ci devaient, avec le temps, octroyer au bungalow un milieu naturel, une atmosphère, une noblesse. Les rosiers que ma tante plantait autour de la maison pour cacher le cul des climatiseurs braillards qui obstruaient les fenêtres devaient eux aussi avec les années donner quelque humanité à notre maison de cobalt. Je me souviens encore de ce fibrome bleu au bout de Veronica Lane, de cette demeure métallique qui avait quelque chose d'un bunker. C'était notre chez nous. La maison semblait bien davantage être les vestiges d'une quelconque apocalypse qu'une promesse gonflée d'avenir. Avec le temps, d'autres tumeurs de fer-blanc jonchèrent notre rue. Le cancer de la domesticité se généralisa, il devint notre environnement, notre fléau tout confort.

Mon cousin et moi naissons en 1961. Moi je vois le jour l'été, dans la chaleur violette, au moment où ma mère, ma tante et mon oncle font creuser un sous-sol sous la maison, que nous appellerons *basement*. C'est là où je joue avec mon cousin au cow-boy et à l'Indienne et plus tard au ping-pong dans la moisissure des jours. C'est là que mon oncle peint des tableaux aux couleurs vives, criardes qui lui rappellent «la vie primitive de son pays d'origine», comme le disent ma tante et ma mère en se moquant de lui. Il y a sous la maison cette caverne bien noire où nous nous amusons tout petits à nous faire peur et à devenir grands, alors que la machine à laver s'agite bruyamment, repart pour encore un cycle et que la sécheuse se permet culbutes et pirouettes avec nos t-shirts, nos draps et nos serviettes de toilette. Le *basement* sent toujours le remugle. Il n'y a rien à faire. Et même l'odeur de peinture des toiles de mon oncle n'arrive pas à couvrir le parfum de moisi qui nous prend à la gorge dès que nous nous engouffrons dans l'escalier de bois, et qui putréfie toute la maison. L'été, l'odeur me soulève tout particulièrement le cœur même si ma tante essaie de la faire disparaître à grands coups de jets d'un vaporisateur Glad à fraîcheur printanière qui nous brûle les poumons, à mon cousin et à moi, deux enfants asthmatiques et mornes. En décembre 1961, le *basement* est fini. À cette date, je viens à peine de rentrer de l'hôpital de Chicago. J'y passe les premiers mois de ma vie. Un problème respiratoire à la naissance m'a fait m'éloigner de Bay City et de Détroit où je suis née. Je dois me faire soigner dans un hôpital spécialisé de Chicago. Ma mère ne va pas me voir et ne tient pas à venir me chercher. Mon oncle est chargé d'aller récupérer le bébé que je suis. Au volant de sa Chevrolet, il fait en douze heures le voyage de Bay City à Chicago, aller-retour. À ce moment-là, les travaux du *basement* occupent toute la maisonnée. Mon cousin vient de naître. Personne n'a vraiment le temps de s'occuper d'une enfant qui, de toute façon, depuis sa venue au monde, n'est qu'une source d'ennuis. J'ai peu de chances de survie. On me sait un peu retardée à cause des complications au moment de l'accouchement et de l'asphyxie qui en a résulté. Ma mère me répète toute mon enfance que je suis demeurée, que, de ma naissance, je ne me suis jamais remise : il suffit de me voir. Elle pleure souvent dans les bras de sa sœur Babette en me regardant vivre et en répétant qu'elle aurait préféré avoir une fille morte, enterrée, comme sa première fille Angèle, décédée à sa naissance, engloutie, dès sa sortie, dans le néant, plutôt qu'une mioche aussi idiote que moi. Les années de ma petite enfance s'écoulent ainsi dans un deuil permanent ponctué de mes bêtises, de mes hontes et des visites familiales et hebdomadaires au cimetière de Bay City pour pleurer sur le tombeau de ma grande sœur.

Je me souviens d'une enfance allergique, bronchitique, d'années suffoquées, étranglées et ponctuées par des séjours à l'hôpital où l'on pense que je vais y passer, que je vais enfin retourner là d'où je viens. On dit de moi que je suis bleue, que parfois je vire au mauve, au violet. Je suis de la couleur du ciel du Michigan. Je suis une pervenche, une fleur des fumées d'usine. Il y a la haine de ma mère à mon égard, l'obsession de la propreté de ma tante, la douceur de mon oncle qui est triste d'avoir eu un fils et qui me prend parfois dans ses bras en pleurant et puis le ressentiment de ma tante qui m'en veut d'être aimée par son mari. Il y a aussi de grandes voitures grises, des batailles avec mon cousin, des tempêtes de neige dans lesquelles mon petit corps malingre revit un peu, des maladies de toutes sortes, des fièvres, des toux, des boutons de couleur, des chuchotements autour de mon lit, des histoires terribles de la Seconde Guerre mondiale, des cachettes pour les enfants, des ravins, des fossés derrière la maison dans lesquels je me cache l'été pour regarder pendant des heures le ciel mauve et vide de Bay City, et surtout, il y a la télévision qui me console de tout.

En 1965, je me cache été comme hiver dans une cabane construite en haut du sapin derrière chez nous. Là, je vois loin. L'autoroute qui passe à deux milles de la maison. Le K-Mart, l'hôpital et le *high school*. Je joue avec les flocons qui tombent si bien cet hiver-là ou je m'enterre dans le blanc légèrement violet de la neige amoncelée dans le jardin. Au printemps, je parle aux rosiers, je respire suavement le parfum des fleurs, malgré le barouf des climatiseurs. Je passe des heures sur la balançoire à chercher de mes pieds à toucher le ciel ou encore à monter et descendre infatigablement du toboggan rouge. La chienne de ma tante, Josée, une husky à poils longs, me suit dans tous mes jeux. J'enfouis ma tête dans sa fourrure bleue : cela sent si bon ! Josée n'a pas le droit d'entrer dans la maison. Elle passe sa vie dans sa niche ou encore avec moi. Une nuit, je disparais. On me cherche partout. C'est l'automne. On m'appelle, on crie, on ameute le quartier, la police. Je suis dans la niche, dans l'odeur maternelle, canine. Je ne dis pas un mot. On me retrouve au matin. Ma mère me bat. On frappe la chienne. Ma tante pleure, prie. Mon oncle part au travail. Mon cousin est béat d'admiration. Je suis punie. Je n'aurai pas de télévision pendant un mois. Mais, très vite, comme on ne sait que faire de moi, on me donne à nouveau accès au téléviseur et à mes émissions préférées. Josée meurt cet hiver-là d'une décalcification des os. Sa vie s'est déroulée dans le froid ou la chaleur, au bout d'une chaîne dans le jardin. La maison de ma tante reste propre. Josée est remplacée par Cindy. Je ne parle pas à cette nouvelle chienne.

En 1966, je suis opérée des amygdales. Je crache du sang pendant des jours. Je dépéris. Je me meurs. Je finis par prendre du mieux. Je me réveille un matin, la mort est derrière moi. Je suis condamnée à la vie. C'est cela l'existence. Ce qui est là devant moi. Il n'y aura jamais rien d'autre que ce ciel mauve de Bay City et les larmes que j'apprends à ne plus verser.

Je n'aime que la salle de bains de la maison. Je m'y réfugie souvent. Les serviettes de toilette sentent la lessive, le savon et une douceur de vivre que je n'arrive pas à saisir, qui reste toujours évanescente. Les produits de soin de ma tante et de ma mère jonchent les armoires, décorent les étagères et sont pleins de promesses et de joies éphémères. J'ouvre tous les flacons, je hume toutes les fragrances. Les fioles sont multicolores, les miroirs incandescents, le tabouret chamarré et les bulles de mon bain mauves et légères. Dans la baignoire, tout brille, tout s'illumine. Je passe là des moments d'extase jusqu'à ce que ma tante tambourine la porte en m'ordonnant de sortir et me traite de voleuse.

J'entre à l'école en 1967, dans la même classe que mon cousin. C'est bien dommage pour lui. Je n'ai rien d'un génie, mais la comparaison que nul ne manque de faire ne tourne jamais à son avantage. Une vieille fille à chignon, toujours vêtue de noir ou de gris, venue de la

Nouvelle-Angleterre, essaie de nous inculquer quelques notions de lecture et d'écriture. Claricia McDonald ne voit pas que les années soixante sont déjà en nous, comme un poison, qu'elles s'infiltrent vite dans le corps mou des marmots de sa classe. Elle ne comprend pas que nous sommes intoxiqués aux effluves de l'avenir, aux émanations des voitures, aux exhalaisons des usines et aux fumées des cigarettes que nos parents pompent toute la journée et que nous consommons déjà en cachette, derrière chez nous ou dans la roulotte du père de notre copain Don. Miss McDonald ne sent pas encore qu'avec des enfants comme nous, il n'y a rien à faire. On ne peut qu'attendre... que notre génération s'élimine, qu'elle se suicide, qu'elle meure du sida, qu'elle crève du cancer, d'un accident de la route ou d'une crise cardiaque causée par le gras de nos vies adipeuses et sottes. Miss McDonald meurt en 1975, décapitée dans sa voiture. Des jeunes gens saouls, un dimanche, prennent le volant sans permis et roulent à tombeau ouvert. Ils tuent une dizaine de personnes sur l'*interstate* 75 qui passe derrière la maison de ma tante et qui mène mythiquement en Floride, au bout du monde. Souvent je me promène au bord de la 75. Je fais du stop en espérant qu'on m'embarquera, me kidnappera, me ravira à la médiocrité de ma vie et que je pourrai me retrouver ailleurs, loin, bien loin de Bay City. Mais je me fais ramasser par des cons qui me reconduisent dans ma famille ou qui me tripotent avant de me laisser devant le K-Mart ou dans un *rest area* entre Bay City et Saginaw d'où je téléphone à la maison. Miss McDonald meurt, sans s'être mis dans la tête qu'il ne fallait rien attendre de cette jeunesse américaine des années cinquante et soixante qui n'est bonne qu'à produire des présidents des États-Unis portés sur la voiture, le *blow job*, le mensonge, la sécurité ou la guerre.

En 1968, nous ajoutons une première rallonge à la maison : la *tv room*. Dans cette pièce finissent par trôner un grand canapé en skaï vert, une moquette Dupont chlorophyllienne en nylon garanti lavable, une photo du général de Gaulle et une immense télé couleur qui est allumée à toute heure du jour et de la nuit et qui donne son nom à la pièce. Sur le canapé de skaï, nos fesses collent, été comme hiver. Ce sofa est une machine infernale à faire transpirer les postérieurs et les cuisses, trois cent soixante-cinq jours par année. Ma tante rigole parfois en disant qu'elle va le revendre comme appareil conçu pour lutter contre la cellulite. Bien que les climatiseurs dans chaque pièce garantissent à la maison de mon oncle et ma tante une fraîcheur artificielle et conditionnée, il n'y a rien à faire. Le canapé de skaï vert nous fait suer des fesses et de la culotte. Tous nos vêtements se retrouvent trempés après dix minutes de télé et quand je mets mes jambes directement sur le skaï en prenant soin de ne rien interposer entre ma peau et le faux cuir vert, j'entends, dès que je me relève, un petit bruit mat. Le décollement de ma peau arrive même à me brûler l'épiderme et je crains toujours de quitter le canapé à la fin d'une soirée, sachant à quelle douleur je m'expose. J'ai beau me relever vite ou encore très doucement, les cuisses finissent par s'embraser et se marquer de grandes rayures écarlates. Je ne sais si c'est pour cette raison, pour la recherche de ce plaisir masochiste, que ma tante passe des heures entières sur ce canapé. Le soir, elle s'allonge sur cette étendue synthétique en prenant des poses un peu indécentes. Le vin rouge du repas lui monte à la tête. Elle demande alors à son fils, mon cousin, ou à moi, de lui masser les doigts de pied et de tenir en l'air le plus petit de celui-ci, en veillant bien à le séparer des autres orteils. Elle affirme que le fait de se faire masser et titiller les doigts de pied la détend, lui fait oublier ses terribles journées. C'est souvent ma corvée que de procurer à Babette son plaisir journalier. Mon cousin très vite refuse d'apporter à sa mère ce bonheur-là et son mari n'a pas le droit d'approcher ou de toucher ses pieds. « Il ne sait pas y faire. » Je dois l'avouer : il n'y a que moi de douée pour la chose. Moi, l'idiote à qui le don de guérisseur des corps et des âmes a été donné lors de ma naissance ratée, j'ai le pouvoir de faire disparaître les souffrances. Ma tante est très croyante. Comme ma mère, elle préfère taire le judaïsme de sa tribu. Nous ne parlons jamais de cela. Babette a épousé un vrai catholique, mon oncle, le brésilien, le « négro », dit ma mère. Babette a ainsi décidé d'effacer en elle toute trace de « juiverie », comme le dit aussi ma mère qui répète sans cesse que la religion conduit au pire. Ma tante ne peut s'empêcher de voir dans mes difficultés respiratoires postnatales le signe d'une élection, celle d'une race qu'elle ne veut plus nommer. Ma mère, qui reste attachée aux valeurs républicaines françaises et aux idées des Lumières, lui répète que tout cela, ce sont des balivernes. « Cette gamine n'a aucune grâce. C'est simplement une attardée, une simple d'esprit et puis tu nous emmerdes avec tes bigoteries, tu as vu où cela a failli nous conduire. » Mais ma tante le soir, en soupirant de bonheur sur le canapé de skaï vert, le petit doigt de pied en l'air croit prouver à ma mère les choix insensés de Dieu et le bienfait des prières catholiques qu'elle me force à réciter : « Tu sais, il n'y a qu'elle pour me guérir et me faire tout oublier. Mais enfin Denise, tu crois que cela lui vient d'où ? Si tu ressentais ce que je ressens, tu saurais bien que j'ai raison. Tu verras, un jour, tu comprendras que ta fille, c'est un cadeau du ciel. » Ma mère hausse les épaules, bougonne et s'agite un peu, à côté de sa sœur, sur le canapé de skaï vert en faisant un bruit sec avec ses cuisses qui pétrissent le similicuir pétaradant.

En 1969, Louise Cooper, ma *babysitter*, la fille de nos voisins, meurt d'un cancer des os à l'âge de dix-huit ans, peu après ses fiançailles avec un garçon blond à lunettes de Grand Rapids. Louise s'éteint un vendredi saint. Je me souviens bien. La douleur de ses parents. Son père chancelant, traversant notre *driveway*. Il vient nous annoncer l'agonie de sa fille et puis la fin. Il dit quelques mots en s'épongeant le front. Il y a encore de la neige dans nos jardins et le ciel presque mauve semble vouloir nous donner une dernière tempête de flocons bleus. Mon oncle et ma tante veulent faire entrer le père Cooper. Il ne peut pas. Trop de choses à faire : un enterrement, une souffrance, cela occupe. Le chien Jim, un gigantesque berger allemand, pleure de longues heures, hurle à la mort, attaché à la corde à linge du jardin des voisins sur lequel donne ma chambre. Au bout de quelque temps de ce manège, après l'enterrement de Louise qui a lieu au même cimetière que celui de ma sœur-ange, de ma sœur fantôme, née morte et bienheureuse, Monsieur Cooper tue Jim. Il n'en peut plus d'entendre le chien gémir toutes les nuits. Il prend sa carabine de chasse et exécute l'immense bête dans le jardin. Il met quelques jours à se débarrasser du cadavre qui pourrit un temps sous les fenêtres de ma chambre. Heureusement qu'il fait encore froid. L'odeur du chien mort n'est pas trop tenace. Les Cooper croient pouvoir retrouver enfin le sommeil. Jim ne pleure plus.

La nuit, dans ma chambre, il fait très clair. Une lumière à l'extérieur de la maison est allumée en permanence pour dissuader les rôdeurs, les voleurs et plus tard mes voyous d'amis de s'approcher de la maison de tôle. À côté de mon petit lit, sur une commode, se dresse une espèce d'autel. Il y a là un portrait du Christ qui me fait peur, une statue de saint Antoine de Padoue, une autre de saint Jude, patron des causes désespérées et une bouteille d'eau bénite, qui a la forme de la vierge Marie et que ma tante a fait rapporter de Lourdes. Je dois enfiler neuvaines sur neuvaines et réciter chaque soir, sous la supervision de ma tante, une interminable prière. Pendant ce temps-là, ma mère hurle dans la cuisine que cela ne sert à rien, qu'il n'y a rien à faire avec moi et que de toute façon, Dieu n'existe pas. Nous le savons. Il n'a pas sauvé les Juifs. Chaque soir, je répète : « Ô glorieux apôtre saint Jude, priez pour moi si malheureuse. Venez à mon secours et soulagez ma misère. Obtenez-moi l'aide et la grâce du Bon Dieu dans toutes mes difficultés et en particulier faites en sorte que je sois moins bête et méchante et que ma tante et ma mère souffrent moins de mon existence. Faites en sorte que je sois du nombre des élus et obtienne le salut éternel. Je vous promets, ô saint Jude, de me souvenir toujours de la grande faveur que vous m'accorderez. Toujours je vous honorerai comme mon patron et mon protecteur. En signe de reconnaissance, je ferai tout ce qui est en mon pouvoir pour développer votre dévotion et vous faire connaître comme le patron des causes désespérées. Amen. » Ma tante me couche satisfaite et me laisse en proie à mes peurs.

Je sais que Dieu est mauvais… C'est écrit dans un des livres que ma mère conserve dans sa chambre. Dieu pourrait donc, par méchanceté, décider de venir me voir. Le portrait de Jésus-Christ à côté de moi me fixe toute la nuit. Dès que je me réveille, c'est Jésus que je vois et j'ai aussitôt peur qu'il m'apparaisse. Et avec lui, la vierge Marie, qui a déjà fait à d'autres petites filles, le coup de l'apparition dans une grotte sale de Lourdes. Je dis à Jésus en le fixant dans les yeux que Bay City est un bled où il ne fait même pas bon se manifester. Je supplie les saints, Dieu et Marie de me laisser en paix. Je ne mérite rien, surtout pas eux. Je ne veux pas être une sainte. Je suis Juive, une fausse Juive dont on cache encore l'identité, une Juive amputée d'elle-même et qui porte une prothèse de catholicisme ; je ne suis rien, si ce n'est une enfant apeurée.

Durant l'été 1970, nous descendons tous les jours en famille nous terrer dans le sous-sol, dans la crainte d'une tempête. C'est comme cela tous les étés, dès le mois de juin. Mais en 1970, le temps est particulièrement orageux. Ma tante a appris que le 8 juin 1953 une tornade de catégorie cinq a presque frappé le centre-ville de Bay City. Les vents auraient atteint alors trois cents milles à l'heure. Cent seize personnes des alentours de notre petite ville auraient péri et huit cent quarante-quatre auraient été blessées. Ma tante est arrivée à Bay City fin 1959 et a donc raté l'événement qu'une collègue lui a rapporté avec force détails. Il n'en faut pas plus à ma tante et à ma mère pour revivre la Seconde Guerre mondiale, les bombardements, les perquisitions et les enfermements pendant des heures dans les caves ou les greniers. Au moindre orage, je me retrouve dans le moisi du *basement* à écouter les histoires d'horreur que les deux sœurs se rappellent et commémorent. Je n'ai même pas le droit de monter pour savoir si le cataclysme est proche. Je risque d'être foudroyée ou encore de partir avec le toit. Mon oncle refuse, quand il est là, de participer à ces séances d'hystérie collective. Dans le *basement*, ma tante, collée contre mon cousin et moi, souhaite qu'il en crève, et prédit sa mort juste pour qu'il puisse enfin être persuadé de la nécessité de l'opération de descente au *basement*. En 1970, un prétendant de ma mère, dentiste, qui espère se débarrasser de moi dans un accident, me donne un *go-kart* rouge avec lequel je fonce à toute allure dans le champ à côté de la maison et sur le parking du *high school* qui n'est pas très loin. Tous les étés, je roule vite, follement. J'appelle la mort. Elle viendra, je le veux, dans un crissement de pneus, un froissement de métal. Ma mère me laisse conduire mon bolide comme bon me semble. Cela ne l'inquiète guère de voir sa fille d'à peine dix ans partir sur les chapeaux de roue. Mais sur le pas de la porte du bungalow, en me voyant disparaître, elle m'intime de revenir au moindre nuage dans le ciel. Je ne dois pas manquer à mes devoirs. Dès que le ciel de Bay City perd de sa couleur mauve, tourne au gris foncé, au violet bleuté, il me faut m'engloutir en famille au sous-sol et habiter la terreur d'une tempête comme celle de 1953 qui a détruit les environs de la ville. Tout comme la guerre, cette tempête a eu lieu bien avant ma naissance, mais je dois la revivre sans fin et prouver ainsi que je suis une bonne fille.

En 1972, ma mère accroche dans sa chambre, au-dessus de son lit un cadre qui contient une lettre circulaire d'Yvonne de Gaulle. Celle-ci remercie hâtivement tout le monde pour les condoléances qui lui ont été adressées à l'occasion de la mort de feu le Général. Je me rappelle le cadre bleu, le passe-partout noir et la signature d'Yvonne de Gaulle. La lettre est placée à côté du nu allongé qui a orné le haut du lit de ma mère pendant plus de dix ans et qui lui a été offert par mon père en souvenir, peut-être, de leurs chauds ébats amoureux du début. Mon père a acheté cette toile, m'a-t-on souvent répété, chez un peintre talentueux du New Jersey pour trente-neuf dollars. À côté, sur la table de nuit de ma mère, il y a un cliché de la tombe fleurie du Général, à Colombey-les-Deux-Églises, qu'Yvonne a eu la gentillesse d'envoyer à tous les admirateurs nostalgiques de son mari. Ma famille est gaulliste depuis le 18 juin 1940 et l'exil en Amérique ne peut rien changer à cela.

En 1973, ma mère va vivre à New York. Mon père, qu'à l'époque je n'ai encore jamais vu, écrit qu'il veut finalement quitter sa famille italo-grecque, son père, sa sœur, après seize ans de tergiversations et de promesses non tenues. Il souhaite faire plus ample connaissance et propose à maman de vivre avec lui. Je reste donc au Michigan, avec ma tante, mon oncle, mon cousin et ma sœur, morte et enterrée au cimetière Saint-Patrick de

Bay City. Je rêve chaque nuit de ma mère et de la vie à New York à laquelle j'aurai un peu droit, l'été, me promet ma mère, quand je viendrai lui rendre visite.

En 1974, mon oncle et ma tante font creuser une piscine dans la cour, à côté du grand champ. Cet événement presque anodin est de grande conséquence sur ma vie. Ma mère trouve que l'été à Bay City est franchement bon pour elle. Ma mère aime tant le grand air, les jeux dans l'eau, les bicyclettes sur Veronica Lane, et l'autoroute au loin qui nous amène toutes les semaines chez *Jacobsen's* à Saginaw afin de faire quelques emplettes, pour nous amuser un peu. Il n'est plus question pour moi de passer les étés à New York, mais bien plutôt de rester à Bay City pendant les longues vacances mornes et de continuer à aller chaque semaine au cimetière, porter des fleurs à cette putain de sœur morte.

En 1974 encore, je perds ce qui me restait de virginité vaginale dans une Plymouth 1970 Superbird Road Runner violette au toit noir. Nous allons le soir toute une bande d'amis de Veronica Lane, Linda, Pamela et Patricia dans un bois derrière le K-Mart pour nous entraîner à l'hétérosexualité, à ses pratiques éclair et à des techniques de *blow job* qui vont faire de tous nos petits copains de l'époque des pères de famille éjaculateurs précoces, des batteurs de femmes, des violeurs en série ou des hommes adultères qui se feront une collègue dans un motel lors de voyages d'affaires à Détroit. La sexualité est somme toute à l'époque moins ennuyeuse que ma famille. Et puis parfois cela me rapporte un peu d'argent que je peux dépenser au K-Mart où je vais jusqu'à trois fois par jour pour m'acheter du vernis à ongles et me faire rembourser mes flacons achetés la veille dont je n'aime pas la couleur. Toutes mes copines prennent la pilule. On s'arrange avec des sœurs ou des amies un peu plus grandes que nous. Il ne faut pas tomber enceinte. Ça, c'est sûr. Cela pose trop de problèmes. L'avortement n'est pas évident au Michigan pour les enfants de treize ans dans les années soixante-dix et les faiseuses d'anges se font rares. Quand on est mal prises, on s'entraide le week-end avec des aiguilles à tricoter dans les cuisines désertées par des parents partis faire des courses à Saginaw. Mais rien n'est vraiment sûr et les perforations d'utérus ou les hémorragies tragiques sont à craindre. Pour les malchanceuses, elles conduisent à l'urgence de l'hôpital et aux aveux. La mort est presque préférable. Néanmoins, « les filles qui ne couchent pas » sont encore plus connes que nous, « les filles des voitures », « les filles des aiguilles à tricoter ». Elles rêvent de se marier avec des gars qui ont passé leur jeunesse à enfiler les femelles humaines et animales des environs, après les matchs de football par exemple où l'on finit toujours par enculer une jument ou une femme sans observer une différence sensible. « Les filles qui ne couchent pas » rêvent de se faire faire en douceur des gosses par des crétins aux yeux bleus et à la bite molle, frileuse, anesthésiée. Elles rêvent d'une maison plus grande que celles que l'on retrouve sur Veronica Lane. Elles rêvent d'un *driveway* dans lequel il y aurait quatre ou cinq voitures, une vraie piscine creusée comme celle de ma tante et de mon oncle et non pas une piscine hors terre comme toutes celles qui jonchent les cours du quartier. Elles rêvent d'une boîte aux lettres dans la fente de la porte d'entrée, et pas d'un contenant en métal, collé à celui des autres, à cinq cents pieds de la maison. Elles rêvent de mariages blancs et de larmes sincères. D'aiguilles à tricoter aussi, mais pour la layette de bébé. Moi, je ne rêve jamais à rien. Surtout pas à l'avenir. La nuit, ma sœur, embryon décomposé, m'apparaît. Son visage rongé par l'informe me persécute. Elle est à chaque fois de plus en plus ravagée par la mort et la putréfaction. La nuit, je suis poussée dans une chambre à gaz alors que des milliers de gens hurlent en se crevant les yeux. À côté des sursauts d'effroi provoqués par l'ange pourri du passé, les tressautements de quelques abrutis maladroits dans une Plymouth 1970 décapotable me semblent des instants calmes, paisibles, volés sur l'horreur de mes nuits. Pendant les ébats, je regarde le ciel. Il m'avale. Ces gars-là ne font pas grand-chose de mal à éjaculer vite, coupablement mais bruyamment dans nos cons plutôt que dans celui de leur chienne. Ma sœur et la guerre la nuit me font bien pire.

En 1975, le 20 septembre, nous nous installons tous dans le canapé de skaï vert de la *tv room* pour regarder le *Saturday Night Live* sur ABC. On y voit les Bay City Rollers qui, via satellite de Londres, se donnent en pâture au public nord-américain. Le spectacle est inoubliable. C'est ce que rapportent tous les journaux de l'époque, et ces jeunes chanteurs écossais sont portés en triomphe lorsqu'ils débarquent une semaine plus tard à New York, à l'aéroport Kennedy. On parle d'hystérie. Les filles en kilt, arborant des plaids, des tartans et des bretelles s'évanouissent à la vue de ces garçons gueulards, de ces cinq crétins qui ont le sourire figé même en chantant. Rapidement, ils connaissent un immense succès. À Bay City, tout le monde est fier de ce groupe écossais, qui, à Édimbourg, était resté dans le plus grand anonymat et la misère. Aux débuts des années soixante-dix, The Saxons ont décidé de se refaire un look plus *highlander* et de se trouver un nom américain. Les yeux fermés, ils ont lancé sur la carte des États-Unis une petite fléchette qui est tombée par hasard sur le ciel cartographique de Bay City. Une légende commence. La ville en bénéficie et devient un peu célèbre. Beaucoup de gens incultes viennent à Bay City croyant y trouver un petit coin d'Écosse. Donny Osmond et sa famille entière sont relégués aux oubliettes. En fait, personne ne veut plus s'habiller en mormon de Salt Lake City et la Rollermania bat son plein. On n'entend à la radio que *Saturday Night,* le hit de l'hiver 1976. Je surprends quelquefois ma tante fredonner en voiture ou en faisant le ménage :

Gonna dance with my baby till the night is through
On Saturday night, Saturday night
Tell her all the little things I'm gonna do
On Saturday night, Saturday night
I-I-I-I love her so
I-I-I, I'm gonna let her know.

Les Bay City Rollers sont des années à la une du *Magazine 16* qui fait une chaude lutte à *Tiger Beat* en publiant des photos inédites, extravagantes et fausses des cinq zigotos du groupe. Moi, je n'aime qu'Alice Cooper, réellement né au Michigan, à Détroit, comme moi et qui a trempé dans l'horreur de nos contrées et de nos petites villes américaines mesquines, immondes. Je chante à tue-tête à mes amies abasourdies *Welcome to My Nightmare*. En 1976, toutes les filles de Bay City sentent le shampooing Herbal Essence et le déodorant féminin Johnson's à l'odeur de poudre pour bébés. Alice Cooper, avec son khôl autour des yeux, ses cheveux noirs, ses serpents et ses vêtements de perpétuelle Halloween, est le diable en personne.

L'année précédente, le 17 novembre, alors que la chienne Cindy vient de mourir quelques jours auparavant en s'étant pendue à sa propre chaîne, le téléphone nous réveille en pleine nuit. Je décroche. Un homme insulte ma tante. Il l'accuse, avec un accent hispanique, d'avoir dévergondé un curé, mon oncle, et lui prédit qu'elle ira en enfer, cette sale Juive. C'est comme ça que j'apprends que mon oncle a été dans les ordres dans une autre vie, au Brésil et que nous sommes bel et bien Juifs. Nous ne reparlons jamais de cet événement et personne ne fait par la suite la moindre allusion aux années de prêtrise de Gustavo. Pendant longtemps, je crois que j'ai rêvé cette nuit d'injures mais, tout compte fait, la bonté de mon oncle envers moi ne peut s'expliquer que par la charité chrétienne et par la mansuétude des vrais croyants. Lui seul trouve la force de me pardonner d'exister. Je crois donc ce ragot.

En 1976, je deviens caissière au K-Mart les week-end et l'été. Parfois, mon travail me donne un prétexte pour ne pas aller au cimetière m'agenouiller hypocritement sur la tombe de ma sœur avorton. Cette fille a toujours eu plus de chance que moi. Elle est morte à sa naissance. Elle n'a rien connu de ce monde horrible, de Bay City, du ciel et de sa couleur mauve et elle n'a pas eu à travailler comme caissière au K-Mart pour contrer l'ennui des jours. Au K-Mart, il se passe plein de choses : des disputes, des vols, des appels à la police locale, des remontrances de mon gérant sur mon maquillage et sur la couleur de mon vernis à ongles. Là, la ville rugit un peu. Un jour de juillet 1976, je rencontre même un couple de Français, égaré sur une route du Michigan, amoureux des grands espaces, qui s'est arrêté pour faire quelques emplettes. L'homme et la femme ont essayé de baragouiner l'anglais mais n'ont pas réussi à se faire comprendre par mes consœurs de travail. Au K-Mart, tout le monde sait que je suis quelqu'un d'un peu étrange, que je parle une langue bizarre avec ma famille et on me refile tous les étrangers de passage avec lesquels je ne peux pas toujours communiquer. Je me rappelle qu'une fois, en juin 1976, on indique ma caisse à des Polonais avec lesquels je ne peux échanger, bien entendu, un seul mot. Mais en juillet 1976, j'ai une conversation avec les Français de passage. Nous pouvons bavarder longuement, ils m'invitent même le soir à dîner au resto. Cette rencontre est pour moi une révélation. Le français existe ailleurs que dans ma famille. Ma mère et sa sœur n'ont donc pas inventé cette langue pour me rendre folle. Ailleurs, je peux les trahir en français, dénoncer leurs délires dans leur propre langue et surtout rire, plaisanter, exister dans des mots qui depuis mon enfance m'obstruent la gorge.

En 1977, une balle traverse nos murs parce que des gosses jouent avec des armes à feu dans le champ jouxtant la maison et ont raté un gros raton laveur. Mais cela, je ne le sais pas tout de suite. C'est arrivé quelques jours après Noël. Dans le désœuvrement des vacances d'hiver. Ma mère, pour la première et dernière fois, m'a fait venir à New York pour passer les fêtes avec «ma famille», le jeudi 23 décembre, dès que l'école s'est terminée. Je retourne en autocar à Bay City le lundi 3 janvier. Les dix jours passés à New York, ce Noël citadin, la rencontre avec quelqu'un qui est mon père (c'est du moins ce qu'on m'affirme) sont pour moi le début et la fin d'un bonheur auquel je n'ai pas droit et que j'oublie très vite. À mon retour, tout se perd dans des histoires de fusil et de raton laveur.

En 1978, sur Veronica Lane, Priscilla Cochran, une de nos voisines, tue un matin sa fille Melissa, âgée de quatre ans. À la naissance de son enfant, Priscilla était fille-mère. Elle a fini par épouser, lorsque sa fille a eu un an, le géniteur de la petite : Sean O'Connor. Celui-ci garde rancune à l'enfant et à la mère d'avoir gâché sa jeunesse et de l'avoir poussé au mariage. Il travaille dix-huit heures par jour et n'est jamais chez lui. Priscilla, elle aussi, travaille beaucoup. J'ai l'habitude de garder Melissa le soir. Ses parents sont encore au boulot. Ils m'appellent à la dernière minute et me supplient de m'occuper de la petite qui est seule à la maison. Priscilla veut faire de sa poupée blonde un mannequin. Elle veut faire quelque chose de cette enfant qui lui a permis d'épouser Sean, mais qui lui a causé aussi la haine de celui-ci. Melissa est toujours vêtue en robe de princesse. À quatre ans, elle n'arrive pas encore à parler. Elle passe des soirées entières dans un fauteuil du salon avec une robe de tulle rose ou lavande, à ne rien faire, à regarder le plafond. Le Michigan est le premier État à abolir la peine de mort. Dès 1846, une loi ne permet plus à l'État de mettre à mort ses semblables. C'est ce que l'on apprend à l'école. Priscilla qui a fait son *high school* le sait, tout comme moi. Elle n'est donc pas exécutée. On la condamne à quarante ans de prison pour la noyade de sa fille dans la salle de bains de la quatrième maison à droite, si l'on compte à partir de la nôtre. Priscilla prétend avoir voulu simplement se débarrasser de cette enfant qui, à ses yeux, a décidé de la colère et du mépris conjugal de Sean O'Connor. Celui-ci d'ailleurs témoigne contre sa femme au procès. Priscilla pourrit pour toujours dans un pénitencier d'État et sa fille Melissa pourrit dans la terre stérile de Bay City, dans le même cimetière que celui de ma sœur Angie.

À Bay City, dès ma plus tendre enfance, je regrette tous les jours d'être née. Je scrute le ciel mauve sans cesse. Je ne parviens jamais à y voir dessinés les contours d'un demain. Il porte parfois de gros nuages qui jouent à cache-cache les uns avec les autres et me divertissent mais ce ciel pervenche finit toujours par m'écœurer. On se lasse de regarder le ciel de Bay City. En lui, je ne peux lire qu'une indifférence. Il ne peut même pas me tomber sur la tête. C'est le ciel de l'Amérique qui va jusqu'à la lune. Là, est figé le drapeau américain. Les gamins du quartier et moi nous croyons souvent l'apercevoir les soirs clairs. Sous le ciel de l'Amérique, la vie est impavide. À Bay City, je n'ai que la mort dans l'âme. Je me rêve pendue, découpée en morceaux, ou encore je me prends pour une Ophélie verte, chancie, retrouvée noyée au fond de la piscine bleue de ma tante. J'imagine mes suicides. J'invente mes morts. Il y en aura eu tant pendant ces dix-huit années passées à Bay City. Mais pour se brûler la cervelle ou se faire sauter le caisson, il faut quand même croire à la vie et lui donner une quelconque importance. À Bay City, je n'ai aucune raison d'exister. Encore moins de mourir. Le ciel est saumure, je l'avale chaque soir. J'espère m'empoisonner aux fumées âcres du Michigan. À Bay City, il ne fait même pas mauvais vivre. La vie nous gâte. Elle nous pourrit. Je demande au cadavre de ma sœur Angie, que je sais ridiculement petit, de me prendre avec lui, sous terre, dans le cimetière de Bay City. Je supplie ma sœur toutes les nuits, au moment de la prière, de m'emporter avec elle et de me soustraire au jour, à ses lendemains. Mais, si je n'ai pas de place dans ce monde, je n'en ai pas plus dans l'au-delà. Angie ne veut pas de moi. Je lui ai piqué sa vie. Je suis une terrible erreur. Une aberration. Je devrais ne jamais être née mais je suis là et il n'est pas aisé d'effacer toute trace de soi. J'aurai été. C'est bien là mon malheur. De moi, il restera quelque vestige. Assez pour gâcher la vie de ma mère. Elle ne pourra oublier la honte que je lui ai causée. Elle ne pourra oublier ma naissance et puis l'obstination dérisoire de mon corps à vivre. Je suis celle qui l'aura humiliée. De Bay City, je suis la tache, la macule, la plaie vive.

En 1979, à New York, en plein hiver, mon père plaque ma mère pour une autre Française, un peu plus jeune. Il fait changer les serrures de l'appartement qu'il partage avec ma mère et quand celle-ci rentre du travail, un soir de février, elle ne peut ouvrir la porte de chez elle. La mort dans l'âme, elle revient donc avec mon petit frère Angelo à Bay City le 14 février 1979. Cette journée-là, il fait particulièrement froid : -25 °F. Ma mère arrive tard le soir. Mon oncle est allé la chercher à Sarnia. Je ne sais pas si je suis heureuse de penser qu'elle revient vivre avec nous. Je sais simplement que je pourrai oublier un peu New York, que je n'ai plus rien à espérer et que les autres cieux ne sont pas plus cléments. Je me dis alors que Bay City sera pour toujours ma ville et celle de ma famille, Angie, la morte, comprise. C'est sûrement mieux comme ça.

Dans le ciel mauve de Bay City, il arrive que retombent les fumées grises d'Auschwitz, des camps désaffectés bien loin là-bas, de l'autre côté de l'océan, des camps dont ma mère et ma tante ne cessent de parler dans une langue apeurée que je ne réussis pas toujours à comprendre mais dont je sais la couleur cendrée. Au-dessus de nos têtes, les cadavres planent, les esprits voltigent et mêlent leurs corps éthérés, souffrants, hargneux aux gaz toxiques et chauds des usines essoufflées du Michigan. Il m'arrive de voir dans le ciel mauve la violence des temps guerriers, maudits. Ma mère et ma tante chuchotent. L'une dit à l'autre de se taire, de ne rien craindre. Ces deux-là tentent d'oublier ce à quoi elles ont échappé, leur conversion au catholicisme, les multiples cachettes pendant la guerre, les secrets bien gardés dans une bigoterie minutieusement et authentiquement chrétienne ou dans la fierté républicaine. Loin des furies de l'Europe, des années après la terreur, l'horreur, le ciel de Bay City charrie encore quelques cadavres. Pour ces deux femmes, il reste gros d'un passé terrifiant, archaïque, cruel. Dans les mots de ma tante et ma mère, l'Europe éclate tous les jours de son histoire insensée. Dans les mots des deux sœurs, mille secrets sont celés et la mort de leurs parents, partis en fumée, est inscrite. Pour ma tante et ma mère, il faut préférer le ciel de l'Amérique gonflé de son futur vide à tous les cieux du monde. Je devrais être heureuse d'être née là, sous ce ciel si mauve.

À Bay City, dans la nuit du 4 au 5 juillet 1979, alors que je viens tout juste de fêter mes dix-huit ans, je mets le feu à la maison de ma tante Babette et de mon oncle Gustavo et toute ma famille meurt cramée. Je suis derrière la maison et je regarde. Mon oncle, ma tante, mon cousin, ma mère et mon petit frère né des retrouvailles de mes parents en 1974 disparaissent en fumée dans le ciel mauve et matinal de Bay City. Les corps ont été si calcinés qu'il n'en reste plus rien. Mais on ramasse à la hâte quelques poussières et cendres. On met cela au cimetière avec le corps de ma sœur Angie.

Ma mère doit être contente de retrouver sa fille préférée, le seul amour de sa vie, celle qu'elle n'a pas connue. Son ange gardien.

On n'en finit jamais de la honte d'exister… On voudrait demander vengeance pour la vie. Mais à qui ? Dans le ciel de l'Amérique, il est bien difficile de discerner quelqu'un ou quelque chose comme Dieu… Parfois, j'ai cru le voir dans le visage terrifié, menaçant d'un animal que ma voiture frappait de plein fouet dans la nuit sur la *highway* 75. Parfois, je l'ai senti dans la peur qui habitait le camion rempli de porcs qui se dirigeait vers l'abattoir de Lake County Farm en enfilant des milles et des milles d'autoroutes grises. Dieu réside dans cette terreur bestiale devant ce qui va advenir, dans une horreur inarticulable devant l'infiniment banal : la destruction muette, quotidienne, à la chaîne. Dieu réside dans mon épouvante froide devant cette vie morne, longue comme l'*interstate* 75, anesthésiée et sourdement violente. Mais Dieu n'est pas dans le ciel de l'Amérique, cela je le sais.

Quelques mois après la mort de ma famille, partie en fumée pervenche dans le ciel mauve de Bay City, alors que l'on m'avait enfermée dans une chambre aseptisée du *Detroit Psychiatric Hospital* pour veiller à la continuation de la vie en moi, une nuit, je rêvai que j'étais en Inde, à Varanasi, près du Mani Karnika Ghât. Devant moi, sur de grands bûchers flambaient des milliers de corps enveloppés de tissus rouges ou orange qui attendaient la libération de leur âme par le feu. Alors que tous les gens autour de moi regardaient tranquillement ce spectacle et voyaient les âmes atteindre directement le nirvana, le bruit des chairs qui crépitaient et qui répandaient une odeur terrible, une odeur de camps de concentration, me terrifia. Les gens priaient et chantaient et ne semblaient pas incommodés par la fumée âcre et graisseuse qui sortait des cadavres. J'avais la nausée. Il y avait quelque chose de magnifique dans ce retour du corps dans l'air, dans cette élévation de l'âme dans le ciel, qui perdait soudainement tout son poids terrestre, mais la nourriture remontait violemment dans mon œsophage. J'ai ressenti quelque chose de semblable dans mon sapin-cabane, le 5 juillet 1979, alors que je contemplais la maison dévorée par les flammes. J'ai eu une immense envie de vomir que l'odeur des corps qui flambent avait provoquée.

Dans le rêve, je dus me réfugier à l'intérieur d'un premier temple. Le temple aux rats. Autour de moi, grouillait un peuple de rongeurs. Les bêtes étaient partout et s'approchaient de moi, grimpaient dans mes jupes, sur mon corps, sur mon visage. Ils allaient, pensais-je, me dévorer. C'est alors que je remarquai Josée ma chienne, morte un hiver de mon enfance, à Bay City. À Varanasi, dans ce rêve safrané, elle me demandait de la suivre en remuant la queue et les rats ne semblaient pas la déranger. Je me précipitai avec elle vers le fond du temple et ouvris la porte qui était juste devant moi. Elle donnait sur un second temple, contigu au premier. À ma vue, s'offrait une grande piscine, dans laquelle Josée m'invita à me baigner en plongeant elle-même la première. Les larmes me montèrent aux yeux. Je me rappelai d'une rare sortie en forêt avec cette chienne près de Bay City, lorsqu'elle s'était jetée dans un étang glacé et avait nagé aussi bienheureuse qu'une désespérée, elle qui passait sa vie au bout de sa chaîne attachée à la corde à linge. Josée nageait dans ce bassin du temple de Varanasi et je me précipitai pour la suivre. L'eau me semblait douce, purifiante, puis elle devint vite visqueuse, nauséabonde. Flottant sur le dos, mais me sentant attirée par le fond, je pus lire au-dessus de moi une affiche qui expliquait que cette piscine était réservée aux rituels funéraires. Seuls les morts pouvaient se baigner dans cette eau qui les lavait de la vie. J'étais dans l'eau des morts avec ma chienne morte depuis déjà des années. L'eau me semblait à la fois bienfaisante et infecte. Sur moi, elle accomplissait les rites destinés aux défunts. Après un temps, je sortis du bassin. Difficilement... Je sus que j'étais contaminée, que rien ne pouvait me sauver de cette souillure que j'avais acceptée, qu'aucun savon ne pourrait laver mon corps taché par l'eau des cadavres. J'étais désormais condamnée à vivre comme une paria, une intouchable. J'étais devenue une morte-vivante. Je devais encore passer quelques années parmi les vivants, en étant toujours celle par qui la mort arrive et pour laquelle le ciel reste silencieux. Ce rêve a décidé de la suite des choses, des années qui se sont écoulées. Dans le bassin aux morts de Varanasi, j'ai accepté d'acquiescer à la folie des jours, au mauve du ciel. Ce rêve m'a empêché de mettre fin à mes jours. Durant l'été et tout l'automne 1979, la psychiatre Marcie Warren, chef du service de l'hôpital de Détroit me l'a fait comprendre. Je devais me résigner à être celle qui connaît la mort par l'eau, celle qui a baigné dans le fleuve des décomposés et qui reste dans la vie pour témoigner de cela, malgré la terreur.

Je suis, par ce rêve, née à ma mort.

Je ne quitterai jamais Bay City. Je sais qu'une partie de moi ne sortira pas de la couleur mauve des couchers de soleil sur les maisons de tôle du Michigan. Je ne sortirai pas de ces prisons bleu pervenche qui, dans mon esprit, sont contemporaines de la destruction de toute ma famille. Je ne sortirai jamais de l'enfer du ciel. Pourtant, je continue à vivre comme si j'étais encore vivante. Comme si je n'avais pas connu l'horreur, comme si les effluves des camps ne me prenaient pas à la gorge dès que je me retrouve dans mon lit, dès que je vois la maison de ma tante brûler et s'envoler en fumée. Comme si je n'étais pas responsable de tout cela, moi, qui ai tant de fois désiré la mort des miens, moi qui ai tant de fois prié pour qu'ils deviennent tous tas de cendres, en maudissant le ciel d'avoir simplement existé.

J'habite maintenant au Nouveau-Mexique dans une banlieue tout à fait comme il faut : Rio Rancho, pas très loin du Pueblo Santa Ana (sortie 44, *highway* I-25). De l'aéroport international d'Albuquerque, il faut prendre la I-25 *north* jusqu'à la sortie Alameda 233, puis se diriger vers l'ouest, faire huit milles sur la *highway* Alameda 528, jusqu'à Rio Rancho. Là, il y a un motel Days Inn et un grand Target. Il faut tourner à droite, et puis finalement à gauche sur El Rancho, et encore à droite sur Carmel. Ralentir la voiture devant le 5770 et entrer dans le *driveway* qui jouxte la maison. On y est.

De Raton à Las Cruces, le ciel du Nouveau-Mexique est intensément bleu. En lui, il n'y a pas la moindre teinte mauve. En lui, le bonheur s'étire. Le soleil dans ce ciel sec brille trois cent vingt jours par année. L'hiver, il est assez rare de voir de la neige, et elle ne reste pas sur cette terre trop carmin pour l'accueillir. Le temps est toujours jaune, rutilant. Il faut se protéger de cette virulence qui ne laisse place à aucun secret de l'âme. Il me semble souvent qu'ici il me serait facile d'oublier les gestes qui permettent aux autres de continuer chaque jour la comédie de vivre. Il me semble que je pourrais arrêter ma jeep turquoise sur le bas-côté de l'autoroute et m'enfoncer dans le désert sans jamais me retourner.

Je mourrais sous le ciel bleu comme un œdème, conges-tionné de bonheur. Ma vie se coagulerait. Là, tout finirait sans que je m'en aperçoive. Je pourrais mettre fin à cette participation volontaire au jour, à l'affaire-ment du temps qui passe. Mais on n'en finit jamais de la honte d'exister. Je le sais, moi dont tous les membres de la famille sont morts à Auschwitz ou sont partis en fumée dans le ciel de Bay City. À l'exception d'Angie qui est morte sans rien demander à personne et sans avoir eu le malheur de vivre longtemps. La veinarde ! Moi, je n'en ai pas fini avec l'abjection de la vie.

J'ai appelé en vain dans les jours qui ont suivi l'in-cendie du 5 juillet 1979 la justice des hommes. J'ai voulu être jugée, déclarée coupable, puis condamnée à perpé-tuité ou encore à la peine de mort. Je voulais pourrir en enfer, après avoir été interdite de paradis, après avoir été rudement semoncée. Je voulais croupir dans un péni-tencier américain et me faire cracher au visage par des geôlières obèses et cruelles, qui m'auraient fait payer mon existence. J'ai pensé prendre la route et rouler à tombeau ouvert vers le Texas. J'ai voulu aller tuer, sans vraie raison en plein jour un policier blanc dans une rue de Houston ou dans une banlieue de Dallas. J'ai ima-giné ma mort. Le jour de Pâques, j'aurais été grillée sur une chaise électrique devant une cohorte de journalistes indifférents et le ciel enfin aurait crevé et disparu à jamais. Enterré avec moi. Je désirais être désignée comme coupable et que l'on reconnaisse enfin mon entière responsabilité, ma faute. Mais qui pourrait me juger? Qui aurait le courage de me punir d'être venue au monde? J'attends ma sentence depuis bientôt trente ans. En vain. Elle ne viendra pas. Seuls les nazis ont su quoi faire de la honte, leur honte. Ils l'ont exterminée. J'ai eu beau accumuler toutes les preuves contre moi, me rappeler mes faits et gestes, raconter aux médecins, aux policiers, la semaine avant l'incendie et tous les détails de mon dix-huitième anniversaire. J'ai avoué à qui voulait l'entendre que j'ai fait périr ma tante, mon oncle, ma mère, mon cousin, mon frère et tous les fantômes qui habitaient la maison de tôle. J'ai reconnu avoir exterminé ma chienne Bonecca qui a refusé de sortir de sa cage et qui est morte en hurlant. Personne n'a voulu me croire. J'ai eu beau crier que j'avais connu une joie horrifiée, une immense joie en voyant la maison partir en fumée, dans le monde des hommes, dans l'espace des vivants, je suis innocente. Je n'ai rien fait. J'ai subi simplement un intense stress post-traumatique qui m'a donné un sentiment de culpabilité pathologique, mais, on n'a cessé de me le répéter, je n'ai rien d'une meurtrière. Les tests, les experts, les conclusions sont formels. Je suis simplement une victime, une pauvre victime d'un horrible accident qui ne serait jamais arrivé, si mon oncle n'avait pas laissé des braises du barbecue voltiger dans l'air avant d'atteindre la maison et s'infiltrer entre deux plaques de tôle. Le feu s'est propagé doucement, gentiment et dès qu'il a eu la chance de rencontrer un peu d'oxygène, il a embrasé toute la maison. En pleine nuit. Tout le monde est mort étouffé par la fumée, avant d'être calciné par les flammes. La chienne Bonecca n'a pas péri asphyxiée. Elle avait une grande cage dans le garage qui lui permettait d'accéder à un enclos dehors. Les flammes l'ont anéantie, alors qu'elle hurlait. Moi, je ne sais comment ni pourquoi, des gens m'ont repêchée dans mon sapin-cabane, des heures après l'incident. J'étais là, depuis longtemps. À regarder les restes tordus par les flammes de la maison de tôle. J'étais là terrifiée de ne pas avoir péri avec les autres. J'ai pensé que le pire était arrivé. Mais le pire, c'est chaque jour qui recommence sous de nouveaux cieux, et cela, pour moi, n'est pas encore terminé.

Je ne sais pas ce qui m'est vraiment arrivé le 5 juillet 1979. Je ne sais pourquoi je n'ai pas péri avec ma famille dans les flammes que j'ai attisées ni comment j'ai regardé tout le monde cramer du haut de mon sapin-cabane. Dans le *Bay City Times* ou le *Detroit Free Press*, on a pu lire que toute la famille Uceus était morte. Sur la tombe collective, on retrouve mon nom à côté de ceux de Babette, de Denise, de Gustavo, de Victor, mon cousin, d'Angelo, mon petit frère et de ma sœur mort-née, Angèle. Mais pour mourir, il faut avoir vécu, et je ne crois pas avoir jamais existé à Bay City. Je crois n'avoir été qu'une réverbération de ce ciel mauve, sans Dieu, de ce ciel gros des gaz des usines de Flint ou de Dearborn. Je n'ai été qu'une poussière de ciel saumâtre, une poussière qui a vite été balayée par les grands vents de l'ouest. On peut se souvenir de moi. Encore maintenant, certaines personnes mentionnent parfois le fait divers de Bay City devant moi et sans me reconnaître parlent de la jeune fille que j'ai peut-être été et qui aurait survécu à tout cela. Certains parlent aussi d'elle en disant qu'elle a été emportée dans le brasier, que d'elle, il n'est rien resté. D'autres aussitôt les corrigent, pour leur dire que non, elle vit encore la jeune fille, que c'est une miraculée, qu'elle a eu une chance immense. Je pense avoir survécu à quelque chose. Mais on se rappelle bien ses rêves sans que cela leur confère une existence. J'ai été une chimère, une pluie tombée du ciel qui n'a même pas contaminé la terre, qui s'est simplement résorbée dans le sol de l'Amérique. Je vis depuis le 5 juillet 1979, lendemain de mes dix-huit ans, avec dans ma tête un songe qui ne m'appartient pas mais qui m'a permis d'expliquer quelque peu ma présence dans ce monde.

La vie, comme on dit, continue… Et le ciel, oui, le ciel sera bleu demain.

Il y a des années, j'ai vu un espoir se dessiner dans le ciel des vivants : ma fille. C'était un soir de lune de gypse. La nuit d'Albuquerque était toute blanche. Ma fille est née là, dans un hôpital. Alors que depuis quelque temps je tenais à un certain silence, pour elle, j'ai poussé un cri. Celui de la terreur. Il n'y a rien de plus grand qu'elle. Heaven est son nom. Je l'ai conçue sous d'autres cieux. Je me souviens d'une fin d'après-midi rose, le soleil faisait valser la poussière dans cette chambre 422 d'un hôtel minable de Las Vegas, de Miami ou de Minneapolis. J'ai vu le ciel s'enflammer avant de virer au prune, puis au noir. Le ciel a pris feu cet après-midi-là et Heaven fut conçue.

Je ne crois pas en l'amour. C'est bon pour les vivants, et je ne suis pas de cette race-là. Je n'ai jamais eu de sentiments, sauf pour Heaven et je crois ressentir quelque chose comme ce qu'éprouve Dieu, s'il existe, devant ses créatures. De l'émerveillement et une terrible impuissance. Une culpabilité aussi. Celle d'avoir mis quelqu'un dans ce monde, sous ces horribles cieux qui, qu'on le veuille ou non, seront ceux de notre mort. L'amour, c'était quand il y avait quelque chose comme une humanité. C'était avant Auschwitz et Treblinka. Avant Bay City. Avant le 5 juillet 1979. Depuis, cela a disparu. Les gens font semblant. Moi aussi.

Voilà bientôt vingt ans que je suis pilote de ligne, commandant sur de gros paquebots volant vers les cieux les plus fous. Voilà bientôt vingt ans que je travaille pour cette grande compagnie américaine et que, malgré tous les décollages que j'ai réussis, tous les atterrissages paisibles ou en catastrophe que j'ai connus, malgré les milles que j'ai accumulés dans le ciel insensé de l'Amérique, je n'ai pas été en mesure de trouver ce que je cherchais là-haut : Dieu, à qui je voudrais causer deux minutes. Je cherche aussi les âmes flottantes de ceux qui ne sont plus : ma sœur, ma mère, ma tante, mon oncle, mon cousin et mon frère. Je voudrais aussi rencontrer là-haut les âmes des carbonisés d'Auschwitz, de Treblinka. Toute, toute ma famille est partie dans le ciel en fumée. Il n'est resté que moi sous le ciel terrestre, après l'incendie de Bay City et puis ma sœur Angie qui se décompose depuis un demi-siècle dans la terre.

Il me semble que jamais je n'arriverai à percer le secret de la couleur de l'air et bien que j'aie fait pendant des années le trajet aller-retour entre le *Albuquerque International Sunport* et le *Detroit-Metropolitan Wayne County Airport* dans la même journée, le ciel mauve du Michigan ne m'a jamais donné à comprendre l'énigme de son vide violet.

Après avoir quitté le Michigan, moi la morte du 5 juillet, j'ai longtemps erré sur les routes américaines. Je croyais alors que je pourrais quitter le ciel du Nord. J'ai parcouru le pays d'est en ouest, du nord au sud au hasard de mes voyages en auto-stop. J'ai passé quelque temps ici et là, jusqu'à ce que je me retrouve vers la fin de 1980 à Dallas. Un soir, j'ai regardé le ciel du Texas, ce ciel jonché de puits de pétrole et de grues œuvrant à forer le futur et il m'a semblé qu'il m'appelait un temps, qu'en lui, je serais bien, je pourrais exister. Mais le ciel reste encore une question sans réponse et quand je prends ma voiture pour Rio Rancho après mes virées célestes, j'ai toujours l'impression que les cieux m'ont flouée.

Il me semble aussi que je pourrais lancer un des Boeing que je conduis à pleine vitesse vers la terre et tenter le ciel pour voir s'il saurait me rattraper, me forcer à rester en lui. Très haut, il fait toujours immensément beau. Il n'y a plus d'horizon et mon regard étreint des milles et des milles de vide. Je scrute les nuages, tentant toujours d'y apercevoir Babette, Gustavo, Victor, ma mère, mon demi-frère et puis mes chiennes. J'imagine parfois les voir danser sur un nuage avec mes grands-parents morts à Auschwitz, mes grands-oncles, mes tantes et les cousins et cousines de Maman et Babette. Je voudrais voir autre chose que l'air, que l'épaisseur volatile des nuages blancs gris, noirs, violets. Je voudrais que les cieux s'ouvrent et me montrent l'au-delà, là où nous irons tous, là où les âmes de ceux qui furent les miens continuent à voltiger. On me dit que la mort est vide. Que le ciel est béance et qu'il ressemble à une gueule sans fond, dans laquelle les avions jouent un temps avant de retourner sagement, docilement sur terre. On me dit que Dieu, bien sûr, n'existe pas et que je dois me contenter de ne jamais trouver de réponses aux questions qui se pressent encore, malgré l'âge, dans ma tête. Mais je ne fais pas exprès de vivre avec les morts. C'est simplement ainsi. Je ne décide pas de ce qui me hante. Chaque fois que je décolle, je pense à ceux qui partirent en fumée dans le ciel, à ceux qui ont défié malgré eux la gravité, et je tremble de colère. Je décolle en voulant tuer, en voulant anéantir le ciel dans lequel je projette mon gros Boeing, à toute allure. Je ne décide pas de mes nuits où je les vois tous à Bay City ou à Auschwitz hurler de terreur. C'est leur peur qui me réveille dans l'obscurité, ce sont leurs cris qui me tirent de mon sommeil. Si les morts sont silencieux, si après plus rien n'existe, pourquoi continuent-ils à me rendre visite, à me regarder dans les yeux en me suppliant de faire quelque chose, de ne pas les laisser mourir ainsi? Pourquoi la nuit, la cousine de ma mère, Marguerite, morte à quinze ans à Auschwitz en 1944, m'est-elle apparue avec sa robe de taffetas bleu pour me dire qu'elle ne voulait pas être séparée de sa famille? Pourquoi ai-je vu le soldat allemand borgne l'empoigner à la sortie du train et l'arracher à sa mère pour toujours? Pourquoi vient-elle sans cesse me raconter ce moment terrible où je la vois, impuissante, sectionnée, excisée du corps maternel? Pourquoi ses pleurs me hantent-ils et même dans mes moments les plus joyeux, les plus heureux? Pourquoi l'entends-je dire sans cesse: «Mais Amy fais quelque chose! Fais quelque chose!» Pourquoi suis-je allée l'été 1995 en Pologne avec Heaven? Et pourquoi au bout de cinq minutes de nausée et de cécité durant la visite des camps, ai-je vu le peuple entier des morts qui se tenait là devant moi et me demandait d'agir? Une horde de cadavres vivant encore m'entouraient en hurlant et me suppliaient de rester, avec eux, d'empêcher leur anéantissement, leurs douleurs? Pourquoi suis-je celle à qui il est demandé de porter partout, à travers des milles célestes la peine de six millions de corps morts injustement, sous le ciel bleu si consentant, sous le ciel bleu, bouche de la mort?

Il me semble impossible de croire que la mort est fin, que l'après-vie est silence et que de nous rien ne restera. Il y aura toujours quelqu'un pour entendre dans la nuit, les cris affolés, bestiaux du peuple animal conduit à l'abattoir. Il restera toujours une âme qui entendra, malgré elle, la violence des exterminations qui ont lieu ou qui ont pris place de par le monde. Il restera toujours les plaintes des morts qui résonneront bien après eux, qui feront vibrer l'air et le ciel. De cela, aucun raisonnement sur la fin de la vie et la mortalité de l'esprit ne parviendra à me sauver. L'horreur d'avoir existé. Oui, je crois qu'il n'y aura jamais de façon d'en finir avec cette honte-là. Et même les morts ne peuvent se débarrasser aisément de leur vie. Ils ne trouvent pas le néant si facilement parce que l'air ondule encore de leurs gémissements terrifiés et que les cieux transportent encore leurs cendres livides partout dans le monde. Les morts continuent leur existence. Et c'est bien là toute la tragédie des vivants, ne pas pouvoir vivre dans l'ignorance de ceux qui sont venus avant eux. C'est bien là mon terrible fardeau que d'être née de ceux qui ne sont plus et de ne rien pouvoir faire pour eux. Sauf accepter de les entendre se plaindre et hurler. Quand cela finira-t-il? Et comment empêcher ma fille de porter en elle les morts qui ne se décomposent pas? Comment faire en sorte que les générations qui viennent puissent ne pas succomber sous le poids des horreurs commises? Comment faire taire pour toujours ma grand-mère Elsa Rozenweig au moment où elle entre nue dans la chambre d'extermination et comment ne pas ressentir encore aujourd'hui la douleur de mon grand-père Georges Rosenberg, préposé au bûcher, qui poussa dans les flammes les corps de ceux qu'il aimait, alors qu'il était assigné à la disparition des traces? Comment sortir de l'histoire quand ce sont les morts, eux-mêmes, qui rappellent l'immémoriale douleur? On me parle d'Israël, de l'idée de faire de l'horreur, de la peine, un territoire, une guerre, une identité. Mais je ne suis pas de Jérusalem, de Tel Aviv ou encore des colonies de la bande de Gaza. Je suis une fleur nourrie au fumier de tôle du Michigan, née dans le Nouveau Monde. Je ne trouverai pas dans un pays une quelconque consolation. Je suis une fille des usines de Flint, une fille de la fumée toxique de la modernité américaine. Je ne vis les choses que par procuration. Je suis hantée par une histoire que je n'ai pas tout à fait vécue. Et les âmes des Juifs morts se mêlent dans mon esprit à celles des Indiens d'Amérique exterminés ici et là, sur cette terre. Ils sont tous là présents en moi, parce que l'Amérique, du Michigan au Nouveau-Mexique, c'est cela. Un territoire hanté par les morts d'ici ou d'ailleurs, venus de partout, un territoire encore troué comme une passoire, même après le 11 septembre, les barricades et les fortifications frontalières. En lui la mémoire comme le vent s'engouffre d'est en ouest, du nord au sud, en hurlant, en hululant son chagrin. Le ciel de l'Amérique est multicolore, mais il ne porte que les couleurs d'une peine. Il héberge l'extermination des Amérindiens, abrite les désespoirs et les génocides de tous les exilés venus trouver refuge dans le grand cimetière qu'est cette terre. Ils sont venus de partout pour enterrer leurs espoirs, pour enfouir leurs douleurs dans les réserves des autres, de ceux dont les ancêtres naquirent ici, avant d'être massacrés.

Le ciel de l'Amérique est toujours en deuil du mal qu'il a su enfanter. Le ciel de l'Amérique est bleu, saignant. C'est une plaie béante, une hémorragie.

Le dimanche 1er juillet 1979

Je suis réveillée aux aurores par ma tante. Elle m'enlève violemment le drap vert à fleurs jaunes et roses couvrant mon corps et m'ordonne de me lever rapidement. Elle a décidé toute seule, sans m'en souffler mot, que nous devions nous mettre, elle et moi, au grand ménage de l'été. Babette, chaque saison, retourne la maison de fond en comble, afin d'y traquer la moindre petite poussière oubliée dans les nettoyages frénétiques et quotidiens. Il s'agit pour elle de repartir à zéro, de tout effacer, de pouvoir, comme elle le dit alors, « mieux respirer », c'est-à-dire inspirer, sans arrière-pensée et avec satisfaction, l'air climatisé et artificiel de la maison de tôle. Je vois d'un très mauvais œil le passage des saisons, puisque je suis condamnée, tous les trois mois, pendant quinze ou seize heures d'affilée, aux travaux forcés. Je récure le plancher du *basement*, je rince les murs couverts de papier peint saumon en vinyle gondolé, j'astique les carreaux, je démonte les penderies pour y aspirer les moutons et les chatons de poussière qui se cachent et s'accumulent vicieusement dans un recoin rebelle, je récure les culs des climatiseurs afin d'en extirper, presque chirurgicalement, les bandes de cheni qui se logent sournoisement entre les lames de métal gris beige, je nettoie les conduits de tous les appareils ménagers de la maison, je gratte avec une éponge toutes les moustiquaires et je lave à grande eau le garage, en ayant pris soin d'avoir tout sorti de là avant le début de l'opération. Ma tante Babette se charge du reste… Et la besogne ne manque pas. Babette, un peu sotte, a une imagination fertile en matière de lessivage et elle trouve toujours, pour elle ou pour les autres, quelque chose à frotter ou à décrotter.

Ce matin du dimanche premier juillet 1979, je ne comprends pas tout de suite quelles sont les raisons de mon expulsion du lit. Je pense, à tort, que je suis sur le point de tacher mes draps et me dirige machinalement vers la toilette afin de changer de serviette hygiénique. Depuis que j'ai mes règles, Babette m'a à l'œil. Il ne faut pas que je macule la literie de mes déjections corporelles. Bien que mon lit possède déjà une alèze plastifiée très inconfortable qui couine dès que je change de position, lorsque le sang point chaque mois, Babette me force à dormir avec une culotte en plastique et une ceinture spécialement conçue pour tenir en place les serviettes hygiéniques de toutes tailles. Je n'ai pas le droit aux tampons. Babette ne veut pas que je perde la virginité que je n'ai plus depuis si longtemps en m'enfonçant quelque chose dans le vagin. De plus, elle a très peur que «cela» reste coincé et que je doive demeurer avec «le truc» entre les jambes jusqu'à la fin de ma vie ou encore que «cette cochonnerie» me donne une maladie… Je me contente de porter des tampons au *high school*. Mon casier est rempli de Tampax que je vais mettre dès que j'arrive à l'école. Mais comme Babette n'a pas vraiment confiance dans le dispositif qu'elle impose à mon corps, les jours de règles, ma tante me réveille trois ou quatre fois par nuit, pour m'exhorter à aller changer de serviette, soupçonnant mon intérieur de débordements sanguinolents capables de bousiller définitivement le matelas. Je ne me souviens plus si durant toutes les années de mon adolescence, j'ai réellement taché ou non mon lit. Je l'ai tant de fois imaginé, terrorisée, me doutant des conséquences d'une telle négligence, que je ne peux savoir si la chose a bel et bien eu lieu. Je me souviens de réveils abrupts, d'urgences coupables, d'inspections vaginales et de viols de mon intimité. Mais de véritables souillures du lit, je n'ai aucune réminiscence. Tout ce que je sais, c'est qu'à l'époque, je force mes petits copains à bouffer mon sang que je leur sers sur mes doigts, dès que je me retrouve seule avec eux dans un lit ou dans une voiture. Je les convaincs de tout lécher, en leur disant qu'Alice Cooper est avide de l'hémoglobine de ses conquêtes, ce que j'ai lu dans un magazine que j'ai volé, à onze ans, au K-Mart. Et je dois avouer que cette opération ne déplaît pas à tous, même si cela me confère une fort mauvaise réputation. Surtout auprès des filles.

Le matin du premier juillet, je me dirige donc vers la salle de bains, à moitié endormie, croyant qu'après un changement rapide de serviette hygiénique, je pourrai, peinarde, regagner mon lit, et dormir encore une ou deux heures, sans me faire réveiller. Mais après avoir pissé, au moment où je m'essuie, je constate que je n'ai aucun sang sur le papier de toilette que je viens de frotter consciencieusement, comme ma tante me l'a appris, contre ma vulve. Il n'y a rien qui s'écoule de moi pour souiller le blanc du papier American Mercantile que j'utilise. Je n'ai malheureusement pas la chance d'être impure. Je suis de la corvée de nettoyage et l'intervention matinale de Babette dans mon lit ne s'avère pas être un simple contrôle menstruel. En fait, Babette a retardé le grand ménage de plus d'une semaine pour que j'y participe. Elle m'a attendue pour mettre en branle le combat inégal de l'aspirateur, de la vadrouille, des produits d'entretien et des chiffons contre le temps et la poussière. Je n'étais pas là le dimanche suivant le 21 juin, journée rituelle des fureurs ménagères estivales. Pour la première fois de ma vie, je suis allée à la mer... Le 15 juin, j'ai terminé ma dernière année au *High School of the Sacred Heart*. Je viens même d'obtenir mon diplôme de fin d'études. Sur le terrain de football de l'école, coiffée d'une espèce de mitre à pompon, j'ai paradé en toge et épitoge, avec d'autres jeunes encore plus incultes que moi. L'école nous a proposé, quelques jours après les célébrations scolaires et les beuveries du bal de fin d'année, d'aller en voyage, quinze jours à Cape Cod. Tous les finissants sont donc montés dans un bus, où après vingt-quatre heures d'ingurgitation d'alcool et de vomissements, j'ai pu voir l'Atlantique en compagnie d'une bande de crétins braillards qui, dès qu'ils ont mis le pied hors de l'autobus jaune, se sont jetés tout habillés dans l'océan. Pour la première fois de ma vie, j'ai pu vraiment quitter ma famille, humer l'odeur de l'océan et découvrir, émerveillée, éblouie, le ciel immensément bleu de l'Atlantique. Pour la première fois de ma vie, j'ai connu le bonheur, à perte de vue, en me promenant sur la plage et en avalant goulûment les cieux par mes yeux, par ma bouche, par tous les pores de ma peau. J'ai bu le bleu qui s'étalait au-dessus de moi. J'avais grand soif. J'étais si avide. Je n'avais été allaitée qu'au mauve saumâtre, infect du Michigan et jamais je n'avais pu penser que le ciel était réellement azur. Ce n'était pour moi qu'une image que je rencontrais dans les livres, un effet de style. Durant deux heures, sur la plage d'un village de Cape Cod, la vie a été possible. Je me suis baladée sur le sable, seule, laissant derrière moi la cohorte des footballeurs et des miss Bay City fraîchement diplômés, et j'ai pleuré. Devant la joie bleue du monde. Pendant deux heures, je n'ai vu que le bleu. L'Atlantique et son ciel. Et puis mes larmes qui coloraient le paysage. Comment oublier le bleu du ciel? Comment oublier la coagulation de l'azur? À la fin juin 1979, pour mon malheur, j'ai connu le bonheur deux heures. Je ne devais pas savoir cela. De l'insouciance, de l'extase, j'étais vierge. Et j'aurais dû le rester.

Le matin du premier juillet 1979, après mon réveil abrupt, je sors de la salle de bains, hébétée, anxieuse et revêts immédiatement la tenue synthétique de combat anti-saletés que Babette a déposée sur mon matelas nu. Ma tante a déjà arraché les couvertures, les draps de tous les lits de la maison. Il faut aérer et l'air frais du matin qui se lève envahit les pièces. Il fait frisquet dans le couloir qui mène à la salle de bains et tout y est étrangement silencieux. Le bruit des climatiseurs s'est arrêté, puisque ma tante vient d'ouvrir toutes les portes et les fenêtres que les appareils de climatisation ne condamnent pas.

Pendant que je pissais, Babette a eu le temps de tirer mon oncle et mon cousin de leur sommeil, les a forcés à quitter la douceur de l'aube en leur demandant de partir pour la journée, puisqu'elle ne veut pas les avoir dans les pattes. Ma mère est partie quelques jours, avec mon petit frère, chez des amis à Chicago. Tous les trois mois, au moment du grand nettoyage de Babette, ma mère quitte Bay City. Elle ne supporte pas la façon qu'a ma tante de nettoyer la maison. Ma mère, tout aussi obsédée par la propreté que ma tante, n'est pas prête à céder à sa petite sœur le droit d'aînesse qu'elle possède incontestablement sur le lessivage des murs et des parquets. Ma mère croit en sa toute-puissance ménagère et ses manies sont des diktats. Mais comme ma tante est, après tout, chez elle et qu'elle ne s'en cache pas, ma mère est contrainte à céder le terrain à Babette. Dans le ressentiment, Denise se résigne à la supériorité des propriétaires de maison sur les grandes sœurs. Elle est priée tous les trois mois d'aller faire un petit voyage, dont elle revient toujours très en colère, se permettant pendant six semaines des remarques acerbes sur l'état de propreté des lieux. Ce qui ne manque de provoquer des bagarres entre les deux sœurs. Dans ma chambre, le matelas est obscène. Il me semble prêt à succomber aux assauts, que je vais lui faire subir et qui le laisseront vaincu, revanchard et surtout peu hospitalier à mon sommeil. La journée commence et elle sera longue.

Alors que Babette tourne autour de moi, fait des allers-retours bruyants, affairés, de la cuisine aux chambres, et des chambres au *basement*, j'avale rapidement un bol de Special K arrosé de lait froid. Je m'arrête à peine pour écouter le bruit réconfortant des flocons qui crépitent sous l'effet du lait. Je me fais à toute vitesse, en prenant l'eau chaude directement du robinet, un Nescafé bien fort, qui devrait parvenir à me réveiller complètement. Mon oncle m'embrasse tendrement sur le front. Il me regarde longuement, en souriant. Il va passer la journée à l'église mexicaine *Santa Maria de la Misericordia*, à discuter et travailler avec des compatriotes d'Amérique latine engagés dans diverses causes. Il a le sourire triste, bienveillant, celui des moments où il me laisse seul avec ma tante, celui de notre impuissance. Mon cousin est assis à la table de la salle à manger. Ma tante lui a préparé deux œufs, du bacon, lui a fait chauffer un pain et préparé un café français. C'est ainsi que nous appellons la soupe brune, que ma tante prépare tous les matins pour elle et son fils dans l'espoir de faire revivre l'odeur matinale de son pays. En vain. Le café français pue l'eau chaude dans laquelle on aurait pissé volontairement et est encore plus imbuvable que mon Nescafé tiède, à l'eau du robinet.

Victor n'est pas pressé. Il ne l'est jamais. Il aurait dû finir lui aussi son *high school* cette année, en même temps que moi, mais avec un peu de chance, dans deux ans, il aura droit à la parade de la toge et de la mitre sur le terrain de football. Il a dû redoubler une ou deux classes. Et l'on ne sait pas ce que l'avenir lui réserve. Mais il reste satisfait de lui, de ses performances en *go-kart,* au football ou encore sur sa moto jaune et de son succès incontesté auprès des filles. Victor est un excellent *quarterback* qui espère faire carrière dans le sport, devenir une étoile de la NFL, mais c'est surtout un très beau garçon qui ressemble à son père et qui n'a rien de l'allure mesquine, vaguement paysanne de sa mère. Souvent, il me pince les fesses et essaie de m'embrasser sur la bouche. Il m'appelle « *Sweety pie* », croyant me faire craquer. Il aimerait bien que nous baisions de

temps à autre et me menace de raconter ma vie de délu-
rée à sa mère ou à la mienne. Mais j'ai tellement accu-
mulé de choses et de preuves contre lui que son chantage
ne peut fonctionner. Il n'a pas intérêt à me balancer. Je
dirai tout à sa mère : ses vols dans les commerces de Bay
City, ses fréquentations avec la petite pègre et bien
d'autres événements sur lesquels il ne ferait pas bon
pour lui que je parle. Souvent, il me dit de me laisser
faire, juste une fois, qu'il ne comprend pas pourquoi lui
n'a pas le droit à mes faveurs, alors qu'il sait quelle vie
je mène. Il insiste, en me faisant un clin d'œil, pour me
dire qu'il est très expérimenté lui aussi. J'ai dix-huit ans
et il est vrai que je couche avec n'importe qui ou n'importe quoi, mais je n'ai pas envie du fils de ma tante. Je
n'ai aucun désir pour un type qui se fait acheter ses
Playboy par sa mère et qui boit un café infâme parce
qu'il croit continuer ainsi à téter le sein maternel. Mon
cousin est un fils à sa maman. Un beau gosse certes,
mais il y en a beaucoup à Bay City de garçons aux dents
blanches. Le Colgate ou le Crest se vendent bien dans
notre patelin. C'est Babette qui lui rappelle, avant les
sorties du samedi soir de prendre avec lui les capotes
qu'elle lui a procurées et de ne pas mettre une fille
enceinte. Ma tante aime les hommes, désespérément. Et
son fils constitue à ses yeux la quintessence de la mas-
culinité. Quand nous étions plus jeunes, lui et moi,
Babette m'avait presque persuadée de succomber aux
charmes de Victor. Elle n'en revient toujours pas que je

tienne tête à cet étalon, elle qui change les draps du lit de son fils avant et après ses ébats. Si elle le pouvait, lors des baises minables de son fils, ma tante tiendrait la chandelle. Elle se vante déjà à ses amies des prouesses sexuelles de Victor dont elle a entendu l'écho se répercuter le samedi soir à travers toute la maison de tôle.

Le premier juillet 1979, Victor essaie d'une main d'attraper un de mes seins, en tentant de saisir de l'autre le journal. Je lui donne un coup de cafetière sur la tête et lui demande de se dépêcher, de se « magner un peu le cul », « d'aller se faire voir ailleurs » puisqu'on n'a pas besoin de lui, ici, pendant les opérations ménagères. Je m'adresse toujours à lui en français, dans un français des années cinquante que parlent ma mère et sa sœur et dans lequel se retrouve pas mal d'argot désuet. Mon cousin, bien que depuis sa naissance toutes les conversations de la maison aient lieu en français, ne comprend pas grand-chose à ce qui est dit. Son accent est très fort et il a du mal avec les phrases complexes. Quant aux expressions toutes faites, il ne parvient pas à en saisir le sens, ce qui donne lieu à pas mal de quiproquos. Mon insistance à lui parler dans la langue des deux sœurs et ce même dans les couloirs du *high school* où j'ai le malheur de le croiser parfois, le rend furieux. Aux yeux des autres et surtout des filles, Victor a un charme européen et parle une langue tout à fait sexy. Les notes qu'il a obtenues en français au *high school* sont là pour témoigner de ses capacités linguistiques. Mais c'est ma tante, sa mère, qui est le professeur de français de l'école… Babette veille à ce que son fils et elle vivent dans le leurre et que Victor ne soit pas éjecté de l'école à cause d'une moyenne générale catastrophique à laquelle une note parfaite en français fait obstacle. Parfois, quand il drague dans sa Camaro rouge 1967 les filles qu'il ramène tous les soirs chez elles, Victor met Radio-Canada de Windsor, même s'il ne sait vraiment pas de quoi il s'agit. Le français excite les jeunes femelles américaines qui se jettent au cou de mon cousin et qui sont prêtes à tout pourvu qu'il leur murmure à l'oreille : « ma chérie », « ma puce ». Victor parfois feint l'accent français en anglais juste pour provoquer l'hystérie de ses copines, alors que les mots maternels restent pris dans sa bouche comme de gros *marshmallows*. Babette appelle son fils : « Mon chéri », « mon trésor », « ma puce » et Victor n'a ni le vocabulaire ni l'imagination assez fertile pour trouver autre chose à dire aux filles à cheveux longs qu'il ramène à leur domicile non sans leur avoir tripoté les seins ou les cuisses. « *You excite me when you dress like a cleaning lady* », me lance Victor en avalant son café et en s'engouffrant dans le garage. « *See you later*, ma puce », me dit-il. J'entends le mécanisme de la porte automatique du garage et le bruit du moteur de la Camaro rouge. Mon cousin est parti dépenser son énergie sur un quelconque terrain de football ou encore va chez son copain Jeff faire quelques magouilles qui lui rapporteront un peu d'argent. Il ne reviendra que tard ce soir, sûrement saoul et ronflera bruyamment toute la nuit.

De Bay City me parvient encore maintenant l'odeur de la moquette verte Dupont que je commence à laver le matin du premier juillet 1979. Il m'a suffi d'installer à l'aspirateur une batterie de prothèses, une série de brosses, de petits bras, et l'appareil a mouillé de plaisir en produisant une substance blanchâtre, une mousse épaisse gluante, abondante qui remonte sur les pieds de ma tante, sur ses bras et qui se faufile jusque sur ses cuisses, sous sa tenue de nettoyage. Pour récurer la maison, Babette porte une tunique qu'elle achète en solde au K-Mart avec une série de produits nettoyants très toxiques. Elle laisse de cette robe les trois derniers boutons ouverts, ceux du bas, afin de se mettre à l'aise dans ses mouvements de frottage. Les jambes dans la mousse, elle devient la néréide de l'océan Bissell. L'aspirateur se fait tank à l'assaut du sale, alors que ma tante, pataugeant dans l'eau, parvient tant bien que mal à maîtriser la puissance de l'appareil. Au bout d'un temps, l'Electrolux vert crache ses dernières écumes savonneuses, et après avoir couvert Babette de mousse, il rend momentanément l'âme, avec des soupirs de soulagement, des éructations suggestives. Il s'arrête un peu, épuisé, mais repart vivement en passant à un autre mode de fonctionnement. Il suce alors bruyamment la moquette, la mord, la lèche dans tous les coins, avec l'aide de ma tante qui se décide à chevaucher sa monture et à l'encourager au combat en émettant de petits sons stridents et satisfaits, quand le résultat de la succion lui paraît convaincant. Tous les trois mois, ma tante se paie du bon temps avec sa machine à laver la moquette. Elle parvient ainsi à laver momentanément ses chagrins, à noyer son exil dans une mer de savon blanc. Il me semble que je ne la vois jamais aussi comblée qu'après le nettoyage furieux du tapis de la *tv room* et de la salle à manger, alors qu'elle pose cinq minutes ses fesses sur le canapé, que ses cuisses sont trempées de savon à moquettes, que ses aisselles transpirent sous le coup de ses ardeurs et qu'elle nous interdit formellement à moi, mon cousin et à mon oncle d'entrer dans la pièce jusqu'à ce que cela sèche complètement, ce qui met quand même vingt-quatre heures. Je crois que le nettoyage de la maison constitue, à cette époque, le seul plaisir physique que ma tante se permette. Pour elle, comme pour les filles et les femmes de Bay City, la jouissance ne peut venir d'un exercice sexuel ou de quelconques superpositions ou frottements des corps et des organes. Elle est le fruit d'un ordre domestique, national, cosmique basé sur une régulation méthodique des vies. Pour ma tante, l'orgasme ne peut alors se faire sentir que devant les chaussettes immaculées de mon cousin, les serviettes de toilette pliées, rangées par couleurs et par grandeurs sur une étagère de la salle de bains et ses gémissements se mêlent au ronronnement de la machine à laver qui sait avaler des kilos de linge sale chaque jour et les régurgiter impeccables.

Ma tante vint avec ma mère aux États-Unis en 1957. Un cousin à elles, qui habitait en Angleterre pendant la guerre, les avait convaincues toutes les deux de venir s'installer à Chicago. Ma mère préféra s'arrêter à New York où le gros paquebot les avait menées le 13 juillet 1957. C'est là qu'elle rencontra mon père, alors qu'elle s'était trouvée un travail de serveuse au noir. Mon père allait manger au restaurant Jimmy's. Un jour, il apporta à Denise des fleurs, des roses rouges, et un autre jour ou le même, il l'invita au cinéma. De fil en aiguille, de fleurs en cinémas, ma mère tomba enceinte de sa première fille, la morte Angie. Mon père lui annonça alors solennellement qu'il ne pouvait quitter la maison de son père italien et de sa mère grecque, ses sœurs célibataires et le confort immigrant, qu'il devait donc l'abandonner momentanément, et ainsi renoncer à son propre bonheur pour continuer à s'occuper à trente-deux ans de ses parents vieillissants et de ses jeunes sœurs dans la vingtaine. Ma mère décida de ne pas retourner en France, mais d'aller chez Babette qui a l'époque venait de s'installer à Bay City, avec son mari Gustavo. Au début, ma mère eut du mal à se faire à Bay City... Cette petite ville absolument ennuyeuse ne convenait pas à sa jeunesse et à son tempérament urbain. Après la naissance-mort d'Angie, elle retourna encore un peu à New York pour convaincre mon père de vivre avec elle. C'est là qu'elle tomba enceinte de moi et qu'elle dut accepter de retourner dans le Michigan pour de bon chez sa sœur. Babette avait rencontré Gustavo dans une école de Chicago où elle enseignait le français et lui le latin. Ma tante avait vingt ans en 1957 et Gustavo fut le premier homme qu'elle connut, si l'on ne compte pas les deux ou trois flirts qu'elle eut sur le pont du *Queen Mary* durant la traversée de l'Atlantique, grâce à l'alcool gratuit. Le cousin d'Amérique, Raymond, l'incita à épouser mon oncle, qui venait de quitter les ordres quelques mois plus tôt. Gustavo proposa à Babette d'aller faire leur vie à Bay City. Il avait trouvé un emploi à temps plein de professeur de latin et d'espagnol et ma tante ne pouvait refuser cette offre alléchante. En 1960, ils s'installèrent au 4122 Veronica Lane, dans la maison de tôle bleue, et ils y restèrent jusqu'à leur mort qui survint dans la nuit du 4 au 5 juillet 1979. Ma tante ne connut en matière de sexualité que ce qu'elle vécut avec mon oncle et les cris de mon cousin derrière la porte de sa chambre. Elle développa donc un rapport frénétique au ménage et aux objets qui servent au nettoyage. Sans le savoir, durant des années, elle devint petit à petit fétichiste des appareils ménagers. Il s'agissait toujours pour elle d'utiliser la bonne pompe ou la meilleure brosse. J'étais celle qui devait l'assister et surtout la regarder lors de ses diverses et fréquentes rencontres avec les machines. « Regarde, mais regarde comment je fais, me disait-elle en chevauchant le boyau de l'aspirateur. C'est comme cela, oui, oui, exactement comme cela. Oui, ainsi tu sauras, tu pourras trouver un mari et ta maison sera impeccable.»

Le nettoyage trimestriel était aussi le moment des confidences de ma tante. C'est au rythme de l'aspirateur ou de la *Magic Mop* que j'appris, au long des ans, tous les détails de sa vie et de celle de ma mère depuis leur arrivée à toutes les deux, aux États-Unis. C'est en démontant une moustiquaire récalcitrante et particulièrement crasseuse que je sus que ma mère a rejoint en 1960 mon père à New York, et qu'elle m'a conçue là, malgré les avertissements de ma tante qui l'avait bien prévenue d'un autre abandon de Dino. C'est en défaisant une tringle des rideaux que me fut confirmé de la bouche de ma tante que mon oncle avait bel et bien été prêtre, jusqu'à l'âge de quarante-deux ans, ce qu'un appel téléphonique anonyme le 17 novembre 1975 au milieu de la nuit m'avait révélé officieusement. Gustavo est entré au séminaire à dix ans, et n'en est ressorti que quelques mois avant sa rencontre avec Babette. Il n'en fallut pas plus à ma tante pour croire au romantisme de son mariage et pour parler de prédestination. «Il est passé de Dieu à moi», disait-elle fièrement en croyant avoir remporté un prix dans une compétition imaginaire, dont elle ne savait pas combien elle était en fait la grande perdante. C'est en enlevant tout le contenu des armoires de cuisine et en passant au Windex toutes les boîtes de conserve que Babette me confia que ma mère n'aimait pas Angie. Selon ma tante, l'apparente passion de ma mère pour Angie n'était qu'une façon d'avoir un pouvoir sur les autres, pouvoir que seul le malheur octroie.

Depuis quelques années, j'essayais souvent à chaque grand nettoyage d'apprendre quelque chose sur les années de guerre et d'avant-guerre. Je voulais obtenir autre chose que le discours sirupeux sur De Gaulle. Mais ma tante restait intraitable. Jusqu'en 1979, il n'y eut pas moyen d'apprendre qui furent ses parents, les circonstances de leur mort et les détails de la vie quand les deux sœurs étaient enfants. Tout ce que je savais c'est que mes grands-parents étaient morts pendant la guerre et que les petites avaient été cachées en Normandie, chez un fermier qui les avait adoptées et qu'elles avaient quitté rapidement à la fin des années quarante, pour monter travailler à Paris. Même quelques années plus tôt, en novembre 1975, lorsque le téléphone retentit dans la nuit et lorsqu'une voix anonyme traita ma tante de « sale Juive » qui a défroqué un prêtre catholique, je ne réussis pas à tirer complètement les vers du nez de ma tante, pendant notre ménage trimestriel. Babette a toujours été très méfiante à mon égard. À mes questions, elle arrêtait quelques secondes de remuer son chiffon frénétique et restait très vague en affirmant que les gens disent n'importe quoi, qu'en Normandie il n'y avait pas de Juifs et que de toute façon elle avait autre chose à faire que d'écouter les ragots du voisinage.

Le premier juillet 1979, après avoir nettoyé avec ma tante la moquette verte de la *tv room*, je crois que comme à chaque grand ménage, une journée de cache-cache psychologique vient de commencer. Aujourd'hui, j'apprendrai quelques bribes bien anodines du passé des deux sœurs Duchesnay. Je me prépare à quelques aveux somme toute assez banals extorqués à ma tante. J'imagine déjà une amourette secrète de ma mère, un vol commis à l'âge de seize ans ou une négligence à mon égard au moment d'un biberon. Je ne m'attends à rien d'extraordinaire, sachant par expérience, que ma tante et ma mère sont expertes dans l'art du silence et que de leur vie, nous ne devons rien savoir. Mais j'aime pouvoir lors de ces ménages trimestriels, pour me divertir de la fatigue de mon corps, jouer au jeu de la vérité avec Babette, qui rit toujours de ma curiosité et de sa propre force de dissimulation. Ma tante pense que je sais tout, parce que je suis l'élue de Dieu, et en ce sens, elle n'a pas besoin de me dire quoi que ce soit. Babette m'aimerait beaucoup si son mari ne me préférait à son arsouille de fils. Elle ne peut oublier que j'ai volé la place de Victor dans le cœur de Gustavo et malgré son affection pour moi, elle reste toujours excessivement défiante à mon endroit. Parfois, il lui arrive de souhaiter ma mort. Mais elle s'en repent très vite. On ne peut penser cela de celle que Dieu a choisie, de la petite communiante pure que j'ai été à sept ans, lorsque ma tante m'a forcée à faire entrer dans ma bouche le corps du bon Dieu avec la complicité de Father Lewis et surtout en cachette de ma mère, qui ne supporte pas ses excès de bondieuserie et qui n'aime que les athées.

L'ambivalence de Babette à mon égard lui fait voir d'un très mauvais œil mon entrée à l'université en 1979, loin d'elle. Ma tante aimerait beaucoup que je ne parte pas en septembre à Détroit. Je veux devenir ingénieure mécanique et faire une spécialisation en aéronautique. Depuis un an ou deux ans, grâce à quelques professeurs un peu moins cons que les autres, qui me promettent un brillant avenir, à moi l'asphyxiée des premiers jours de la vie, la perspective d'être autre chose qu'une caissière au K-Mart s'ouvre à moi. Je songe à laisser la maison de tôle bleue, à ne plus dépenser tout mon salaire en vernis à ongles et à abandonner ma famille. Il y a peut-être une vie ailleurs, sous d'autres cieux. J'ai demandé à aller à l'université de Buffalo, ou encore de faire mes études au Québec, puisque là-bas, cela ne coûte presque rien et que je parle français, mais ma tante me laisse partir à condition que je n'aille pas trop loin. Elle rêve de me voir pourrir dans cette ville misérable qu'est Lansing, mais la *Michigan State University* n'a pas le programme dans lequel je veux m'inscrire. J'irai donc à Détroit à cent milles de Bay City. Je pourrai revenir tous les week-end et même continuer à faire le ménage trimestriel avec ma tante. Je ne serai pas loin…

Le premier juillet 1979, alors que nous faisons le ménage, Babette, je m'en doute, veut tenter de me convaincre de rester chez moi, sur Veronica Lane, de renoncer à un métier et de vivre comme elle, avec elle. En janvier 1979, alors que je viens d'apprendre que je suis acceptée à l'université, elle me présente un garçon qui se destine à la prêtrise, Edward Beniczkiewicz. Elle espère que je saurai le convaincre de ne pas entrer dans les ordres et de m'épouser. Ma tante est persuadée que les prêtres catholiques font les meilleurs maris. Un prêtre *wannabe* serait, selon ses critères à elle, ce qu'il y a de mieux pour moi. Elle a rencontré cet empoté d'Edward à l'église. Il apprend avec elle le français à la maison. Il se targue d'être polyglotte. Il a une sale gueule. Le visage d'un puceau capable de viols et de séquestrations. En lui, je lis quelque chose du maniaque sexuel et de l'abstinent détraqué. À la table de la cuisine, il prononce péniblement les mots et les phrases que ma tante lui apprend et me semble aussi doué pour le français que mon cousin. Quand je suis à la maison, ma tante essaie toujours de me faire parler avec ce type. Comme beaucoup d'Américains de mon âge, et je ne me l'explique pas bien, j'ai un préjugé contre la Pologne et les Polonais. Au *high school* et à la télévision, toutes les blagues les plus drôles et les plus méchantes sont faites aux dépens des Polonais, comme Edward. Je ne peux m'empêcher en voyant la tronche de ce futur curé eunuque de penser à toutes nos plaisanteries salaces sur la Pologne. Ma tante aimerait que je donne à ce brave garçon des cours de conversation. Mais je prétexte être bien trop prise avec mes heures au K-Mart. Et avec mes études, je n'ai pas à donner quelques minutes à des cas désespérés.

Un après-midi, Babette me tend un guet-apens et me voilà en train d'essayer d'arracher quelques mots de français à cet imbécile heureux, qui essaie de m'expliquer qu'il hésite entre la prêtrise et le mariage en lorgnant mes cuisses que ne cache pas ma minijupe noire, assortie à mes ongles. Pendant que je lui sers le thé, parce que ma tante a une entorse et qu'elle a du mal à marcher, ce que je ne crois pas être vrai, sa bouche triture dans tous les sens les quelques phrases de français qu'elle connaît. Edward veut m'expliquer que malgré sa vocation et sa foi, il serait prêt, s'il trouvait une gentille femme, à se marier et avoir autant d'enfants que Dieu le voudrait... Sa décision n'est donc pas prise. Ma tante à l'autre bout de la table me regarde bienveillamment et espère que les paroles bénies de Benicz ne tomberont pas dans l'oreille d'une sourde. Je demande nonchalamment au benêt polonais s'il se sent responsable en tant que catholique des atrocités commises en Pologne pendant la guerre ou s'il pense, comme tous ses compatriotes, que c'est la faute des nazis et qu'eux, ils en ont après tout plus bavé que les Juifs. Edward ne connaît pas assez bien le français pour saisir toute la charge meurtrière qu'il y a dans ma question. Ma tante me fait des gros yeux. Elle est très mécontente et me dira plus tard combien mon intervention l'a peinée. Mais comme elle se rend compte que son élève n'a pas compris grand-chose, elle passe subito presto à un autre sujet de conversation où Beniczkiewicz peut se mettre en évidence.

Le jour de Pâques de l'année 1979, le voilà qui est invité chez nous et se retrouve assis à mes côtés. Ma tante lui annonce ma décision de quitter la maison pour aller à l'université, comme si elle lui disait tout cela pour la première fois. Elle pleurniche en lui montrant combien cela la chagrine. Edward essaie de la consoler, alors que toute la famille tente de parler d'autre chose. Ma tante fait un vrai numéro au Polonais. Elle pleure, se lamente, lui dit que je suis sa seule fille et qu'elle va perdre ici une partie d'elle-même. Elle espère un miracle ou un mariage pour me détourner de mes idées de diablesse. Le pauvre type est tout à fait effrayé par moi et croit vraiment que je suis possédée par quelque démon qui m'attire vers la tentation suprême : le génie mécanique. Comme ma tante n'arrête pas de lui dire qu'en fait, je suis élue, et que je serai un jour une sainte catholique, il propose à ma tante, en cachette, à la cuisine, de m'exorciser. Il l'a déjà fait à d'autres, parrainé par Padre Pereira que ma tante invite souvent à sa table. J'entends alors que je rapporte les tasses sales à café pour les déposer au coin de l'évier qu'Edward est prêt à trouver un moyen efficace pour retirer tous les démons de mon corps et de mon âme. Ma tante, malgré sa sottise, comprend bien que l'intérêt de ce garçon pour moi n'est guère marital et qu'il voit plutôt en Amy une séance d'exorcisme dans laquelle il tiendra le rôle du sauveur. Ma mère est beaucoup plus loin, assise sur le canapé de skaï. Je ne sais comment elle a tout entendu. Au mot « exorcisme », elle bondit vers la cuisine et ordonne à Edward de se taire. Elle l'informe que je suis la fille d'une non-croyante, que l'exorcisme pour nous est de la pure folie et qu'elle aime « bouffer du curé ». À ces mots dont il ne pénètre pas le sens exact, Benicz est terriblement perturbé. Il roule de grands yeux dans toutes les directions, se met à suer, et semble pris de convulsions. Je crois que l'idée de se retrouver à table parmi quelques infidèles à bouffer du curé (c'est ce qu'il répète) l'excite au plus haut point et qu'il ne sait plus que faire de cette montée de désir de conversion qui l'assaille. Bien sûr, il y a en lui, et je peux le lire sur son visage, un certain dégoût. Mais je vois surtout une profonde agitation sexuelle qui le fait loucher sur mes cuisses et mes seins et qui lui donne envie de nous saisir les mains, à tous. Ce qu'il fait. Je sens qu'il peut être vraiment violent lorsqu'il se met à hurler en polonais et en latin, une variante de *vade retro Satanas*. Il nous exhorte à nous mettre à genoux pour prier et me tord le bras pour m'enjoindre de toucher le sol. Ma mère l'empoigne et le fout dehors avec l'aide de mon cousin, qui est tout de même joueur de football et qui fait une bouchée de cette demi-portion polonaise. Ma mère pense que mon départ pour Détroit reste inutile, que je suis idiote et que de toute façon, je ne parviendrai pas à faire des études, parce que je suis retardée à cause de cet accident à ma naissance. Angie, sa seule fille, lui manque vraiment et serait médecin si elle avait vécu. Mais ma mère déteste encore plus la religion que moi et elle ne veut pas que j'épouse un curé polonais. Ma tante se disputera des jours avec ma mère à ce sujet et en voudra à son mari Gustavo de ne pas lui donner raison. Victor, lui-même, pour une fois, dit à Babette qu'elle est ridicule avec le futur prêtre. En mai, elle a une discussion avec Padre Pereira qui lui confie que Benicz ne peut entrer dans les ordres, qu'il est trop déséquilibré. Cela calme complètement Babette. Elle voulait pour moi ce qu'elle-même a eu, un prêtre défroqué ou à débaucher. Elle ne veut pas de quelqu'un que l'Église refuse. Benicz est oublié. Dans la maison de tôle, on ne prononce jamais plus son nom. Quand Babette et lui se croisent à l'église, le dimanche, ils se signent l'un l'autre, effrayés d'être dans une parfaite communion des âmes que tous les deux récusent.

Je m'apprête donc à entendre encore parler mariage et peut-être même d'un autre prêtre, un Mexicain, au moment où je m'attelle à laver à grande eau toutes les moustiquaires de la maison. Nous sommes en juillet. En septembre, je pars. Babette doit faire vite pour m'empêcher de mener une vie pécheresse. Je commence à arracher les moustiquaires de leurs fenêtres et ma tante s'acharne à nettoyer toutes les plinthes électriques, quand nous entendons un vacarme terrible venant du *basement,* un bruit de sécheuse détraquée, qui se soulève et retombe lourdement sur le plancher en ciment du sous-sol. Je me précipite à toute vitesse vers l'escalier qui descend à la pièce souterraine, immense, qui double la maison sur toute sa longueur. Je constate tout de suite, que ma tante est déjà là, quelques marches plus bas que moi. Elle se prépare à faire le nécessaire pour arrêter la machine folle qui est en train de se battre avec les tuyaux et conduits d'évacuation de l'air et de s'arracher du mur. Dès que nous sommes toutes les deux en bas et que nous tentons de la calmer, la machine pique une colère noire. Elle devient enragée et s'enflamme. Nous essayons de débrancher le fil qui conduit de la sécheuse au mur. En vain. Les tressautements de la machine ont tordu la prise mâle qui se trouve bien solidement ancrée dans sa contrepartie murale femelle. Je me précipite vers le cagibi où sont habituellement entreposés les extincteurs que ma tante affectionne et collectionne. En effet, elle me demande souvent de rapporter du K-Mart le nouveau modèle qui vient de sortir et dont je dois guetter l'apparition sur les tablettes du rayon quincaillerie. Babette qui vit à tout moment sous la menace d'une catastrophe de grande envergure, d'une guerre, d'un tremblement de terre, d'une bombe atomique, d'une tornade ou d'un ouragan, possède toute une panoplie d'objets de survie, d'extincteurs, de couvertures, de

[79]

lampes, de lanternes, d'insecticides, de trousses de premiers soins et même de boîtes de conserve qu'elle empile dans le cagibi pourri.

Alors que je tente de mettre la main sur un extincteur de la collection, ma tante en me voyant me précipiter vers le cagibi qui se trouve au bout de la grande pièce se met à hurler et me demande de revenir immédiatement auprès d'elle. En tenant fermement dans ses deux bras la machine qui se démène, elle me dit que les kits de survie ont été déplacés. Elle tente ainsi de contrôler le feu qui a pris place dans la sécheuse. D'une main, ma tante arrive finalement à débrancher le fil de la machine. Mais comme le feu continue dans l'antre de l'appareil et que je ne vois pas immédiatement les extincteurs posés dans un coin de la pièce, je me décide à ouvrir la porte du cagibi où je compte trouver quelque objet qui nous sauvera du désastre. Malgré les cris terrifiés de ma tante, en défonçant la porte qui me résiste d'un grand coup de pied, je pénètre dans cette minuscule pièce sombre. C'est alors que j'aperçois sur une paillasse sale, une femme très, très âgée, assise à côté d'un vieillard grabataire. Ils sont là terrés dans le noir et ont l'air absolument terrifiés. Ces deux êtres ont en eux quelque chose d'extrêmement désuet. Ils me semblent venir d'un autre temps et la lumière sombre du *basement* qui pénètre dans le cagibi les rend hébétés. Ils se cachent les yeux, d'un air soumis. Je suis, bien sûr, tout à fait surprise de ma découverte, mais mes yeux cherchent encore machinalement un extincteur que je trouve et apporte aussitôt à ma tante, qui pleure, qui hurle et qui m'ordonne de refermer la porte du cagibi, d'oublier tout cela, alors qu'elle tient la machine en flammes. Je cours vers elle, éteins rapidement l'incendie et sans lui demander quoi que ce soit, je retourne auprès des deux créatures que je viens, je le vois bien, de sortir d'une torpeur indéfinissable. Je les scrute alors que ma tante leur demande de ne pas avoir peur de moi, que je suis Amy. Babette m'ordonne de laisser ces pauvres vieux tranquilles. Avant même de réfléchir sur l'incongruité de la situation, avant même de me questionner sur les raisons de cacher ces gens dans le sous-sol, je suis éberluée par l'état de saleté dans lequel se trouve le cagibi et la fragilité physique de ces deux vieilles personnes. Dans la maison de tôle tout est toujours si propre. Bay City est une ville si astiquée, si nette. L'Amérique se veut si rutilante en sa surface. Je ne connais pas une telle saleté et cela me rappelle instinctivement quelque chose de l'Europe, des poussières et des débris accumulés de l'histoire. Comment ma tante, la reine du foyer, accepte-t-elle de faire vivre ces gens qui vraisemblablement se cachent dans un lieu aussi insalubre, où le plancher est couvert de déjections, où le pot de chambre est plein et nauséabond, où aucune lumière ne pénètre quand la porte est fermée et où la paillasse sale est éventrée? Il y a quelque chose qui m'échappe vraiment dans toute cette immondice, quelque chose comme la folie de ma tante, dont je n'ai jamais pu voir la vraie nature, la profonde fange.

Même si la pénombre est grande dans le cagibi, je ne peux détacher mes yeux de la vieille dame, de sa coiffure, de ses vêtements et de ses yeux qui jouent avec ma mémoire. Cette femme me rappelle quelqu'un. Cet homme allongé, incapable de se lever, d'une maigreur apocalyptique, me semble familier, un être que je connais bien mais que je ne peux appeler par son nom. Les deux vieillards déterrent quelque chose d'enfoui en moi et il me semble que je suis à tout moment sur le point de nommer ce passé qu'il réveille. Ma tante arrive, me pousse de toutes ses forces hors de l'entrée du cagibi, referme la porte et m'ordonne de remonter laver les moustiquaires. Elle va s'occuper de tout. Si je parle, me menace-t-elle, si je dis un mot sur ce que je viens de voir, il m'en coûtera bien cher. J'irai en enfer. Je serai éternellement damnée… Ma tante pleure, elle me dit suppliante et menaçante : « Va finir de tout laver, tu as du travail, si tu veux avoir terminé ce soir, avant le retour de ton oncle et de ton cousin. Moi, je dois m'occuper de la machine et de tous ces dégâts. Dépêche toi ! Ne lambine pas ! Ou tu auras affaire à moi. » Je n'écoute pas Babette. Je ne cède pas à son corps qui me barre le chemin. Elle commence à me pousser loin du cagibi et à me ruer de coups. Je ne me laisse pas faire. Je lui arrache une poignée de cheveux, la griffe au visage et la fais tomber au sol. Je suis une Américaine, nourrie au steak de bœuf. Je suis bien plus solide que la Babette rondelette, qui a été élevée dans la misère européenne durant la guerre et qui ne s'entraîne pas au baseball comme moi depuis sa plus tendre enfance.

Malgré les cris de ma tante, j'ouvre à nouveau la porte du cagibi non sans avoir saisi une lampe de poche sur une étagère du *basement* nouvellement destinée à accueillir les objets de survie qui ont quitté le cagibi. Je m'adresse directement à la vieille dame en lui demandant brutalement une réponse : « Qui êtes-vous ? Que faites-vous là ? » Je braque le faisceau de ma lampe sur son visage beaucoup moins vieux que je ne l'avais cru tout d'abord. Je lui donnais au premier coup d'œil quelque quatre-vingts ans, mais avec la lumière qui se répand sur les faces spectrales, décharnées, je me rends compte que ces deux êtres ont tout au plus quarante-cinq ans, et que leur dégradation physique est due à de mauvais traitements. Ce sont des vieillards prématurés. De jeunes agonisants qui doivent accueillir la mort et la vieillesse relativement jeunes.

« Voici Elsa Rozenweig et voici son mari, Georges Rosenberg, tes grands-parents », hurle ma tante, couchée de tout son long sur le plancher de ciment du *basement*. Elle est visiblement en transe. Son corps tremble et ses mots se veulent assassins. J'écarquille les yeux. « Ah tu voulais savoir, Amy, eh bien, tu sais maintenant… Oui, ce sont tes grands-parents. Et j'ai été aussi surprise que toi quand je les ai vus. Je les croyais morts à Auschwitz, oui à Auschwitz. C'est là qu'ils disparurent après avoir laissé leurs deux filles dans cette famille catholique de Normandie. C'est là qu'ils s'envolèrent en fumée. Oui, j'ai les lettres, les témoignages, j'ai tout, caché dans le placard de ma chambre. Oui, je connais la vérité même si ta mère m'interdit de penser à tout cela, même si ta mère ne veut pas que je sache. J'ai fait des recherches, j'ai récupéré une boîte entière de documents. Elsa et Georges Rosenberg que tu vois ici sont morts à Auschwitz. Elle, maman, le 18 décembre 1943, dans une chambre à gaz. Lui, papa, au mois de mai 1944, quelque temps avant la libération. Il était préposé à la disparition des corps. Il aidait à brûler les cadavres. Il a tout écrit à sa cousine Nellie qui vit maintenant à St. Petersburg en Floride et que j'ai rencontrée en cachette de ta mère. Il a tout écrit. J'ai tout su. Malgré tout ce que ta mère a fait pour m'en empêcher ! Denise est horrible. Elle me torture depuis mon enfance. Tu ne peux pas imaginer sa cruauté... Je suis comme toi. Quelqu'un qui veut savoir... Et bien, voilà nous savons. Ta mère me disait d'arrêter de fouiller le passé, de ne rien déterrer du temps. Mais on ne peut déterrer les cendres qui voltigent encore dans le ciel polonais. On ne peut déterrer la poussière humaine qui s'est mêlée à l'air et qui a empoisonné le siècle. Du corps de mes parents, de mes oncles, de mes tantes, nous continuons à respirer les restes, poussés par les grands vents. Nous avalons depuis plus de cinquante ans nos morts, cela nous entre par le nez, les poumons, par tous les pores de la peau. C'est bien pour cela qu'il faut tout laver, tout le temps, pour ne pas étouffer sous les cendres des nôtres, pour ne pas avoir les poumons obstrués par les fumées grises et funèbres. » Ma tante se lève. Elle a l'air d'un prophète et d'une enfant. Je me penche vers elle. La prends dans mes bras. À côté de nous, les deux jeunes vieillards sont terrorisés par nos cris et notre engueulade. Ils se sont réfugiés au fond du cagibi. De leurs mains, en une posture grotesque, ils se protègent la tête comme s'ils avaient peur de recevoir un coup. Ma tante continue en pleurant : « Il va falloir retourner à notre ménage tout à l'heure. Avec la machine, il va y avoir du boulot. Mes parents sont revenus, il y a quelques mois. Un matin, je les ai trouvés dans le cagibi. Ils ne parlent pas. Je n'ai pu leur faire dire un mot. Mais ce sont eux. Tu connais leur photo dans ma chambre ? Ce sont eux. Exactement comme ils étaient quand ils nous ont laissées en 1942. Je te montrerai d'autres photos, elles sont cachées. Je te les montrerai. Ils sont comme ils étaient. Mais en plus mauvais état bien sûr. Abîmés, écrasés par leur séjour à Auschwitz et puis par leur errance dans la mort. J'ai tout de suite compris qu'ils étaient venus pour quelque chose. Pour que je fasse quelque chose... Mais tu vois, au début, je ne savais pas quoi faire. Ils vivent ici dans ce cagibi, ne me parlent pas et ne semblent pas souffrir de leur condition, au contraire. Ce sont des morts. Après Auschwitz, ils n'ont plus besoin de rien. Je viens souvent passer du temps avec eux en silence. Ils semblent aimer ce lieu, s'y être attachés. Après Auschwitz et ces années d'errance dans le monde des morts, ils sont heureux ici. Je le sais. Et un jour, quand ils auront trouvé ce qu'ils sont venus chercher, ils repartiront. Ce sont des morts, papa et maman. Ce sont des morts que ma maison abrite. Et cela fait des mois que je porte ce secret, sans rien dire à personne, surtout pas à ta mère... Tu ne lui diras rien? J'ai compris ce qu'ils sont venus chercher. Grâce à toi. Tu sais, un jour, tu es rentrée et tu as demandé pour- quoi les Juifs n'avaient pas renoncé à leur religion, pourquoi ils n'avaient pas quitté le judaïsme pour survivre à l'holocauste. Gustavo t'a expliqué qu'avec les nazis, on ne peut changer de religion et ta mère t'a giflée. Elle ne veut pas que l'on parle de la guerre. Alors, tu vois, je crois qu'ils sont revenus pour que je les conduise vers Jésus-Christ, notre Seigneur. J'essaie de les convertir au catholicisme. J'essaie de les convaincre d'abjurer leur religion maudite pour embrasser celle du Christ. Ainsi peut-être pourront-ils gagner le paradis et ne pas errer misérablement. Tu vois, je crois qu'ils sont là pour que je leur montre la voie. Maintenant que tu sais tout cela, tu vas pouvoir m'aider à m'en occuper. À condition bien sûr, Amy, que tu ne dises rien à ta mère. Tu ne dois rien dire à Denise, tu m'entends?»

Je suis abasourdie par les propos de ma tante. Je regarde ces êtres dont la présence me semble factice. Ils sont pourtant là à me regarder, terrifiés par ma voix, ma taille, ma force. Tout en moi est pour eux immense, menaçant. Je les sens absolument dépourvus de sentiment. En eux ne réside qu'une peur incommensurable que le moindre de mes gestes vient réveiller. En eux, je ne vois plus que des yeux. Leur visage, leur humanité a été dévorée par l'effroi. Un regard gigantesque, affolé consume tous leurs traits. En eux, je distingue une animalité qui n'a pas de quoi nommer l'horreur qu'elle porte. Ces gens ne sont pas des rescapés. Ils n'ont pas vu l'immonde pour tenter de l'oublier tant bien que mal durant une vie misérable. Ils portent en leurs yeux ce qu'ils ont entrevu au moment de leur mort. Dans leurs pupilles, je peux voir le ciel noir du gouffre nazi et l'extermination d'un peuple. Babette a raison. Ce ne sont pas des vivants. Ils n'ont rien en commun avec des grands-parents, avec des êtres qui ont eu une histoire, une vie. Ce sont des morts qu'une fin atroce, inimaginable a gobés. Ils ne sont que le témoignage impossible du déversement des enfers dans le bleu du ciel. Le firmament est un égout où nos corps ne sont que déjections, suif, grasses fumées. C'est ce qu'ils savent et ce qu'ils me montrent dans ce cagibi infect où ma tante, véritable kapo, les garde. Les deux corps, guenilles qui restent là devant moi, sont pires que des humains dans les camps ou que les survivants de l'apocalypse. Ils sont encore devant la mort, au moment d'être poussés dans la chambre à gaz et leur voix, si elle pouvait encore exister, ne serait qu'un hurlement. Je ne vois pas comment Babette peut penser faire de ces chiffons d'âmes des chrétiens, des catholiques ou quoi que ce soit. Ces êtres qui se trouvent devant moi ne peuvent plus rien devenir, ils sont des lambeaux de vivants. Ils ne peuvent plus rien voir. Ils ont dépassé la faim, ils sont dans la chambre à gaz, là d'où personne ne revient, là d'où ils ne sont pas revenus.

Ma tante me dit en voulant que je me mette à genoux : « Prions, Amy, donnons-leur la force de mourir enfin à ces morts errants et d'atteindre le paradis des chrétiens. Prions, ma nièce adorée, toi l'élue, toi la sainte des saintes, montre-leur le chemin. Peut-être fallait-il ton intervention pour que mes parents reviennent à eux et embrassent la foi catholique ? La machine ne s'est certainement pas emballée pour rien. Tout est dans les desseins de Dieu. Tu peux les sauver. Prions ! » Je suis terriblement en colère contre ma tante, tout à fait démunie devant la vue des deux loques que sont ces créatures. Je suis aussi enragée contre le ciel qui a permis que des femmes et des hommes souffrent au point de ne plus savoir la souffrance et d'avoir perdu tout ce qui peut constituer le visage d'une humanité. Je me mets à taper dans le mur pendant quelques minutes, en criant, en me débattant contre ce qui m'étouffe et que je ne peux vraiment désigner. Je pleure en hurlant : « Pourquoi nous as-tu abandonnés ? Pourquoi les as-tu abandonnés? Pour rien!» Je défonce un mur en préfabriqué du *basement*, puis un autre. Je répète: «Pour rien!» Je laboure les murs de coups. J'ai les mains en sang et les jambes aussi. Ma tante est allée au fond du cagibi retrouver ses parents. Elle a peur de moi. Je me jette sur le plancher, je rugis de douleur. Je verse pendant de longues minutes toutes les larmes de mon corps. Après ce premier juillet 1979, il ne m'arrivera plus jamais de pleurer. Tout en moi aura été tari.

Je me lève précipitamment. Je remonte l'escalier quatre à quatre, entre dans la salle de bains, me fais couler une douche glacée sur le corps et la tête, reprends mes esprits, me mets de nouveaux vêtements de nettoyage, un autre petit ensemble synthétique vert pomme que ma tante m'a fait acheter au K-Mart. Je retourne à mes tâches ménagères. Je retrouve mes moustiquaires que j'asperge à grande eau, machinalement. Peu de temps après, Babette me rejoint en silence. Elle retourne, comme si de rien n'était, à ses plinthes électriques. Nous ne disons mot de toute la journée. Nous torchons, époussetons, dépoussiérons, dégraissons, décrottons, détachons, récurons de fond en comble la maison de tôle bleue. Tout, tout y passe, à l'exception du petit cagibi du *basement*. J'ai besoin de m'activer, de sentir une fatigue physique encore plus violente que celle qui me tenaille depuis que j'ai détruit les murs du sous-sol. Je commence donc à les refaire. Je les terminerai et les repeindrai dans deux jours, quand le tout sera bien sec. Le soir, je suis absolument morte de fatigue. Mon oncle arrive. Il rapporte avec lui un baril de poulet acheté au Kentucky Fried Chicken, près du K-Mart. Je dévore les cuisses et les pattes graisseuses que j'extirpe d'une grosse boîte ronde rouge et blanche. Je me rassasie de la salade de chou bien crémeuse qui est écrasée dans un contenant de plastique. Mon oncle me fait quelques blagues en me voyant manger ainsi. Il nous raconte sa journée au centre de bénévolat pour les immigrants illégaux catholiques. Ma tante ne parle toujours pas. Elle prétexte un mal de tête et sans manger, va se coucher. De toute façon, rappelle-t-elle, elle ne mange pas de ces saloperies américaines. « C'est dégueulasse. »

Plus tard, alors que je serai dans mon lit, j'entendrai mon cousin revenir de chez Jeff, claquer la porte du garage, ouvrir le frigidaire et s'emparer de ce qui reste du baril de poulet. Il se fera réchauffer quelques cuisses rapidement dans le four et avalera les derniers vestiges de la salade de chou dégoulinante de mayonnaise. J'entendrai aussi le bruit des airs climatisés qui s'allumeront et s'éteindront en alternance dans la maison, branchés sur une minuterie savante. Je saurai que la lumière du jardin sur lequel donne ma chambre s'éteint comme à son habitude dès que mon climatiseur repart, utilisant la même énergie que la lampe au-dehors. Je percevrai la lumière se rallumer au bout de quelques minutes. Je comprendrai que le Christ, qui est posé sur la commode près de mon lit, est un imposteur, un vide. Et je dormirai en sentant clairement que devant la douleur et l'absurdité de ce monde, nous ne pouvons que redevenir des bêtes de somme, assoiffées de pilons de poulet, de salade baignant dans la sauce froide qui commence à tourner de l'œil. Je m'abrutirai dans le sommeil, comme dans le ménage, mais j'entendrai quand même de ma chambre ma tante toute la nuit murmurer des choses à mon oncle et se plaindre de la vie en Amérique. Elle ne lui parlera pas du cagibi et de son contenu. Elle n'y pensera même pas tout occupée à essayer de lui expliquer sa foi en Dieu, malgré sa vie bien difficile. Au loin, je pourrai écouter les bruits qui proviendront de la télé devant laquelle mon cousin se sera endormi sur le canapé de skaï. Je me réveillerai vers quatre heures du matin. Je descendrai l'escalier qui mène au *basement* en prenant soin de ne pas réveiller ma tante qui a le sommeil léger et mon cousin affalé sur le divan. La lumière de l'écran du téléviseur projettera sur les murs des ombres terrifiantes. En bas, je constaterai combien j'ai mal réparé les murs. J'ouvrirai la porte du cagibi que ma tante aura verrouillée avec un cadenas, mais je connais bien sa cachette dans la table de billard. Je verrai alors les morts, Elsa et Georges Rosenberg. Je leur ferai signe de me suivre sans bruit. Ils ne voudront pas. Je les menacerai du regard. Je les frapperai aussi. Ils monteront. Je les forcerai à dormir dans mon lit. Ils refuseront. Je les tirerai contre moi. Ils n'auront pas la force de résister. Ils dormiront avec moi dans mes draps propres. Leur corps me fera peur, mais je m'habituerai à ce délabrement.

Le matin, je me réveillerai très tôt. Ils ne seront plus contre moi. Je les chercherai à travers mon grand lit. Je me retournerai vers le visage du Christ. Puis mes yeux iront vers le plancher de ma chambre. Je les trouverai au pied de mon lit. Deux chiens ronflant, dociles.

Dans la chaleur de ma chambre, mes grands-parents se seront transformés en animaux domestiques. Ils se rouleront de plaisir sur mon tapis de chambre à poils longs.

Enfant, à Bay City, je regardais le ciel avec envie. L'automne, les oiseaux migrateurs s'envolaient chaque jour vers d'autres cieux. Leur vol noir, réglé, m'apparaissait funèbre. Ces petites lignes foncées qui obstruaient le ciel se mettaient tout à coup à former des ballets de hiéroglyphes. J'y lisais dramatiquement mes désirs avortés de fuir, de prendre mon envol, ailleurs, loin de la cage mauve du ciel. Je voyais les canards bleus fondre en groupes entêtés sur le champ voisin de la maison, sans jamais pourtant s'écraser, pour aussitôt s'élancer vers le soleil violet et j'étais au désespoir. Ces bêtes inscrivaient dans le ciel, dans leur folle danse cryptée, mon anéantissement, mon impuissance enfantine à quitter le Michigan, ma famille et l'histoire d'un monde. Les oiseaux me narguaient avec leurs jacassements moqueurs. Ils me semblaient dessiner la silhouette fugitive, impalpable de mon malheur. En leur légèreté, leur virtuosité, leurs pirouettes et arabesques, je sentais le poids démesuré de ma vie, ma gravité tragique et surtout mon écrasante résignation.

Je savais à l'époque, puisque je l'avais lu dans un grand livre que j'avais emprunté à la bibliothèque de mon école primaire, que vingt-trois espèces de canards habitaient les bords du lac Huron et la baie de Saginaw et que certaines d'entre elles étaient en voie d'extinction. Des territoires protégés appelés « réserves nationales de la faune », « zones de conservation », « réserves de chasse » devaient assurer leur survie momentanée. Les oiseaux comme les Amérindiens étaient déjà, dès ma première jeunesse, des créatures assignées à des parcs ou encore à des sanctuaires censés leur permettre de ne pas totalement disparaître. Les pilotes d'avion souhaitent l'extinction des canards, des hérons, des oies ou encore des aigles. Il est nécessaire dans mon métier de me méfier des oiseaux et de leur liberté. Quand une bande de mouettes se prend dans un moteur, il faut craindre le pire. Les oiseaux et les avions, malgré leur apparente gémellité ne font pas bon ménage dans le ciel. Si une collision entre ces deux espèces a lieu, l'impact est terrible. Nous, les profanateurs du zénith, nous redoutons, sans jamais trop en parler, le *bash* ou le *bird aircraft strike hazard*. Lorsqu'un oiseau de quatre livres (un canard bien gras à l'automne) frappe un appareil qui fonce à six cents milles à l'heure, l'animal-projectile exerce une force d'environ soixante tonnes sur la carcasse du Boeing avec laquelle il entre en contact. Le ciel est un espace de conquête que des rivaux, fussent-ils frères, se partagent dans une lutte encore féroce. Le ciel appartient à ceux qui sont prêts à se battre jusqu'à l'extermination des ennemis. Encore récemment, durant l'été 2007, à Rome, un avion d'une compagnie américaine a ingéré des goélands jaunes et a vu un de ses moteurs prendre feu. En juillet 2005, durant son lancement, la navette spatiale Discovery a frappé un oiseau suspendu entre le ciel et la terre. La collision n'a pas causé de dommages sérieux, mais la Nasa a eu chaud... Il m'est arrivé une fois dans ma carrière, à Détroit, d'être sur la piste de décollage et de sentir tout à coup l'intrusion d'un oiseau dans un réacteur. L'animal fut broyé immédiatement. Cela fit un bruit épouvantable. Nous avons dû vite rebrousser chemin et remettre notre vol au lendemain.

L'automne, dans le Michigan, c'était l'entrée dans les ténèbres du ciel froid, violet, désespérément violet, juste avant qu'il ne vire au noir, chaque après-midi dès quatre heures. Les rares oiseaux qui n'avaient pas encore commencé leur migration semblaient veiller sur quelque prémonition funeste. Parfois, j'allais me promener dans l'air glacial du début novembre, j'errais un peu dans les bois qui se transformaient petit à petit en parking, phagocytés par le K-Mart, le Kentucky Fried Chicken et le Taco Bell. J'ai compris plus tard en venant ici au Nouveau-Mexique, que les Indiens du nord de l'Amérique avaient protégé ma jeunesse, celle à laquelle j'avais

droit quelques heures par semaine, lors de mes prome-
nades solitaires. À Bay City, bien sûr, la terre ne retentissait d'aucun tamtam. Mais les esprits amérindiens
étaient toujours en éveil et m'empêchaient de mettre fin
à mes jours. Je les surprenais parfois dans le sifflement
du vent, alors que je traversais les terres boueuses d'un
développement urbain, en revenant du K-Mart. Je les
entendais dans le son de mes pas crissant sur la neige au
mois de janvier ou encore dans les yeux d'un raton
laveur taquin. C'est la mémoire de leur ciel, celui
d'avant les fumées mauves, qui me portait, malgré moi,
à travers les ennuis et les lassitudes de ma vie adolescente. C'est ce morceau évanescent de ciel huron ou
wendat qui m'a permis de tenir jusqu'en 1979 et de supporter la toxicité aérienne, gazeuse de mes jours, en
attendant le retour des oiseaux.

Une légende veut que les oiseaux depuis 1945 ne
chantent pas à Auschwitz. Le monde se serait tu là-bas.
Par respect pour les disparus, les assassinés. Je suis allée
en Pologne en mai 1995. Cinquante ans après la libération du camp, le 27 janvier 1945. C'était le printemps.
Il faisait un soleil radieux. L'air était doux. Les oiseaux
s'en donnaient à cœur joie et chantaient dans le ciel
bleu, indifférent à la terreur humaine. L'azur est un
cancer. Imperturbablement vivant. Le cri des oiseaux
déchirait mes oreilles. Des hommes, des femmes, des
petits avaient dû entendre des oiseaux, se gargariser de

leur cri printanier et du bleu de l'horizon, avant de mourir. Il avait fait beau temps et puis aussi mauvais temps, mais cela n'avait rien changé à la terreur devant ce ciel polonais, gueule effrayante qui engouffra tout un peuple. Il pleuvait, il neigeait, le soleil se levait radieux et les gens mouraient, sans que le manège de la vie terrestre s'arrête un instant. Pas d'éclipse pour saluer l'horreur et pas de catastrophe cosmique pour accueillir les morts, les millions de crevés. Rien. Pas même le silence. Les oiseaux piaillent de joie à Auschwitz. Ils célèbrent en chœur le jour qui se lève, toujours plus glorieux. Nous pouvons nous réjouir : le Jugement dernier est remis à demain ! Oui, l'apocalypse a eu lieu, certes, mais le ciel continue de nous provoquer. J'ai envie de l'égratigner, de lui infliger quelque cicatrice, de lancer en lui un Boeing rouge prêt à le déchirer.

Les oiseaux chantent à Auschwitz. Je les ai entendus. Même s'il est écrit en grandes lettres à l'entrée : « *Zachowaj Cisze! Keep silence!* », les oiseaux chantent. On ne peut les en empêcher. On ne saurait les forcer à se taire. Sur de grands panneaux, j'ai pu lire en 1995 tout ce qui me serait interdit lors de ma visite : fumer, me promener en maillot de bain, photographier ou encore filmer les baraques à l'intérieur. J'ai appris aussi en examinant les grandes affiches bardées de signes rouges que les bicyclettes, les téléphones cellulaires, les transistors, les landaus, les poussettes, les valises, les grands sacs, la nourriture n'étaient pas permis sur le site et qu'il me faudrait faire attention aux voleurs puisque les pickpockets sont nombreux dans l'enceinte de l'ancien camp. Bien que l'admission au *Auschwitz-Birkenau Memorial Museum* soit gratuite, les groupes de visiteurs doivent être accompagnés par un guide qu'il leur faut payer et qui est autorisé par l'administration du lieu à faire visiter le *Memorial Museum*. Sur place, en ayant réservé à l'avance, on peut trouver un guide s'exprimant en diverses langues : croate, tchèque, néerlandais, français, anglais, allemand, hongrois, italien, japonais, polonais, russe, serbe, slovaque, espagnol et suédois. Je crois qu'il n'est pas mentionné à Auschwitz s'il est possible de trouver des guides parlant l'hébreu ou le yiddish, qui seraient capables de discuter avec les quelques survivants assez fous pour revenir sur les lieux de l'extermination. J'ai pensé en 1995 à Auschwitz, que la haine continuait, mais autrement. À des fins bureaucratiques, il m'était fortement recommandé dès mon entrée sur le site de donner au comptoir d'informations le nombre de personnes qui constituaient le groupe de visiteurs que je pouvais former. J'étais aussi invitée à inscrire mon pays d'origine. Au camp, qu'on appelle aujourd'hui, par euphémisme ou politesse, le *Mémorial-Musée* d'Auschwitz, tout est encore sous contrôle administratif et il est préférable de décliner son identité statistique et de rejouer les interdits, les règlements, les inspections. De cette façon, on gère les visiteurs. Autrefois, on gérait les convois et les morts. À Auschwitz en 1995, comme en 1945, il faut faire les choses dans le respect du site. C'est indiqué partout dans le camp et le visiteur doit se soumettre aux ordres. Tout est très clair. Le site est ouvert de huit heures à dix-huit heures en mai et septembre. De huit heures à quinze heures de décembre à février. De huit heures à seize heures de mars à novembre. De huit heures à dix-sept heures en avril et octobre. De huit heures à dix-neuf heures, en juin, juillet et août. Le camp fonctionne encore en suivant la course du soleil dans le ciel. Cela devait aussi être le cas, durant la guerre, lorsqu'on était occupé à d'autres tâches. Le site est fermé le premier janvier, le 25 décembre et le dimanche de Pâques. À Auschwitz, on ne respecte toujours pas les fêtes juives.

Les deux milles qui séparent les sites d'Auschwitz et de Birkenau peuvent être parcourus en navette. Celle-ci fait le trajet toutes les heures entre les deux lieux, du 15 avril au 31 octobre. Les chants des oiseaux alors peuvent accompagner les promeneurs. Aux autres périodes de l'année, le bruit des oiseaux est moins assourdissant. On peut aussi refaire le chemin que les déportés firent, pas toujours jusqu'au bout, mais les oiseaux ne sont plus autant présents. Beaucoup partent vers le sud de l'Europe. Si les visiteurs du *Mémorial-Musée* le souhaitent, ils peuvent dormir dans un hôtel de la ville. Certains gîtes organisent des tours de calèche à travers la ville d'Auschwitz et conduisent les visiteurs vers des lieux pittoresques. C'est du moins ce que j'ai pu lire sur les publicités hôtelières qui vantaient les mérites de chambres situées à moins de trois milles des camps. À Auschwitz, cela encore sent la mort et la désespérance. J'ai voulu m'arrêter partout. Tomber sur mes genoux et lever le poing vers le ciel maudit pour l'insulter. À Auschwitz, j'ai voulu cracher au visage des gens, leur demander d'avoir honte et puis aussi j'ai souhaité avoir un fusil et tuer les oiseaux à bout portant. J'ai lancé impuissante quelques pierres en direction du soleil.

En 1995, sous le ciel d'Auschwitz, longtemps j'ai voulu pleurer sans y parvenir. Heaven me tenait la main, apeurée. Heaven et moi avons vu des bâtiments, des chemins, des cellules, des murs, des arbres. Et des oiseaux. Je lisais avec elle les indications, les reconstitutions, les absences. Nous marchions là, tremblantes, aveuglées par le soleil couchant qui se manifestait au détour des baraques. Il faisait si beau en mai 1995, à Auschwitz, en cette fin de journée. Si beau que j'aurais pu croire un instant que rien n'avait eu lieu. Nous aurions pu simplement habiter la beauté du jour, le ciel bleu narquois et regarder doucement les arbres majestueux se faire secouer tendrement par un vent léger. Mais je ne pouvais respirer. L'air pur m'étouffait. Le cri des oiseaux heureux me rendait folle. Le peuple des morts, des sans-visage, s'infiltrait, vivait et mourait en moi. Ma petite fille, Heaven, me soutenait à travers les chemins, les allées, les couloirs de l'horreur. Ma fille voulait tout voir, tout savoir, me demandait de tout lui raconter. Elle me serrait doucement la main, tandis que les oiseaux saluaient le jour en pépiant joyeusement. En 1995, Heaven avait dix ans et déjà la foi en elle-même accrochée à son âme. Le ciel et son immonde beauté ne lui faisaient pas peur. Nous avons repris un avion vers l'Amérique quelques jours plus tard, après un immense retard à l'aéroport causé par quelques oiseaux installés dans un des réacteurs. Ces volatiles devaient chanter la beauté du ciel polonais. Pourquoi en serait-il autrement?

Les oiseaux du Nouveau-Mexique ne quittent pas longtemps mon ciel l'hiver. Et puis il y a des corbeaux patients, des rapaces voraces, qui n'ont pas le sens des saisons et encore moins celui du temps qui passe. Ils ont l'éternité du ciel toujours bleu devant eux. Ils s'acharnent indéfiniment sur une proie qu'ils guettent durant des jours, impassibles. Ils sont toujours là, compagnons de mes peines et veillent sur mon bout de ciel. Heaven parle peu de son voyage en Pologne avec moi. Elle sait pourtant que le ciel bleu est impur. Et elle entend bien le nettoyer de ses immondices en travaillant bénévolement pour un organisme écologique qui s'intéresse aux moyens d'empêcher le réchauffement de la planète. Heaven milite contre toutes sortes de choses: le nucléaire, la mondialisation. Elle s'est battue violemment contre la guerre en Irak et parle, inspirée, du ciel menaçant duquel la fin du monde peut surgir, si on n'agit pas. Elle a appris, comme tant d'enfants de sa génération, qu'il suffit de se brosser les dents pour ne plus avoir de carie et de ne pas fumer pour éviter le cancer. Il suffit d'éradiquer le mal. La toxicité de l'air qui s'infiltre dans nos poumons provient des usines, des voitures américaines et des grands Boeing comme ceux que sa mère pilote et contre lesquels il faut se battre. Un jour, il n'y aura même plus d'oiseaux à Auschwitz. Ils auront eux aussi été exterminés. Heaven est sûre que ce sera encore pire que de les entendre pépier dans les décombres de l'horreur.

De cela, je ne suis pas convaincue.

Je me souviens avoir été nourrie moi aussi aux scénarios catastrophe, dans les remakes imaginaires de la Seconde Guerre mondiale, qui ont été l'apanage des années de la guerre froide. Durant les années soixante et soixante-dix, l'idée d'une fin du monde flottait dans l'air contemporain, la catastrophe technologique hantait les films, elle prenait place dans les avions, les bateaux ou le métro. Tout était là pour nous rappeler que nos vies étaient précaires et que le ciel pouvait nous tomber sur la tête. À quinze ans, j'ai eu des discussions avec des amis où nous imaginions savoir quelle mort était la plus terrible. J'argumentais longtemps sur les avantages et les inconvénients de mourir attaquée par des requins, écrasée dans un champ de maïs après un long accident d'avion, noyée dans un paquebot insubmersible ou encore brûlée vive dans une tour infernale, ce que les films comme *Jaws, Airport, Poseidon Adventure* ou encore *Towering Inferno* me donnaient à penser. Mais ma fin ne m'importait pas. Le ciel m'était tombé dessus depuis belle lurette. Tout avait déjà eu lieu, bien avant moi. À Auschwitz, dans ce lieu que l'on ne nommait jamais à la maison. Rien ne pouvait plus m'arriver. Je n'avais peur de rien et surtout pas du futur. Pourtant, on avait tout prévu… Si l'azur s'écroulait, un *shelter* sous l'école devait nous permettre de survivre et nous garantissait un confort absolu. Ma tante m'avait prévenue : en cas de bombe atomique, il m'était interdit de me rendre au *shelter* du *high school*, puisque le *basement* familial devait constituer notre bunker officiel. Il aurait été impossible pour ma mère et sa sœur de songer à quitter le sous-sol de la bicoque de métal. Denise et Babette ne comprenaient que très vaguement ce qu'était une bombe atomique puisque leur référence en matière de conflit restait le débarquement allié en 1944. Le ciel alors laissait pleuvoir des obus et elles imaginaient le bombardement de Pearl Harbor comme celui de Villers-Bocage qu'elles avaient vécu. Elles voulaient donc que je périsse irradiée, mais béate. Dans le *basement*.

Ici, au Nouveau-Mexique, beaucoup militent contre la bombe atomique et pour la survie des oiseaux. Certaines espèces risquent de disparaître : la mouche-rolle des saules du sud-ouest des États-Unis (*Empidonax traillii*) ou encore la chouette tachetée du Mexique (*Strix occidentalis*) dont la population reste encore stable en Arizona mais décline dramatiquement au Nouveau-Mexique. La Paruline de Virginie (*Vermivora virginiae*), le Colin écaillé (*Callipepla squamata*) ainsi que le Viréo de Bell (*Vireo bellii*) ne hanteront peut-être bientôt plus nos cieux. Ils ne voltigeront plus au-dessus de nos têtes. C'est ici, pas très loin, à quatre-vingt-dix milles de ma maison de Rio Rancho, que furent conçues *Little Boy* et *Fat Man*, les deux bombes atomiques qui ont explosé dans le ciel de Hiroshima et de Nagasaki, les matins du 6 et du 9 août 1945. Ma maison à Rio Rancho se trouve en fait à quatre-vingt-dix milles de Los Alamos. Une petite heure et demie de route et on y est. Les oiseaux à Hiroshima se sont longtemps tus. Les avions ne les ont pas épargnés. On a dû penser que de leurs piaillements, le monde s'était enfin débarrassé. *Little Boy* fut lâché d'un Boeing B-29. Le colonel Paul W. Tibbets des Forces armées américaines était aux commandes. Tibbets avait baptisé, la veille de l'attaque, son avion du nom de sa mère Enola Gay, pour que l'avion « soit placé sous une bonne étoile ». Moi, chaque Boeing que je prends, je le baptise secrètement Médée. Les avions, je le sais, peuvent nous dévorer tout rond. Le 6 août 1945, soixante-dix mille à cent trente mille personnes moururent immédiatement. *Fat man*, le 9 août 1945 ne tua que quarante-cinq mille personnes sur le coup. Paul Tibbets est mort récemment, le premier novembre 2007 à Columbus, dans l'Ohio. Il avait reçu un nombre incalculable de distinctions : *Distinguished Service Cross, Distinguished Flying Cross, Air Medal, Purple Heart, Legion of Merit, European Campaign Medal, Joint Staff*

Commendation Medal, American Defense Service Medal, W.W. II Victory Medal, Air Force Outstanding Unit Award, American Campaign Medal. Il paraît que ce n'était pas un sale type. On parle souvent de lui comme d'un bon gars. Sa mère Enola Gay mourut en mai 1983. De vieillesse. L'enfer est tombé du ciel le 6 août 1945. La guerre fut gagnée par un pilote d'avion. Mais c'est sous le ciel du Nouveau-Mexique que tout eut lieu au *Los Alamos National Laboratory.*

Pas loin d'Alamogordo, là où furent effectués les premiers essais nucléaires du 16 juillet 1945, qui permirent aux scientifiques de faire une répétition générale pour Hiroshima, on trouve la petite ville de Roswell. Pour y aller, je dois parcourir les deux cent quinze milles qui séparent ma maison de *Not of this world café* où j'aime à me retrouver. Je mets environ trois heures trente pour aller boire un espresso ou écouter un groupe le soir. Je reviens sagement à Rio Rancho, dans la nuit froide. J'adore conduire, les avions, comme les voitures. Ma jeep est toujours de toutes mes virées, ce qui désole ma fille qui voudrait que je n'aime pas les routes et les autoroutes du ciel et de la terre. Roswell est une petite ville de la rive droite de la Pecos, qui n'a rien d'extraordinaire, mais qui n'est pas vraiment désagréable. Du ciel, en 1947, serait tombée dans un champ une soucoupe volante. On raconte même qu'on a retrouvé et disséqué des cadavres humanoïdes. L'Armée américaine aurait tout fait pour cacher cet événement. De cela, d'un morceau de métal venu de l'au-delà des nuages, il reste quelque chose à Roswell. On semble se méfier en permanence du ciel, et sur la route qui me reconduit le soir chez moi, je ne peux m'empêcher de scruter l'horizon pour y chercher quelque lumière venue d'ailleurs. Si le ciel n'était rempli que d'ovnis, si son mystère résidait dans une vie extraterrestre, quelle qu'elle fût, combien cela serait rassurant pour moi... Il me semble que je pourrais cesser de voir en lui les cendres et les âmes des morts. Je n'aurais plus à humer sans cesse l'odeur des charniers du vingtième siècle. Mais j'ai beau m'arracher les yeux le soir sur l'*interstate* pour apercevoir une soucoupe volante, je ne vois que le magnifique coucher du soleil et la terre terrifiante qui semble s'embraser, au loin.

Parfois, je prends ma voiture et roule à partir de chez moi dans l'autre direction vers l'ouest. Je vais à Acoma Pueblo, Haak'ooh en langage navajo. Le village se trouve à soixante milles de ma maison. Acoma est connu sous le nom de la cité du ciel. On dit de *Sky City* qu'il est le plus ancien village des États-Unis. Il a été construit pour permettre aux Amérindiens de se défendre contre toute éventuelle agression ou invasion, sur une mesa qui surplombe une vallée désertique. Heaven et moi allions souvent quand elle était petite à Acoma. De là, je montrais à ma fille le ciel indien paternel qui protège selon les légendes la terre-mère. Cinquante personnes vivent dans la cité céleste et le reste des Acomans vit dans les villages alentour. Je pense souvent que c'est cette proximité géographique avec le ciel et l'enfer qui a fait de Heaven la jeune femme qu'elle est. Heaven a été élevée dans l'horreur et l'émerveillement. Entre Acoma et Alamos, le monde s'est bâti et le ciel s'est obscurci à jamais. L'apocalypse est advenue. À Acoma, dans le petit cimetière qui se trouve devant l'église San Esteban del Rey, les membres importants du Pueblo Acoma sont enterrés. Il y a longtemps, le cimetière de la cité du ciel accueillait tous les morts. Mais ceux-ci ont été en quelque sorte chassés et seuls les esprits des dignitaires acomans ont le droit de cité sous la voûte ronde, mammaire du ciel.

Le Nouveau-Mexique est un lieu de contradictions. Sur l'*interstate* 40, on rencontre beaucoup de panneaux publicitaires qui se déclarent pacifistes, contre les essais nucléaires, mais l'on voit aussi des affiches immenses pour le recrutement dans l'Armée américaine où les Amérindiens vont, heureux de trouver du travail et de ne pas être condamnés à la misère. Le 23 mars 2003, Lori Piestewa fut la première femme amérindienne à mourir au combat sur le sol étranger. Elle faisait partie du convoi dans lequel se trouvait la soldate Jessica Lynch dont l'histoire a fait le tour du monde. C'est la femme blanche, son faux viol par des Irakiens qui hante encore nos mémoires. La femme hopie est simplement morte et a vite disparu de notre horizon. Les Navajos furent durant la Deuxième Guerre mondiale des opérateurs radio dont la langue incompréhensible pour le monde entier et surtout pour les Allemands offrait une totale sécurité pour les opérations de communication militaire. Les étudiants allemands du début du vingtième siècle qui avaient voulu conquérir les peuples en étudiant leurs dialectes avaient acquis une connaissance des langages tribaux mais pas du navajo. Le codage en langue navajo comportait pourtant un défaut majeur. La langue n'offre pas d'équivalent au langage moderne. L'Armée établit un lexique de mots navajos pour remplacer les termes anglais impossibles à traduire. Les premiers stagiaires navajos rédigèrent le lexique et choisirent des mots faisant écho au milieu naturel pour exprimer les termes militaires. Les noms de poissons remplacèrent ceux des bateaux et les noms d'oiseaux se substituèrent aux différents types d'avions...

Le peuple amérindien fut donc très utile lors de la guerre et il en ressentit, lui si méprisé, parqué dans des réserves, une grande fierté. En 2001, Georges W. Bush, dans une cérémonie en l'honneur des *Navajo Code Talkers*, honora vingt-quatre hommes bien âgés déjà. Il n'en fallait pas plus, lorsque la guerre en Irak fut déclarée, pour pousser des enfants désœuvrés, à s'engager dans l'armée et partir se battre contre d'autres indigènes. Un ami de collège de Heaven combat là-bas, très loin. Un jour, sa mère, désespérée mais fière, m'annoncera en pleurant dans une allée du Target de Rio Rancho la mort de son fils.

Sous le régime de Saddam Hussein, les oiseaux des marais du sud de l'Irak ont presque disparu. Les grands travaux d'aménagement menés pour assécher les marais dans une région on ne peut plus stratégique, mais surtout pleine de l'histoire de notre civilisation ont détruit la faune. Les marais du sud de l'Irak se trouvent au confluent du Tigre et de l'Euphrate. Ils sont appelés le Croissant fertile. Ce serait le Jardin d'Éden dont parle la Bible. En eux, tout rappelle le commencement du monde. Les oiseaux aquatiques, la Rousserolle d'Irak des roseaux de Basra (*Acrocephalus griseldis*), et le Cratérope (*Turdoides altirostris*) qui vivaient dans ces marais sont menacés. D'autres espèces d'oiseaux qui, au Moyen-Orient, utilisaient ces lieux comme étape pendant leur migration se sont eux aussi peu à peu éteints. Depuis 2003, des efforts internationaux tentent de redonner aux jardins de l'Éden leur passé paradisiaque. Les oiseaux font à nouveau entendre leurs cris de victoire, sous une constellation de bombes.

Le 2 juillet 1979

Je suis tirée de mon sommeil vers onze heures du matin après avoir vraisemblablement trop dormi, épuisée par ma journée de la veille. Mes grands-parents ont disparu. Je le constate vite en me tournant et retournant dans mes draps frais, mes draps jaunes à fleurs roses qui viennent d'être changés et dans lesquels je me blottis encore un peu. Hier a été une journée de ménage intense qui m'a vannée, mais tout dans la maison est absolument impeccable. Mes draps sentent le Tide que ma tante utilise toujours trop généreusement et je peux humer les odeurs entrelacées du Windex, du Pledge et du Pine-Sol qui remplissent ma chambre. Ce sont les parfums rassurants de mon enfance. Je respire doucement. Je me réveille, bienheureuse. Les deux corps ne gisent plus sur le tapis de ma chambre, entre mon lit et la commode où repose le portrait de Jésus-Christ au cœur sanguinolent. Ils ont dû retrouver leur place dans le cagibi du *basement*. Cela ne m'inquiète pas. La douceur du jour me berce. Cette nuit, je n'ai pas fait de rêves. Les cauchemars auxquels mon enfance et mon adolescence m'ont habituée ne sont pas venus perturber mon âme.

Depuis ma plus tendre jeunesse, j'ai des rêves violents : je finis toujours par être assassinée sous les yeux impuissants de toute ma famille terrorisée. Je me fais cribler de balles par des bataillons de soldats fous allemands, après avoir respiré trop bruyamment dans une cave sans lumière où nous nous cachions tous, nous, quelques réfugiés en cavale, en exode infini. Par ma faute, les militaires nous ont découverts. Ils vont nous torturer et nous tuer. Avant de mourir, je dois sentir la responsabilité de la mort de tous ceux qui étaient planqués avec moi et que j'ai dénoncés par ma respiration asthmatique, cette respiration angoissée que ma mère n'arrête pas de me reprocher. Je me fais pousser dans une fosse commune, parmi des milliers de morts. Le contact avec les cadavres qui s'accumulent au-dessous et au-dessus de moi est absolument répugnant. Je suis muette. Je ne peux crier pour dire que je suis encore vivante. Je sens le poids de nombreux corps sur le mien. Un étouffement horrible. Une charge monstrueuse. Je vois le ciel virer au noir funèbre, puis plus rien. C'est moi qui porte sur mes épaules, mon ventre et mon visage, tout le peuple des morts qui s'infiltre avec ses glaires décomposées, ses déjections abjectes dans tous mes orifices. Je subis cette ignominie en silence. Hurler ne servirait qu'à me faire descendre à la mitraillette par ces hommes indifférents aux foudres célestes qui m'ont lancée vivante dans ce charnier immense, qui m'ont jetée directement d'une camionnette dans le royaume fantôme, grotesque des morts. Dans un autre rêve, je dois danser des heures sous la pluie et le ciel blafard, alors qu'autour de moi les gens épuisés s'arrêtent pour reprendre haleine. Ils se font tuer immédiatement, dès que leurs jambes cessent de s'agiter. À bout portant, on les abat, en riant.

J'ai des rêves qui font froid dans le dos. Toutes les nuits, je retourne à la guerre et je vois la face de Dieu se cacher derrière des nuages sombres. Ses joues sont purulentes, couvertes de pustules. Il ne veut pas que je le regarde et je n'ai pas envie de rejoindre, dans la mort, son image faisandée, immonde. Je suis une petite Juive, une enfant résistante, une violée de la vie, une condamnée à mort. Des gens autour de moi pleurent, crient, s'affairent. Je sais ce qui va arriver. Nous serons bientôt cendres bleues. Nous serons tous annihilés, réduits à de la poussière gluante. Je chante. Dans cet enfer, ma voix s'élève, douce. C'est elle qui me berce, m'accompagne vers cette pestilence qu'est devenu Dieu. Je prie aussi avec des mots que je ne connais pas. La nuit dans mes cauchemars, il m'arrive souvent de parler cette langue ou une autre et puis au réveil, de ne plus pouvoir articuler un seul son.

Je cours avec d'autres enfants dans un grand champ tout vert. Le ciel est d'un bleu intense. Autour de moi, les balles percutent les corps de gamins qui détalent comme des petits lapins apeurés ou qui tombent comme des mouches, en souriant. Je crois que cette course à perdre haleine, en tentant de fuir la mort, sous un ciel magnifique, avec d'autres enfants, constitue le plus beau de mes rêves. La mort y rôde, certes, mais elle me permet de lever la tête une dernière fois vers l'azur infini et de tendre les bras en m'écroulant dans l'herbe. Parfois, la nuit, ma sœur Angie qui se décompose dans le cimetière Saint-Patrick de Bay City, me fait des grimaces d'ange putréfié au visage mangé par les vers. C'est sans aucun doute le pire de mes cauchemars, même s'il ne se rapporte pas de façon bien évidente à la guerre. J'ai toujours eu ces rêves ignobles. Et j'ai préféré me réfugier dans l'insomnie et même discuter avec le visage si doux du Christ au cœur sacré qui accompagne ma vie, posé là sur la commode, que de me laisser aller au sommeil et à ces visions dantesques. Toute petite, je me réveillais en nage et voulais raconter à ma mère ce que j'avais vu dans la nuit sanglante, cinabre, de Bay City. Ma mère coupait court à mes histoires. Bien vite, elle me défendit de faire le récit de mes rêves. Denise y pressentait sans doute quelque chose qui lui appartenait, qu'elle ou quelqu'un de sa famille avait peut-être déjà vécu. Elle préférait que je me taise. Que je me rendorme vite, emportant avec moi une partie d'elle, ces morceaux de vie qu'elle avait décidé d'enterrer dans le ciel de l'Europe. Ma tante, elle, quand ma mère était absente, accourait à mes cris animaux qui résonnaient dans l'obscurité de la maison de tôle. Elle me demandait de tout lui dire, me couvrait de baisers, en m'appelant sa petite sainte. Souvent, je l'entendais parler à ma mère des images que j'avais eues en rêve. « Elle sait tout, lançait-elle à ma mère. Elle sait ce que des membres de la famille ont vécu. Des épisodes entiers de la vie des Rozenweig et des Rosenberg et de milliers d'autres aussi… Je te le dis. Notre vie, Amy la vit la nuit. C'est écrit dans des lettres que des cousins, des tantes ont envoyées. Tu te rends compte, Denise ? Ta fille, la petite élue, porte tout cela en elle. On ne lui a rien dit, mais elle sait. » Ma mère n'écoutait pas les folies de sa sœur : « Cette enfant n'a rien d'extraordinaire, je te l'ai si souvent expliqué. Elle fait des mauvais rêves comme tous les enfants de son âge. Arrête avec tes histoires de bon Dieu et d'élection. Tu vois où cela a mené la famille… » Ma tante se taisait alors, mais ne renonçait pas pour autant à croire à ce qu'elle appelait ma sainteté. Elle me baisait le front avec déférence et respect et son regard était alors celui des justes à qui la vérité ne peut être ôtée.

Lorsque je fus en quatrième année du *high school*, le professeur d'anglais, Mister Ford, dont le nom nous faisait rire parce qu'il était à la fois celui de l'ancien président des États-Unis et d'une marque de voitures, demanda aux élèves de proposer un projet de fin d'année. Je décidai de tenir un journal de mes rêves pendant deux mois. Nous devions illustrer le projet choisi dans un grand cahier rouge. La professeure d'arts plastiques, Mrs Gardner, une grande femme plantureuse aux cheveux noirs et aux mœurs californiennes, supervisait aussi notre travail qui se voulait littéraire et artistique. Elle était alors la maîtresse du directeur de l'école, un homme marié à une grenouille de bénitier comme ma tante. J'étais, je l'avoue, fort heureuse d'écrire et de dessiner ce qui me hantait depuis toujours. Je n'avais jamais pu vraiment partager ma folie avec d'autres, à l'exception de ma tante et il était bien pesant d'entendre à chaque phrase celle-ci s'exclamer dans la nuit : « Oui, oui, c'était comme cela. Tu vois tout. » Et elle m'embrassait les mains. Elle ne sentait pas ma terreur. Ce que je vivais la nuit restait en moi vif toute la journée. Rien de diurne n'arrivait vraiment à me sortir de mes tourments, de mes visions catastrophiques.

Le professeur d'anglais fut quelque peu secoué par mes écrits. Il se vantait d'être un des fondateurs de la première Église Baptiste à Bay City. Il me reprocha donc une imagination trop fertile qui devait provenir de ma fréquentation de la musique d'Alice Cooper que je lui avais confessée dans un texte de Noël. Ford n'était pas trop sûr de vouloir se mêler de ma vie. Il me soupçonnait de faire avec quelques amis de la magie noire et je tentais par tous les moyens de le laisser dans ses illusions. Mais comme la prof d'arts plastiques, pourtant hippie, s'inquiétait vraiment de mon état psychique et que deux ans auparavant un cas de suicide par pendaison avait eu lieu dans les toilettes de l'école, Ford donna sans plus attendre et sans ma permission mon journal à la psychologue du *high school*. Margaret Stephens jugea l'affaire sérieuse. Mes dessins la terrifièrent tout particulièrement. Sur toutes les images que j'avais produites, je me représentais en morte. Dans des collages savants de plusieurs coupures de revues de mode, on me retrouvait dans des poses évoquant la rigidité cadavérique. Grâce au Polaroïd que j'avais reçu de mon oncle pour mon anniversaire en 1976, j'avais pu faire prendre beaucoup de photos de moi par un ami homosexuel, Jason Lamora. On pouvait voir mon corps blanc couvert d'un sang visqueux, écarlate. Mon copain avait acheté ce liquide dans un magasin de farces et attrapes de Détroit où il allait tous les week-end acheter de la drogue. Le sang avait un effet saisissant. Ford avait raison : nous nous étions inspirés d'Alice Cooper pour réaliser mon projet, même si l'esthétique d'Alice nous semblait un peu édulcorée pour exprimer mes visions. Nous avions donc eu aussi recours aux images presque introuvables à Bay City en 1978 des groupes Middle Class et The Germs. Jason me trouvait géniale a priori. Il acquiesçait amoureusement à mes demandes même s'il m'avouait n'avoir de vrais désirs que pour les hommes, ce qui n'était pas tout à fait évident à vivre à Bay City, sur Veronica Lane, là où il habitait, à vingt maisons de celle de ma tante.

Margaret Stephens me fit parler un peu de moi. Je lui dis que j'étais Juive, qu'on me le cachait mais que je le savais. Elle ne me crut pas. Ma tante qu'elle connaissait était une catholique fervente. Je ne pouvais être Juive. Margaret me força à consulter à Détroit un psychiatre. J'étais ravie de pouvoir quitter un peu Bay City, même pour quelques heures. Ma mère piqua une colère terrible, ma tante voulut en parler d'abord à son curé. Mais l'école ne lâcha pas prise. Je me retrouvai à faire chaque semaine pendant des mois, le voyage à Détroit avec Margaret Stephens, la psychologue du collège, qu'on avait engagée au *high school* juste après le suicide d'une autre étudiante, à la fin du bal de promotion. Elle devait veiller à ce que de telles choses ne se reproduisent pas. J'étais aux anges. Même si le ciel de Détroit est aussi mauve que celui de Bay City, il me semblait que dès que je dépassais Flint, l'air était plus respirable. Mon asthme se calmait. Je pouvais humer à pleins poumons les odeurs des fumées provenant des usines d'automobiles, en pensant ainsi me remplir d'un vent de liberté. J'allais consulter un premier psychiatre spécialiste en désordre alimentaire qui me référa vite au docteur Rod Cox, disciple du docteur John Shapiro de Californie, spécialiste de renommée mondiale en *PTSD (Postraumatic Stress Disorder).* De tout cela j'étais fière. Les noms de ces médecins évoquaient pour moi autre chose que mon existence minable. J'étais prête à devenir un rat de laboratoire pour quitter la maison de tôle. Une fois la semaine, je me retrouvais donc dans des groupes de thérapies, en compagnie d'hommes de trente à cinquante ans, de vétérans de la guerre de Corée ou du Vietnam sur lesquels on faisait des tests de toutes sortes. Ce que je racontais alors de mes rêves ressemblait assez à ce que tous ces hommes avaient vécu au combat. Nous partagions des nuits semblables, peuplées de morts et d'horreurs, de démembrements et de peurs. Mais moi, contrairement à tous ces anciens soldats, je n'étais pas allée faire la guerre au Vietnam ou en Corée. J'étais une jeune fille de dix-sept ans, sans aucun souvenir personnel, vierge de tout événement traumatisant. Le docteur Cox tenta en vain de trouver en moi, dans mes rêves ou mes discours, des réminiscences d'abus sexuels précoces ou encore d'incestes. Toute ma famille lui devint suspecte. Il investigua, m'interrogea longuement et me contre-interrogea. Mais il dut se résigner à croire à une forme d'hystérie et à l'influence de la télé. Il transmit mon cas au docteur Shapiro de Californie, son maître. Ce dernier fut conduit à émettre l'hypothèse fort contestée d'ailleurs, d'un traumatisme transgénérationnel qui venait de ma mère et de ma tante. Le docteur Shapiro était très sûr de son diagnostic et proposait à Cox de me faire venir avec les deux sœurs traumatisées à son institut de recherche qui donnait sur une plage du Pacifique, sous le ciel bleu extatique. Je rêvais d'aller en Californie où se développait une scène musicale *hardcore* que je vénérais sans y avoir vraiment accès dans mon bled infect. Ma mère et sa sœur refusèrent même de se déplacer jusqu'à Détroit pour rencontrer Cox. Si Babette et Denise n'étaient jamais d'accord sur rien, le docteur Cox leur permit néanmoins de développer une véritable solidarité, une authentique sororité. Pour des raisons qu'elles ne partageaient d'ailleurs pas, Babette et Denise ne voulaient pas rencontrer un psychiatre. Il n'en était pas question. Et la Californie était irrémédiablement exclue. Cox fut déçu. Il décida alors, croyant punir ma mère et ma tante, qu'il ne pouvait plus rien faire pour moi si les vraies traumatisées ne coopéraient pas. Comme mon comportement et mes notes à l'école devenaient exemplaires depuis que j'avais compris que la meilleure façon de quitter Bay City était d'aller à l'université, l'école abandonna l'affaire. La psychologue Margaret Stephens changea de poste et alla travailler dans un autre collège à Flint où le taux de suicide chez les adolescents et les professeurs était encore plus inquiétant qu'au *High School of the Sacred Heart*. Le prof d'anglais avait peur de moi et d'Alice Cooper. Il changea ses méthodes pédagogiques, décida de ne pas se laisser contaminer par les idées des années soixante-dix. Il nous donna des sujets de travaux plus traditionnels où nos vies personnelles ne furent pas en jeu. On m'oublia. Je ne racontai plus mes rêves à personne. Je ne parlai plus de mon judaïsme. Je continuai pourtant à être hantée, sachant que jamais je ne pourrais me départir de mes vies nocturnes.

Durant la nuit du 1er au 2 juillet 1979, alors qu'Elsa et Georges dormaient quelques heures comme deux chiens à mes pieds, aucun rêve ne m'est venu. Je n'ai eu aucune vision, aucune révélation. J'ai été pourtant agitée et je me suis réveillée plusieurs fois jusqu'au petit matin. Mais dès l'aube, les bruits de la matinée m'ont bercée. Je me suis abandonnée à la confiance que donnent le jour et ses activités. J'ai dormi profondément, en oubliant tout.

J'ouvre les yeux. Dès que je vois l'heure, je me dis que somme toute, la découverte que j'ai faite dans le cagibi n'est peut-être pas réelle, que j'ai tout inventé avec Babette pour complice. Par ma petite fenêtre de chambre qui rutile de propreté parce que je l'ai bien astiquée, j'aperçois le ciel mauve et jaune de l'été. Ce sera une belle journée. Loin d'Auschwitz et des morts vivants. Loin de la Seconde Guerre mondiale et de ses charniers ouverts sous le firmament paisible, loin du Dieu au visage décomposé que j'ai aperçu si souvent dans mes rêves. Ce sera une journée où les vents du Nord, venus du Canada, balaieront doucement la ville et empêcheront un peu les fumées toxiques des usines de Flint de nous asphyxier tout à fait dans la chaleur estivale, souvent si humide du Michigan.

À midi, je dois commencer ma journée de travail au K-Mart. Je n'ai que quelques heures à faire aujourd'hui. J'ai demandé d'avoir une semaine moins chargée, parce que c'est mon anniversaire le 4 juillet. Je vais avoir le droit de vote et de faire mes propres erreurs, me prédit mon oncle en riant. Le vingt-sixième amendement adopté par le Congrès américain et ratifié par le Michigan le 7 avril 1971 a octroyé le droit de vote aux citoyens de dix-huit ans. Dix-huit ans, ce sera mon âge dans trois jours… J'ai si hâte! Tout le monde veut avoir dix-huit ans. Je pourrai bientôt me prononcer en faveur de Jimmy Carter et perdre mes élections, mais je n'aurai pas le droit de boire de l'alcool. Douze années de compilation de statistiques viennent de forcer l'État du Michigan à remettre le 23 décembre 1978 l'âge légal pour la consommation d'alcool à vingt et un ans. Je n'ai pas de chance… Le changement d'âge vient à peine d'avoir lieu. Dans trois jours, je n'aurai donc toujours pas le droit d'acheter la bouteille de vin que vide Gustavo tous les soirs pour noyer sa mélancolie et son mal du pays et je devrai encore, avec des amies, prendre la voiture pour aller dans un patelin voisin où nous sommes moins connues, acheter de la tequila en montrant de fausses cartes d'identités que Jeff, le copain de mon cousin, nous a procurées, moyennant quelques *blow job* exécutés sans conviction. Dans quelques heures, rien n'aura changé. Le ciel de Bay City sera aussi mauve et gros de la pollution qu'il fait valser au rythme des saisons. Pourtant je tiens à marquer le coup, à prendre un peu de temps pour moi. On n'a pas tous les jours dix-huit ans et j'ai décidé que cette année, ce serait la bonne: je quitterai Bay City et son ciel impavide. Je veux fêter cela. Cette année, le feu d'artifice du 4 juillet, de l'*Independence Day* célébrera mon départ. Jerry, mon gérant, est d'accord. Il m'a accordé de petits congés. Il m'aime bien, même si mes accoutrements font un peu peur aux clients et même si certaines dames se plaignent de mon maquillage. Jerry aime comme moi Alice Cooper, mais il préfère, il me l'avoue, Kiss qui vient juste de lancer le 23 mai 1979, *Dynasty* et son plus gros hit *I Was Made for Lovin' You*. J'aime bien Gene Simmons, *The Demon*, parce qu'il tire sans cesse la langue et crache du sang. Sa vulgarité me touche, m'excite. Lorsque Jerry qui sait tout sur le groupe me raconte que Simmons est né en Israël et est le fils d'une survivante de l'holocauste, d'origine juive-hongroise, je suis au paroxysme de la joie. Simmons supplante un temps dans mon cœur Alice. Étrangement, Jerry n'apprécie pas du tout ce changement. Il veut garder *The Demon* pour lui. Je le lui laisse, je suis une bonne fille. J'écoute Kiss en cachette et en dis beaucoup de mal à Jerry. Celui-ci rit beaucoup avec moi, durant le lunch ou pendant les pauses de nuit. Mes allures de punkette rock'n'roll lui plaisent, lui qui porte au travail un complet bleu en tissu synthétique et qui n'ose copier les oripeaux de ses idoles. Jeudi, le 4 juillet, je serai libre toute la journée. J'ai invité des amis pour un barbecue. On mettra Kiss et Alice. Ce sera un événement. La maison de tôle bleue va se gondoler de plaisir.

Il m'arrive de faire quarante à quarante-cinq heures au K-Mart, comme caissière ou comme préposée aux rayons. Je travaille souvent la nuit, à cause du *high school*. J'aime beaucoup les néons qui s'épanouissent dans l'épaisseur noire presque violette du ciel nocturne de Bay City. Je me promène à travers les rayonnages. Je vis le rêve de tout enfant ou adolescent du monde. Je me retrouve seule, ou presque, dans un grand magasin. Le monde m'appartient. Je suis la reine des ténèbres capitalistes du Michigan. Dans les allées errent quelques rares clients qu'un agent de surveillance suit toujours de près. À trois heures ou quatre heures du matin, certains êtres sont un peu louches ou encore font des ennuis. Mais la plupart du temps, je dois simplement indiquer à un père de famille où se trouve le lait maternisé pour son bébé de neuf mois. L'enfant hurle dans la nuit, me dit cet homme exaspéré, somme toute assez heureux d'avoir laissé le braillard dans les bras de sa mère et d'être venu chercher la poudre blanche, magique, libé-ratrice. Il rentrera comme un sauveur à la maison et sa femme le regardera quand le bébé se taira, un biberon dans le gosier, avec gratitude et fatigue. Parfois, il est vrai que certaines personnes traînent dans le magasin, y cherchant l'aventure ou la bagarre. Souvent, l'agent de sécurité doit reconduire des types turbulents à la porte ou appeler la police locale, qui mettra tout ce beau monde à l'ombre des néons bleus, blanc et rouge du K-Mart. Il m'est arrivé de voir des gars se masturber dans le rayon de la lingerie pour femmes ou encore d'essayer un porte-jarretelles en nylon rouge vif par-dessus leurs jeans. Mais le plus souvent, j'ai affaire à des couples en quête de capotes ou de mousse à raser au rayon de la pharmacie. Ils se préparent une petite séance *kinky* après avoir passé la soirée à s'encanailler dans un bar à une sortie de l'autoroute où l'on retrouve des filles droguées, nues ou à moitié à poil. Les couples désirent bêtement se couvrir le corps de mousse. Je leur conseille d'essayer plutôt la crème fouettée, dans l'autre partie du magasin, côté alimentation. C'est plus efficace, leur dis-je, sans jamais me permettre la moindre familiarité, sans jamais me départir de mon indifférence. L'Amérique est ouverte vingt-quatre heures sur vingt-quatre. Sept jours sur sept. Ce pays est un vaste magasin à rayons, bien rangé et le K-Mart est à lui tout seul les États-Unis. Tout y est représenté. La nuit, mon travail consiste simplement à diriger les gens vers le bon rayon, celui des munitions ou des serviettes hygiéniques. J'affectionne le vernis à ongles et les revues comme d'autres se passionnent pour les armes à feu. Ma tante aime les articles de survie, ma mère, les parfums et mon cousin, les vêtements de sport. K-Mart est ma vie et voilà très peu de temps que je pense qu'il existe un autre lieu où je pourrais avoir autant de plaisir ou connaître ce que je crois être le bonheur. Je me dis qu'à l'université, je trouverai peut-être aussi des choses intéressantes. Et puis l'université est loin de Bay City. C'est un vrai avantage sur le K-Mart.

Dans le magasin, tout est à sa place. Le monde a un ordre, un sens. Et la musique qui accompagne le client jusque sur le terrain de stationnement et qui sort des grands haut-parleurs est là pour donner à chacun la sensation que K-Mart est à l'image de nos voitures, de nos maisons, dans lesquelles les radios ou les télés fonctionnent de jour comme de nuit. K-Mart est le prolongement de notre quotidien. C'est une famille. Mais pour moi, c'est encore davantage. Dans son enceinte, j'oublie tout, je consomme l'Amérique par tous les pores de ma peau, par mes oreilles, par mes yeux, ma bouche, et je suis enfin loin, loin de l'Europe et de ses tourments. K-Mart est sans histoire. Même l'école charrie dans ses cours d'histoire ou de littérature des morceaux du passé et nous les déverse dans nos cervelles vides, comme une benne à ordures décharge une tonne de détritus. Je quitte le K-Mart, parfois à quatre heures du matin, sur l'air de *Night Fever* ou de *Stayin' Alive*, véritable succès de 1978 ou encore sur la musique de *I Will Survive*, hit de 1979. Je sais que je trahis mon cher Alice en me trémoussant sur des airs disco, mais je me sens heureuse. La vie est possible. Demain est quelque chose de souhaitable et le ciel est gros d'espoirs. Souvent, durant mes pauses-café, je vais fumer une cigarette, une Benson & Hedges Menthol 100's Filter que j'achète en cartouche. Je me mets à l'abri des regards dans un petit coin du parking qui donne sur les bois. Ce sont ces bois que je traverse pour aller à la maison de tôle, même en plein milieu de la nuit. J'aime ce raccourci où j'ai le temps de changer de vie, de passer de l'Europe au Michigan, du français à l'anglais et vice versa. Dans les bois, j'ai le temps de me transformer. Je fais peur à mon petit frère en lui disant que je suis un loup-garou. Je regarde le ciel de l'Amérique, en voyant la fumée de ma cigarette voltiger autour de moi, puis prendre son envol. Les cigarettes au menthol sont si bonnes. Elles me purifient les poumons en me promettant un air frais et propre, comme celui des forêts du Midwest. C'est là dans le parking, que je passe de longs moments toujours interrompus, à regarder au-dessus de ma tête des avions géants qui dessinent dans les cieux avec leurs longues traînées blanches, hiéroglyphiques, des mots pleins d'espoir. Je veux quitter Bay City, prendre un grand avion pour aller vers d'autres mondes, d'autres espaces. Je rêve de m'embarquer dans un Boeing pour ailleurs. N'importe où. Je chantonne *Caught in a Dream* et surtout le couplet où Alice dit :

I need a houseboat and I need a plane
I need a butler and a trip to Spain
I need everything
the world owes me
I tell that to myself
and I agree

Oui, sur le parking du K-Mart, j'ai besoin de tout. J'ai droit à la vie qui passe et à laquelle il me faut m'accrocher. Mon corps vibre de l'avenir et le ciel s'engouffre en moi comme un vent léger, bénéfique, vrai zéphyr. Me voici toute-puissante. Je quitterai ce bled perdu. Je me libérerai de la guerre, de ma mère, ma tante et de tous les miens. Sur le parking du K-Mart, je deviens moi-même, celle que je pourrais être si je n'étais pas la fille de Denise, la nièce de Babette, la sœur de cette salope d'Angie qui a péri avant même d'être venue au monde. Sur le parking du K-Mart, souvent, je me permets d'aider les clients avec leurs voitures qui ne démarrent pas. J'ai développé un truc pour les moteurs d'automobiles. J'ai un don. Un homme gros, reconnaissant, me prédit que je serai un jour mécanicienne. Je pense alors aux moteurs des avions qui m'emporteront encore plus loin que n'importe quelle voiture américaine. C'est là sur le parking du K-Mart que je prends la décision d'étudier après le *high school* en génie mécanique et de faire une spécialisation en aéronautique. J'aimerais être pilote de ligne, plonger dans le mauve du ciel et en percer le secret triste. Mais pour y parvenir, il me faudrait faire des études très coûteuses et ma mère et ma tante s'y opposeraient. Je préfère ruser avec elles, devenir ingénieure et puis après, après : *the sky is the limit*… C'est ce que je me dis.

Le 2 juillet 1979, j'arrive au K-Mart à midi pile. Je n'ai pas pu vérifier au *basement* si mes grands-parents sont bel et bien là, dans le petit cagibi. Mon cousin a décidé de faire une partie de ping-pong avec Jeff qui vient le chercher pour aller avec Lewis, un autre abruti, au cinéma. En attendant l'arrivée d'un quatrième larron, Will, ils ont entrepris de jouer au ping-pong dans le *basement*. Je les entends rigoler en avalant mes céréales et mon Nescafé. Je ne fais pas trop de bruit. Je n'ai aucune envie de voir tous les amis de Vic me parler, me renifler et m'inviter samedi soir au ciné-parc pour aller voir *Invasion of the Body Snatchers* qui est sorti l'an dernier et que j'ai dû voir avec deux *boyfriends* différents, tant les gars manquent d'imagination au Michigan. J'ai déjà peur que Vic n'ait convié ses acolytes à ma fête d'anniversaire. Ma tante lui a sûrement donné carte blanche pour des invitations-surprise censées me faire plaisir. Babette est partie faire des courses. Gustavo travaille. Ma mère est encore à Chicago avec mon petit frère. Ma sœur est au cimetière. C'est une journée d'été. Je me dépêche d'aller au travail. Nous sommes en 1979. Ça va aller pour moi. Le ciel mauve me protège peut-être, malgré tout. Sans aucune vraie raison, je retrouve un peu confiance en la vie.

À midi, au K-Mart, je dois prendre ma place à la caisse. Les familles sont venues acheter des victuailles pour le *4th of July*, la fête de l'Amérique. Je suis née ce jour-là. Le Jour de l'Indépendance, de la liberté, de la coupure avec l'Ancien Monde. Moi, la mauvaise graine du nouveau continent, moi l'esclave de cette terre si souvent morne et de ce ciel si triste, je suis venue au monde le jour même de la fête de tous les Américains et mon anniversaire est accompagné d'un magnifique feu d'artifice qui colore de façon kaléidoscopique le ciel estival de Bay City. Je suis destinée à me noyer dans le bonheur de tout un peuple qui s'est affranchi du joug européen et il m'est difficile depuis bientôt dix-huit ans, de ne pas être joyeuse le 4 juillet. Au K-Mart, les gens ont entassé dans leur panier de provisions de quoi fêter, de quoi faire un petit ou un immense barbecue, et puis aussi toutes sortes de petits jeux et divertissements pour les célébrations à venir : le *Dart Game* de Mattel conçu pour le jardin se vend très bien depuis quelques jours. Je dis bonjour à pas mal de personnes que je connais. Pendant que je m'installe sur mon tabouret, Jerry me susurre à l'oreille qu'à quatre heures de l'après-midi, Marylou prendra ma place, qu'il a tout arrangé et que je pourrai partir. Il tient à venir à ma fête d'anniversaire dans deux jours. Il arrivera plus tard, mais il sera là. Il en profite pour me caresser un peu le derrière. Jerry n'est pas vraiment un mauvais garçon. C'est simplement un gars d'ici, né sous le ciel de Bay City et qui mourra sous ce même ciel tranquille. Il n'a pas de chance. C'est ce que je me répète. Et je le plains franchement de ne pas avoir la capacité d'imaginer que la voûte céleste puisse être d'une autre couleur que violette.

Je passe quatre heures agréables à simplement taper des prix, faire les paquets pour des gens qui sont visiblement joyeux, en vacances pour la plupart. Je ne sais pourquoi, mais la découverte que j'ai faite dans le cagibi hier ne m'affecte pas. Je pourrais même dire qu'au contraire, elle me soulage. Un abcès a été crevé. Le pus du ciel est sorti. Il est possible qu'il infecte toute ma vie, mais malgré l'insensé, la folie de la situation, je suis heureuse que le firmament ait enfin fait éclater son mystère, que sa panse noire s'écoule dans notre *basement*. Je me noierai peut-être dans ces déjections célestes, mais je préfère m'engloutir dans l'abject que de continuer à faire vivre les chimères de l'oubli de Denise ou de Babette. Depuis hier, je sais que quelque chose va nous arriver, que Babette parlera, me racontera ce que je sais peut-être sans le savoir. Quelque chose va avoir lieu. Il n'est plus possible de reculer. Un secret a enfin été violé. L'hymen céleste s'est déchiré et les entrailles de Dieu ont enfin crevé. Cela pue.

Lorsque je rentre à la maison, Babette m'attend assise sur le canapé de skaï vert. Elle semble très agitée. Une effervescence affolée l'anime. Nous sommes seules dans la prison de tôle bleue. Nous avons trois heures avant le retour de mon oncle et de mon cousin. Il faut faire vite ! Je m'attends à voir ses parents, à tenter de faire face à Elsa et Georges et à leur arracher quelque parole, quelque sens. Je demande à ma tante de descendre avec elle pour les revoir. Elle me coupe fébrilement la parole. Elle a mieux à me montrer. Cela fait tant d'années qu'elle garde tout cela pour elle, que ma mère la traite de folle, que ma mère la méprise. Je vais avoir la preuve de tout ! Il faut vite aller dans sa chambre. Tout est là. En nous dirigeant vers le fond de la maison, nous passons devant le piano à queue que Babette a acheté il y a quelques années et qui encombre son salon. Ma tante ne peut s'empêcher en le voyant de me dire pour la millionième fois, avec un soupir plein de tristesse, qu'elle en avait un semblable lorsqu'elle était petite. Mais pour l'occasion, parce qu'aujourd'hui la vérité doit éclater et que le mensonge demande à être éradiqué, ma tante ajoute à sa complainte ces mots qui m'étonnent: «Oui, chez mes parents à Paris. Nous avions un grand piano, comme celui-ci. Nous habitions rue de Naples dans le VIIIe arrondissement. Au 16 de la rue de Naples, pas loin de la gare Saint-Lazare.» J'écoute heureuse cet aveu inédit dans une maison où un certain silence a toujours été de rigueur. Je me dis que j'ai raison d'être confiante: la vie est en train de changer.

Le piano que ma tante s'est procuré et qui trône dans le salon dans lequel nous n'allons jamais, puisque nous avons la *tv room*, est particulièrement kitsch. Le bois noir imite l'ébène et est recouvert d'une épaisse couche de vernis qui le fait briller, même dans la nuit. On a voulu donner au piano une facture ancienne, artificielle et surtout une solennité qui contraste avec les matériaux qui le composent. Pour réussir cet effet, on s'est vraisemblablement inspiré d'un grand cercueil. Le banc rouge en velours capitonné peut contenir des partitions de toutes sortes et reste selon les dires de ma tante, tout à fait pratique. Je ne vois pas en quoi Babette peut voir en ce piano hideux et tape-à-l'œil quelque chose d'un passé glorieux, quel qu'il soit. Sur ce piano, mon cousin massacre quelques pièces de Beethoven ou de Bach, avec une déconcertante maladresse, quand il ne torture pas avec des accords boxés des chansons de Elton John.

J'ai toujours eu beaucoup de mal à comprendre pourquoi Babette avait tenu à avoir un piano aussi laid qui mange l'espace de cette maison de tôle où les pièces, même le salon, sont toutes minuscules. Parfois le dimanche après la messe (où je ne vais plus depuis belle lurette) et le repas dominical (auquel je dois participer quand je n'ai pas la chance d'être au K-Mart), ma tante nous permet de nous asseoir au salon sur le canapé rouge grenat. C'est pour créer un ensemble qu'elle a fait faire le banc de piano en velours rouge. Ma tante adore son canapé et rêvait depuis longtemps de lui faire faire des petits. Dès 1959, au moment de son mariage, elle a acheté ce monument rouge qui lui aussi bouffe le petit espace. Le canapé est conservé dans son état originel, puisqu'il est enveloppé dans une housse de plastique que Babette a spécialement fait confectionner chez Miller's à Saginaw. Sur le piano, une statue de Napoléon dont j'ignore la provenance et la signification veille sur le massacre par Victor des pièces musicales. Je dois faire des efforts pour applaudir et ne pas rire à la fin d'un morceau. Je m'assois en général sur la moquette blanche, immaculée, quoique quelque peu défraîchie. J'évite le canapé qui, comme celui de la *tv room*, colle aux fesses.

Des lampes recouvertes d'une peinture dorée, se veulent l'imitation de grands candélabres et leurs abat-jour rouges, trop grands pour elles, sont là pour rappeler le velours du canapé. Ainsi ma tante cherche à donner à cette pièce étriquée de la maison de tôle une apparence de demeure de grande bourgeoise du dix-neuvième siècle. Les lampes sont allumées en permanence, puisque Babette conçoit le salon comme un lieu d'apparat qui donne le ton au reste de la maison. Il doit donc être mis en évidence par une lumière appropriée... Il faut dire que les rideaux dans le salon sont toujours fermés de peur que le soleil ne « dévore les meubles », comme le dit ma tante, qui pense avec horreur à la possible décoloration de ces grabats par quelques rayons du piteux soleil de Bay City... Babette a créé dans son salon un vrai décor de théâtre. Elle met en scène une fausse richesse, un passé illustre, une grandeur qui jurent avec le reste de sa vie et la réalité de sa maison. Bay City est loin de l'Europe et de ses magnificences. Et l'odeur du garage et les exhalaisons des pots d'échappement des voitures, dès qu'on ouvre un tant soit peu les portes pour entrer dans la maison de tôle, envahissent vite le salon et ont tôt fait de détruire le sérieux un peu pompeux de la maison de carton pâte et de tôle fragile. Des bibliothèques recouvrent le pan de mur du fond. Les livres reliés en cuir bleu, noir, vert ou brun y sont rangés. Ils portent des titres en français. Babette a apporté ces volumes de France. Elle a dû les acheter en série dans un marché aux puces. Ma tante croit posséder une grande collection de livres. Il y a des Balzac, des Musset et surtout plein d'inconnus dont Babette cherche désespérément le nom dans un dictionnaire des grands hommes. Personne dans la maison de tôle n'a jamais lu ces livres. Parfois, j'y jette un coup d'œil rempli d'ennui. Le dix-neuvième siècle français m'apparaît comme une période confite, celle que la petite bourgeoisie du vingtième siècle, dont je vois en ma tante une représentante, a voulu conserver intacte, sans s'apercevoir qu'elle était en train de se décomposer. Ma tante n'aime lire que les journaux à potins, mais elle tient à avoir une bibliothèque cossue, remplie de livres qu'elle ne peut tout à fait déchiffrer et qui pourrissent lentement. Parfois, je m'amuse à dire que j'ai ouvert *Le Père Goriot* et que j'y ai découvert un ver. Babette pousse des hauts cris, puis s'empresse de passer les volumes suspects à l'aspirateur. Un énorme Electrolux vert.

Quand mon cousin entame *Funeral for a Friend*, après un petit Mozart exécuté sommairement et un long Beethoven joué sans aucune âme, je sais que je pourrai bientôt regarder la télé. Il me suffit de prendre mon mal en patience et de ne pas trop rouspéter quand ma tante demande à son fils vénéré, un autre petit morceau. Ma mère en général profite de ce temps pour aller téléphoner à des amis à elle qui habitent à Montréal. Mon petit frère s'ennuie à mes côtés. Et mon oncle Gustavo fait semblant d'admirer les talents de son fils pour ne pas froisser sa femme. C'est un moment toujours pénible où les illusions de Babette quant à l'avenir de sa progéniture me sembleraient bien pathétiques s'il n'y avait pas bien d'autres sujets beaucoup plus tristes dans la maison de tôle.

Le salon a quelque chose de funéraire et le piano qui domine la scène a pour moi l'aspect d'un cercueil. Mais je n'arrive jamais à comprendre qui est mort ou qui l'on veille. Avec les années pourtant, je crois avoir fini par interpréter que c'est mon enterrement à moi que mon cousin joue de façon aussi pataude. Je suis celle dont Victor cloue le cercueil chaque dimanche, quand Jerry n'a pas besoin de moi au K-Mart, avec ses grands coups maladroits sur le piano. Je suis celle qui est morte dans la maison de tôle et qui ne croit plus tellement à la possibilité d'exister. Victor pense qu'il aura une grande carrière en musique, qu'il sera compositeur ou interprète et qu'il pourra ainsi couler des jours paisibles dans une maison plus grande, dans un quartier plus cossu de Bay City. Ce garçon n'a aucune ambition. Il jette sur sa vie et ses talents un regard satisfait et profondément imbécile, pendant qu'à côté de lui, je meurs asphyxiée ou encore tuée par un faux accord.

Ma tante, en s'avançant dans le couloir qui la conduit à sa chambre, me lance que sa mère était une très bonne pianiste. Qu'elle et Denise jouent encore assez bien les morceaux qu'elles ont appris à la fin des années trente avec Mademoiselle Guérin, leur professeure, qui venait à la maison chaque jeudi. J'ai en effet entendu quelquefois ma mère et ma tante jouer en duo des pièces d'un répertoire larmoyant et désuet. Mais jamais, bien sûr, je ne me suis aventurée à demander comment elles avaient appris le piano, pour lequel elles sont aussi douées que Victor.

Dans sa chambre rose saumon où la tête du lit en velours est emballée dans une housse confectionnée elle aussi par Miller's à Saginaw, ma tante va vers sa penderie, bourrée à craquer. On y retrouve les petits tailleurs rococo et démodés que Babette affectionne beaucoup et qu'elle met pour enseigner au *high school*. Babette conserve ses vêtements longtemps. Un tailleur rose, copie Chanel, acheté en 1964 chez une couturière de Flint, et cousu en hommage à Jacqueline Bouvier Kennedy qui portait l'original à Dallas, quand son mari fut atteint de plusieurs balles, fait depuis quinze ans le bonheur de ma tante. Son tailleur « Bouvier-Kennedy » comme elle le nomme, est de toutes ses grandes sorties, même s'il a quelque chose de ridiculement historique. Un autre petit tailleur vert pomme, sous lequel elle porte un grand chemisier jaune dont la boucle immense retombe sur la poitrine procure à ma tante une joie intense dès qu'elle le met. Babette se voit aussi en femme du président de la République française. Elle vante les mérites de madame Giscard d'Estaing, si distinguée, en laquelle elle ne cesse de voir une grande sœur et une source d'admiration. Babette met des gants blancs pour aller au centre-ville et pose l'été un bob blanc assorti sur ses cheveux bruns. L'automne, elle enveloppe sa tête dans un foulard Hermès, acheté autrefois par ma mère à New York et prend des poses à la Grace Kelly, sur la Côte d'Azur. Babette aimerait que j'aie la douceur et la beauté de Caroline de Monaco, enfant de prince et de star. Mais j'ai le teint brouillé, les cheveux trop longs, l'air d'une souillon, d'une Américaine du Midwest. Il n'y a rien à faire avec moi. Je n'ai jamais eu l'élégance de Babette et Denise. La lumière européenne n'a pas bercé mon enfance. Je suis née sous le ciel mauve du Michigan. Les vents des grands lacs ont soufflé sur mes cheveux dès ma naissance et les ont emmêlés à jamais. Les nuages pollués ont pénétré dans mes poumons et ont fait virer ma peau au vert. Je donne le change. Je sens le parfum en vaporisateur à l'odeur de poudre pour bébés, le Tampax déodorant, le rince-bouche à la menthe verte. J'exhale par tous mes pores l'odeur de produits chimiques. Je suis une Américaine. Une poupée gonflable dont l'intérieur est toxique. Tout en moi est nocif.

Par coquetterie, Babette garde des années cinquante une mouche au coin des lèvres qui lui donne un petit air de starlette. Elle se badigeonne le visage d'un fond de teint bien gras qui lui fait reluire la peau. Elle se croit alors irrésistiblement élégante et très différente de toutes ces voisines obèses et godiches, « qui s'habillent avec des sacs et qui n'ont aucun goût ».

Elle s'inspire dans ses tenues des photos de *Point de vue* dont elle garde, bien en vue sur la table à café du salon, le premier numéro en couleurs qui date de 1952. On y voit le couronnement d'Elizabeth II. Avec parfois plus de six mois de retard, Babette reçoit par la poste son *Point de vue*. Elle a obtenu du *high school* qu'il s'abonne à *Paris-Match* et à *Jours de France* pour mieux initier les étudiants à la culture française. Au *high school*, Babette est la risée de tous, et il n'y a que les gens plus ou moins retardés pour la complimenter sur ses tenues à l'église. Il faut dire que les gens à Bay City n'aiment guère ce qu'ils ne connaissent pas ou qui n'a pas été acheté au K-Mart pour $5.99. Même moi, qui pourtant me procure mes vêtements chez le même fournisseur que le tout-Bay City, je suis montrée du doigt. J'ai reçu un billet d'avertissement de mon directeur d'école. Sur mon casier, on a écrit avec un rouge à lèvres, en très gros, que j'étais aussi folle que ma tante. Certains étudiants illettrés ont tenté de faire un peu de poésie : «*Amy… as mad as Aunty*». Il est vrai que souvent, je mélange les choses, les styles. Je coupe ici et là mes jupes et chemisiers, j'ai les cheveux orange et les yeux tout charbonneux. Mais je ne pense pas être aussi étrange que ma tante quand elle se promène dans le stationnement de la *strip mall* du K-Mart ou quand elle sort avec ma mère habillée en jumelles. Denise est plus réservée que sa sœur Babette et surtout plus moderne. Ma mère ne tient pas à s'accoutrer comme la femme du président de la France et n'entretient aucune nostalgie. Elle porte souvent une sorte de djellaba bariolée, comme le font les femmes à la mode des années soixante-dix. Pourtant Denise ne résiste pas toujours à endosser un tailleur que ma tante lui a acheté et à s'habiller exactement comme sa sœur pour aller à Saginaw, chez Jacobsen's. Elle aime, sans que je puisse comprendre pourquoi, cette sororité. Les sœurs Duchesnay se voient comme des grandes dames. Elles ont vraisemblablement été des petites filles très chics, élevées dans une certaine aisance et dans l'éclat, et c'est ce qu'elles mettent en scène le samedi quand elles prennent la route pour Saginaw. Elles essaient tous les parfums du rayon de chez Jacobsen's et prononcent à la française les noms des plus grandes marques en s'aspergeant les tailleurs d'effluves capiteux. Ma tante me dit toujours que les gens de Bay City sont des ploucs et qu'il faut marcher la tête haute. C'est ce que j'ai toujours fait. Mais tous les membres de la famille passent pour des toqués aux yeux des gens du quartier ou de l'école. Nous sommes des étrangers. Puisque nous ne faisons pas trop de bruit, ce n'est pas bien grave. On nous fout généralement la paix en nous pointant simplement du doigt.

Dans la penderie encombrée de ma tante, les chaussures à petits talons et les vêtements surannés, vestiges d'une Europe moribonde, s'entassent. Derrière cette débauche de prothèses féminines venues d'une époque où les gaines et les soutiens-gorge contenaient le corps des femmes, dans le mur, juste au-dessus du parquet, se trouve un double fond, dans lequel ma tante entrepose ce qui reste de sa vie avant 1943. Personne ne peut penser qu'elle cache là quelque chose. La chambre de ma tante est un sanctuaire à sa féminité dans lequel je n'ai généralement pas le droit de pénétrer. Elle y garde intactes des choses auxquelles je n'ai pas accès. Je sais que là sur les murs est disposé le seul portrait officiel de mes grands-parents que je vais souvent voir en cachette, enfant. Je sais aussi que dans la penderie se trouvent une boîte à bijoux, des articles de *Jours de France*, des mots d'étudiants, des vêtements d'enfants qui ont appartenu à Victor. Mais j'ignore que depuis son arrivée en Amérique, depuis près de vingt-cinq ans, ma tante accumule en secret les preuves de son existence d'enfant juive dans le Paris cossu du VIIIᵉ arrondissement. Je ne sais pas qu'elle reconstruit méthodiquement l'existence de ses parents morts à Auschwitz, sur lesquels sa sœur et le monde entier voudraient garder un silence plein de honte.

Dans une boîte de carton beige qu'elle extirpe de sa cachette, ma tante conserve pêle-mêle ce qu'elle a pu récupérer de sa vie et de celle de sa famille avant 1943. À l'intérieur de ce petit cercueil en papier mâché, on retrouve des photos prises dans les années trente sur lesquelles ma tante et sa sœur, en robe de velours ou de satin, posent aux côtés de leurs parents, eux aussi visiblement vêtus pour une grande occasion. Les deux petites filles ont dans leurs cheveux frisés un énorme ruban, avec une boucle gigantesque aussi grande que leur tête. L'amour de la boucle de chemisier a commencé là pour les deux sœurs, dans le geste appliqué, affectueux que leur mère ou leur gouvernante a dû faire pour dompter les chevelures rebelles des fillettes et couronner les têtes de mètres de satin. Dans la boîte en carton, il y a aussi des images des parents de mes grands-parents, de frères, de sœurs, d'enfants, d'adolescents des familles Rozenweig et Rosenberg. Alors que ma tante me tend les photos à une vitesse vertigineuse, je vois des petiots confiants sur des chevaux de bois, des adultes fiers, le torse bombé, à côté de leur voiture, des femmes vêtues de manteaux de fourrure qui se serrent les unes contre les autres en riant. Sur une image, des petites filles en robe blanche s'amusent dans un grand champ de fleurs. Sur une autre, un groupe de jeunes sourient au photographe dans les Alpes. Je vois passer des jeunes mariés joyeux, entourés de leurs familles respectives, une dame âgée qui porte le deuil, un homme en veston et petit gilet dont le visage est traversé d'une large moustache, des jeunes hommes en uniforme de la guerre de 14-18. Une photo intitulée à son endos «Au Club nautique» et prise en 1913 retient mon attention. Des hommes en maillots de bains y paradent à côté d'embarcations fragiles. Ils ont l'air si vivants, si amusés. Ma tante en me passant l'image m'explique que

la plupart de ces gars-là sont morts en 14-18. Des photos de classes de toutes sortes passent entre mes mains. Une tête ou deux se trouvent entourées au stylo rouge ou bleu. Tout cela a été envoyé par la tante Nellie de St. Petersburg, en Floride, où vit cette demi-sœur de mon grand-père Georges. Nellie a fui l'Europe au début des années quarante après avoir passé quelque temps en Angleterre. De là, elle est partie pour New York où elle a résidé quelques années avant d'aller s'installer en Floride. C'est là que ma tante l'a retrouvée et est même allée la voir en cachette de ma mère qui ne veut rien savoir de ces histoires-là. Une cousine de ma grand-mère, morte d'un cancer du sein en 1977 et qui vivait avec sa famille à Denver, au Colorado, a aussi permis à ma tante de rassembler son butin. Des années de travail en cachette ont rendu possible pour Babette la reconquête de son histoire, détruite, partie en fumée. Quarante-huit membres de nos deux familles sont morts, assassinés dans les camps de concentration. Babette me montre des lettres datant du début du vingtième siècle qui témoignent de différents moments, de multiples exis-tences et des efforts de ma tante pour faire renaître son passé. Elle embrasse en pleurant un mot de Georges envoyé à sa demi-sœur Nellie à Londres. La carte vient d'Auschwitz et Georges y raconte la terreur de l'arrivée, la mort de ma grand-mère dans le camp et la certitude de sa mort prochaine, lui membre des *Sonderkommando*.

Comment ces phrases ont-elles pu passer la censure de l'époque et comment sont-elles parvenues à leur destinataire ? Ma tante, tout comme sa propre tante qui a reçu ces lettres, l'ignore. « Mais elles sont là, me dit Babette, et elles parlent pour ceux qui se sont tus. » Dans la carte, mon grand père mentionne ses filles, « les petites merveilles », qui sont en Normandie. Il espère que Dieu les a protégées et que Nellie pourra les retrouver et s'en occuper. Il finit sa carte sur ces mots : « Le ciel d'Auschwitz est un enfer. Il est si noir, Nellie, il me cache le sens de nos vies. » Les petites ont survécu. Babette et Denise sont restées en Normandie dans la famille catholique, les Duchesnay, qui les a adoptées et cachées. Pourtant, malgré bien des démarches, Nellie n'a jamais pu récupérer ses nièces. On lui a affirmé que les enfants avaient été tuées dans les bombardements alliés. Les cultivateurs de Villers-Bocage qui les ont adoptées étaient très religieux et avaient sûrement eu peur de perdre les gamines après la guerre. Ils avaient préféré inventer une histoire sordide. Ils moururent de cancers foudroyants qui les emportèrent l'un après l'autre au tout début des années cinquante. Ils venaient de faire reconstruire leur propriété détruite totalement sous les bombardements alliés. Babette me montre des photos d'elle et Denise, avec les cultivateurs normands, Paul et Jeanne Duchesnay devant cette ferme familiale. « Janvier 1944 », dit une écriture soignée à l'envers de la photo. Les Duchesnay sont des gens déjà âgés qui, au début des années quarante, quand la guerre éclate, regrettent amèrement de ne pas avoir eu d'enfants. Ils sont heureux de sauver les âmes et la vie de deux petites filles juives qu'ils entendent convertir. On les voit sur les marches de l'église avec leurs filles adoptives, habillées comme des péquenaudes endimanchées, mais fières. Dans le village, les filles ne furent pas dénoncées. Les Duchesnay, en bons normands bien méfiants, avaient pris la précaution de dire à tout le monde qu'elles étaient les enfants de leur cousin mort sur un champ de bataille. «La femme un peu folle n'avait pas de quoi nourrir la marmaille.» Les Duchesnay, malgré la colère des membres réels de leur famille élargie, laissèrent aux filles un petit pécule avec lequel elles achetèrent une épicerie fine à Paris, rue Didot, dans le XIVe arrondissement. Elles revendirent leur commerce, *Aux Îles Borromées*, juste avant de partir pour l'Amérique. Ma tante me raconta qu'un rat un jour avait traversé le magasin et qu'elle et sa sœur avaient dû aller chercher le chien ratier de la boutique voisine. Après cette aventure, elles avaient jugé qu'elles avaient assez souffert. Elles venaient d'apprendre que leurs parents étaient morts dans les camps. En orphelines, elles avaient décidé de quitter le Vieux Monde pour aller vers une terre nouvelle où elles espéraient que les rats, les guerres et les blessures étaient inexistants. Elles n'étaient pas malheureuses dans ce Paris de l'après-guerre. À leur arrivée dans la grande ville, elles avaient même connu une certaine ivresse, celle de la vie parisienne qu'elles avaient tant aimée petites, mais leurs conditions de vie étaient difficiles. Pour faire marcher le commerce, elles devaient se lever à quatre heures trente du matin et fermer la boutique vers dix heures le soir. Situé entre deux grands hôpitaux parisiens, *Aux Îles Borromées* faisait le soir une grande partie de son chiffre d'affaires en vendant des bouteilles de champagne, des chocolats, des bonbons de luxe aux visiteurs qui allaient voir quelque malade. Denise et Babette travaillaient comme des bêtes et Paris leur semblait un monde englouti. Elles avaient décidé de partir vers l'Amérique. Un cousin des Duchesnay qui leur était resté fidèle après les histoires d'héritage était déjà là et les suppliait de venir lui rendre visite. Dans la chambre, ma tante me montre des photos de ce cousin qu'elle décida d'aller voir à Chicago pendant que ma mère rencontrait mon père à New York. C'était un petit monsieur qui se tenait fièrement devant un air conditionné Whirlpool qu'il avait acheté dès son arrivée dans l'Illinois. Et puis, elle me présente des images d'elle et sa sœur devant la grande affiche Ricard sur l'auvent de leur boutique. Babette et Denise avaient l'air de jeunes femmes décidées et pleines de courage. Elles semblaient résolues à vivre, comme leur cousin, dans l'air climatisé… D'autres cartes postales, des boucles d'enfants, des mèches de cheveux, des petits bijoux, toutes sortes de reliques sortent de la boîte en carton beige. Et puis aussi un grand cahier noir sur lequel ma tante a collé une photo magnifique du ciel de Paris alors que le soleil se couche sur le Sacré-Cœur. C'est une espèce de *scrapbook* dans lequel ma tante a reconstruit la vie de ses grands-parents, parents, tantes, oncles et cousins depuis 1879, date de naissance de l'ancêtre Rosenberg. L'on peut y suivre les événements qui ont marqué la vie de toute la famille de ma tante. Un immense arbre généalogique a été aussi dessiné. J'y jette un coup d'œil rapide. Je suis vite effarée par le nombre de morts assassinés, exterminés pendant la Deuxième Guerre mondiale. Dans cet arbre, je suis bien sûr là avec ma sœur Angie, nous les filles de l'Amérique, nous les enfants de l'après-guerre qui avons hérité de la mort. Il n'existe pas de photo de ma sœur. Elle est morte à sa naissance. Je ne l'ai jamais vue. Il fallait qu'elle s'évanouisse à sa venue au monde, qu'elle disparaisse immédiatement sans laisser de trace, ma grande sœur, fille aussi des camps. Angie est la dernière enfant de l'holocauste, celle qui devait mourir sans être vraiment née. Après elle, il y a moi dont le nom figure sur l'arbre blanc que ma tante a si minutieusement constitué. Après elle, il y a le ciel mauve sans avenir.

Cette journée-là, le 2 juillet 1979, j'enregistre dans ma mémoire des années et des années de souvenirs tout à coup vivants pour moi. Pendant les trois heures que dure cette exhumation de la vie de ma tante et des existences de sa famille, je me retrouve à devoir comprendre une histoire couvrant plus de cent ans. Pour la première fois depuis ma naissance, j'ai l'impression d'avoir droit à mes ancêtres, d'avoir accès, pour un temps que je sais compté, à ma tante et à ma mère. Je sens très clairement qu'il me faudra faire appel à ces trois heures passées par terre dans la chambre de ma tante, sur sa moquette rose, pour parvenir plus tard, un jour, à dire quelque chose de moi-même.

Le passé, je n'en sais presque rien et pourtant il me semble bien familier. Ma tante me le présente en déballant ses preuves, en me confiant ses souvenirs et les vies reconstituées dont les morceaux resteront épars dans la boîte en carton. Babette, je le comprends à ses paroles, ne voit pas dans son travail de collectionneuse un quelconque « remembrement » de l'histoire juive, un hommage à sa tribu. Elle regrette visiblement son enfance parisienne, l'aisance matérielle dans laquelle elle a été élevée, mais elle ne s'insurge pas contre les camps de concentration. Elle ne critique pas les cultivateurs qui les ont peu envoyées à l'école, alors qu'elles avaient été élevées à Paris avec des tuteurs et précepteurs et avaient appris plein de choses dès leur plus jeune âge. La vie de ma tante a commencé pour elle, en 1946, alors que sur les conseils de ses parents adoptifs, elle fut baptisée par un prêtre catholique. Babette avait alors seize ans et c'est là qu'elle eut sa révélation. Toute sa famille juive est morte pour cela, pour préparer sa conversion. Les objets exhumés d'un passé mort, les photos arrachées aux temps sombres sont pour ma tante l'occasion de mesurer le parcours que sa famille et elle ont fait pour en arriver finalement au catholicisme qui nous sauvera tous et nous conduira directement au ciel. Ma tante est fébrile. Je dois comprendre son plan. Convaincre mes grands-parents, les deux spectres qui se trouvent dans le cagibi du sous-sol, d'abjurer le judaïsme et de devenir catholiques. Ainsi je sauverai leurs âmes. En me confiant tout cela, ma tante me donne une petite vierge en métal bleu que sa mère adoptive, Jeanne, lui avait mise dans la main juste avant sa mort. Cette vierge porte bonheur. Ma mère, l'aînée des deux filles, l'avait refusée lorsque Jeanne mourante avait voulu lui confier et c'est donc Babette qui a gardé la minuscule statue de Marie et qui décide de me la donner, maintenant que je sais tout. «Mes parents sont partis pour que je découvre la foi, la vraie et maintenant qu'ils sont revenus, c'est à moi de me sacrifier et de leur montrer le chemin», me confie Babette en cette fin d'après-midi du 2 juillet 1979. Je sais que ma tante délire. Mille photos jonchent son lit de satin rose saumon dans sa chambre minuscule. Babette, au milieu de sa vie ainsi éparpillée, rit. Elle embrasse une image, puis une autre, se met à pleurer et rapidement prie en bénissant chaque portrait par un signe de croix. Depuis longtemps Babette a perdu toute commune mesure, tout repère. La guerre l'a dévorée. La guerre nous a gobés entiers. Comment pourrais-je ne pas le savoir, moi qui pour ma tante accepte de voir ses fantômes dans le sous-sol et de les garder enfermés là?

Comment pourrais-je ignorer tout cela, moi la complice, l'alliée de sa folie ? La guerre nous a tout pris. Il faudra encore une génération ou deux pour que quelque chose soit possible sur cette terre qui nous fait la promesse impossible, démente d'être neuve. Le ciel américain est grand, dit-on. Il nous offre la douceur de ses arcs-en-ciel d'usines. Il nous sauvera du passé. En lui, je suis condamnée à croire.

J'entends le mécanisme de la porte du garage faire trembler toute la maison. Mon oncle et mon cousin sont en train de revenir. Il est tard. La lumière dans la chambre a baissé. Le soleil se couche et par la fenêtre entrent quelques rayons violets, tendres. Ma tante en moins de deux rassemble tous les objets, toutes les photos, les remet dans la boîte de carton beige et redépose le tout dans la cachette au fond de son placard. Je n'ai pas le temps de l'aider, qu'elle a déjà tout rangé, non sans m'avoir lancé : « Laisse-moi faire, j'ai l'habitude. » Je vois qu'elle ne ment pas. Combien de fois a-t-elle fait ces gestes précipités pour cacher à ma mère, à son mari, à son fils ou encore à moi, son grand secret, la chair folle, vive de ses jours ? Babette va vite préparer quelque chose pour son fils chéri, dont elle croit entendre la voix affamée. Ce soir-là, elle nous fait ce qu'elle appelle du cassoulet, en ouvrant une boîte de haricots blancs qu'elle mélange à une boîte de tomates en conserve et à quelques morceaux de saucisses. Je passe un peu de temps dans le jardin à fumer une cigarette au menthol pour reprendre mes esprits. Ma Benson & Hedges fait des volutes mauves qui se mêlent vite au ciel pourpre que colore le soleil agonisant. Dans ma poche, je serre de la main gauche la sainte vierge de métal et la carte de mon grand-père que j'ai gardée et que Babette ne m'a pas redemandée. La vie me semble si volatile. J'ai l'impression d'avoir vu cet après-midi des existences naître et se consumer si rapidement devant moi. Presque tous les gens sur les photos sont morts et le ciel de Bay City ne peut leur rendre hommage. Il n'a que faire du passé. Il ne déplace que des poussières toxiques, que du passé méphitique que l'odeur de mes cigarettes à la menthe ne peut complètement couvrir.

«Le ciel d'Auschwitz est noir.» C'est ce que mon grand-père écrivait. Le ciel est enfer. Et rien n'a pu sauver Elsa et Georges et tous les engloutis de la guerre. Il n'y a qu'en Amérique que l'on croit aux miracles. Ailleurs, on sait que le monde est parvenu à sa fin. L'apocalypse a eu lieu. Les morts n'en reviendront pas.

Ce soir, après le repas que j'avalerai goulûment, j'irai dormir une heure ou deux dans le cagibi avec Elsa et Georges. Je les forcerai à se blottir contre moi. Dans le cagibi, il n'y a aucune fenêtre. L'on ne peut apercevoir aucun bout du ciel. On ne peut distinguer rien comme un espoir. Dans le cagibi, je trouverai contre les corps usés, déchiquetés, si fragiles de mes grands-parents, un sommeil sans faille. Celui des morts, pour qui le ciel et ses couleurs n'existent plus.

Dans les eaux du Gange, sous le soleil indien, rouge désespérément rouge, je me suis baignée. Juste avant d'accoucher de Heaven, alors qu'elle était bien lovée dans mon ventre et qu'elle jouait depuis peu à me donner cent coups de pied par jour dans les organes, pour que je la sache bienheureuse, je suis partie pour Bénarès, la ville sacrée. Le Gange, dit-on, a une fonction purificatrice. J'ai voulu me nettoyer du passé, laisser le ciel de Bay City couler au fond du Gange vert. Je voulais voir le ciel mauve se noyer dans l'eau rédemptrice et ressortir victorieux, incandescent. Sur les bords du fleuve, des gens vêtus de couleurs trop vives, priaient, se lavaient ou offraient leurs cheveux au courant. C'est là que je me suis rasée, débarrassée de ce qui constituait sur mon corps le passage du temps. C'est là… Au bord du fleuve. J'ai effacé de moi toutes les traces de l'histoire. Tous mes poils, tous mes cheveux, tout ce qui sur moi se souvenait du passé est allé dans le Gange boueux, souillé des excréments de millions de vivants et de morts, mais pur, extrêmement pur, sacré. La brume qui envahit la ville le matin avait quelque peu disparu. Il ne restait qu'un ciel rouge alors qu'un peu plus loin la fumée blanche des incinérations faisait danser de belles lignes claires dans l'air vermillon. Les âmes des défunts jouaient dans l'air vaporeux. Elles venaient de se libérer de la matérialité de la vie. Le bruit de clochettes qui accompagne les prières, le froissement des barques sur l'eau, les conversations qui ne cessent jamais, les radios allumées ici et là et les musiques discordantes des cérémonies de crémation me protégeaient de la joie obscène, indifférente du ciel. Sur les ghâts, ces escaliers qui accompagnent le Gange tout au long de la ville et se laissent lécher tendrement par lui sur quelques milles, des hommes vêtus de jupes et de robes ocre tenaient des conciliabules muets. En gesticulant, ils montraient du doigt le soleil et semblaient interpréter ensemble quelque chose qu'il m'était impossible de voir. Tout à coup juste avant que je ne sacrifie ma chevelure au fleuve Ganga Ma, une enfant vêtue d'une robe blanche légèrement trop petite pour elle, qui la serrait aux emmanchures, vint vers moi. Elle toucha ma tunique violette, celle que je venais d'acheter à mon arrivée dans une boutique de la ville que j'avais découverte après des heures de marche dans la pollution et la chaleur asphyxiantes. La petite caressa longuement ma tunique et me fit tourner sur moi en déroulant le tissu qui enserrait mon corps. Puis elle prit ma main, la posa sur sa tête, avant de remonter les escaliers et de disparaître dans la lumière rouge. Une vache noire qui l'attendait un peu plus loin la suivit. Sur le Manikarnika Ghât, où se trouve le puits sacré de Shiva, très tôt le matin, j'avais jeté quelques fruits et des fleurs en offrande. Varanasi adore Shiva et beaucoup de visages que j'apercevais au loin portaient trois traits blancs sur le front en hommage au Dieu. Des hommes et des femmes priaient dans le fleuve. Juste à côté de moi, un homme recueillait de l'eau dans un bol argenté. Il récitait quelques prières en chantant, puis se versait lentement un peu du liquide sacré sur la tête. Je continuai longtemps mes ablutions ce matin-là, bercée par le Gange et les mouvements de tous les êtres qui venaient à ma rencontre ou s'attardaient près de moi. Des corps ondoyaient dans le Gange et je vis clairement le cadavre d'un nouveau-né flotter sur le ventre sereinement et venir vers moi. Je fus prise d'effroi. L'homme qui priait me sourit. Dans ses yeux, je vis le signe de ma réconciliation avec la mort. Je fixai un moment le corps du petit mort avant de le voir repartir vers le large. Je le saluai longtemps en inclinant ma tête fraîchement rasée. Ma colère me désertait enfin. Bay City s'enfonçait dans les eaux du Gange et réapparaîtrait peut-être dans le golfe du Bengale, dans de nombreuses années. Loin de quelque chose comme moi.

À ce moment-là, alors que je tentai de me purifier du temps, des saletés de mon histoire et de celle de ce monde, j'ai compris que j'aimerais me faire incinérer, là, à Bénarès, loin de Bay City. Loin de l'Amérique. Loin de la couleur mauve ou bleue du ciel. Que mon âme s'abandonne au cinabre incendié. J'ai imaginé mon esprit s'envoler vers le ciel rouge, très légèrement voilé. J'ai aimé penser que mon âme quitterait mon corps doucement, paisiblement et atteindrait le ciel de l'Inde. Par mes cendres qui voltigeraient longtemps au-dessus du Gange avant de se déposer sur un drap jaune qui sèche ou sur une bouse de vache, je voyais que je pourrais accueillir la mort de ceux qui moururent sur les bûchers allemands et mondiaux et lui donner un sens doux.

Il paraît que si la crémation du corps a lieu là à Varanasi, le cycle des réincarnations de l'âme est brisé à tout jamais. Il paraît que c'est par cette incinération qu'il est possible d'accéder directement au nirvana. Je ne veux pas me réincarner. J'espère que la mort est finale, comme une solution nazie. J'espère que mon dernier soupir, celui que je destinerai au ciel rouge, à Bénarès, ne sera gros d'aucun futur, ni d'aucun passé. J'espère être comme le corps de ce nouveau-né qui dansait la danse aquatique de la mort au petit matin et que j'atteindrai le nirvana sans délai, comme ma sœur Angie le fit à sa naissance. Je veux mourir sans aucun souvenir de ce que j'ai vécu. Ne rien laisser derrière moi, ne posséder aucun bagage de vie, être vierge de tout espoir, de toute aspiration. Je veux me livrer à la mort sans sentir le poids d'un entre-deux, sans être coincée entre ce que je n'aurai pas su faire et ce que j'aurai fait.

Sans être écartelée entre le désir de continuer et ma soif ancestrale, plus vieille que moi, d'en finir… On dit que le nirvana n'est ni existence, ni non-existence. Il nous délivrerait de cette humanité qui nous fait craindre la mort et qui nous fait parfois maudire la vie, mal accrochés comme nous le sommes au temps.

Je veux mourir sans arrière-pensée. M'offrir au Gange lascivement et laisser mes cendres balayer amoureusement sa surface. Qui sait ce que mes restes poussiéreux pourront alors caresser.

Après mon pèlerinage à Varanasi, Heaven vit le jour. En plein mois d'août. Dans un désert orange, sous le ciel étoilé, dans une lumière lunaire, hospitalière. Sur les premières photos qui témoignent de son entrée dans le monde, sa mère a les cheveux très, très courts. Le sourire de cette femme est souvent triste, voilé comme la surface du Gange le matin. Mais en ses yeux verts, Bay City semble s'être noyée pour de bon, avoir été engloutie à jamais. Son corps maigre, sec, bien qu'il semble relever de couches, donne à voir une longue plaie qui cicatrise d'un mal très ancien sur lequel elle n'a encore que peu de prise. Cette femme avec ses cheveux rasés pourrait être une rescapée des camps de concentration ou encore une cancéreuse en chimiothérapie. D'elle émane une extrême fragilité, celle de la vie même. Elle a l'air d'avoir été profondément atteinte et le bébé qu'elle porte dans ses bras avec amour semble être un bonheur beaucoup trop vaste pour sa précaire existence. Sur les photographies, le bébé semble vorace comme la voûte céleste. Il veut englober tout ce qui vient, gober le futur. La mère a l'air soucieuse devant cet appétit cosmique, mais se livre à l'enfant. Je ne me reconnais guère sur les images que Heaven souvent me demande encore de commenter avec elle, comme si elle ne pouvait jamais se rassasier du récit de sa venue au monde, comme si l'histoire de Bénarès et puis celle des déserts du Nouveau-Mexique dans lesquels elle a vu le jour ne pouvaient jamais contenir tout à fait pour elle le miracle de sa présence parmi les vivants. Heaven a toujours su, sans que je lui aie dit quoi que ce soit, qu'elle n'aurait pas dû naître. Et que sa présence est un miracle, un émerveillement. Elle a toujours compris, que, pas plus que moi, elle n'aurait dû voir le bleu vif du ciel d'Albuquerque, que nous aurions dû avaler éternellement la mort à Auschwitz. Ma mère et ma tante ont fait d'elles et de nous, avant même notre naissance des rescapées du désastre. Nous sommes des témoins de l'impossible, de la vie. Des vivantes irréelles, fantastiques.

À Bénarès, la chaleur après mes ablutions était insupportable. Je perdis connaissance quelques fois ce jour-là en traversant la ville et souvent, lorsque je reprenais mes esprits dans l'humidité affolante, une femme, penchée au-dessus de moi, me souriait tendrement et me faisait boire un peu d'eau fraîche, venue très certainement de l'égout géant et sacré qu'est le Gange. Dans l'étuve de

Bénarès, lors de mon dernier évanouissement, une voix m'annonça très clairement que ma fille serait une réincarnation du Dieu Shiva et son nom indien me fut prononcé. Je le gardai secret et décidai de le cacher à jamais en appelant la petite Heaven. Pendant des jours, j'eus la fièvre et les gens chez qui je vivais craignirent pour ma vie et pour celle de mon enfant qui continuait sa course folle dans mes entrailles, qui continuait à me donner des coups de pied et de poing. Je ne sais qui vint à mon chevet durant ces semaines de maladie et ce que l'on me destina, mais je crois que Heaven est sacrée et que la déesse la protège.

À Bénarès, j'ai quitté Auschwitz et Bay City. J'ai laissé tous mes morts dans le Gange, tout ce peuple que je portais depuis des années et même avant ma naissance. J'ai précipité tendrement tous les cadavres dans le Gange et ai demandé au fleuve, au monde de s'en occuper. À Bénarès, je suis née à moi-même, une première fois. Quelqu'un comme moi, je l'ai compris depuis, ne peut voir le jour en une seule fois. Mes naissances ne peuvent être que multiples. Moi l'avorton de l'histoire, je n'ai droit à la vie qu'en plusieurs étapes. Mais Bénarès, le Gange, ma fièvre marquent le début de ma lente venue au monde qui trouvera son terme dans ma mort. Quelqu'un comme moi doit subir toutes ses réincarnations dans une seule vie et il n'est rien de plus brutal que de mourir à soi sans arrêt. Seule ma mort saura me délivrer de cela.

Malgré les assassinés d'Auschwitz que j'ai portés toute ma vie sans le savoir, malgré ma sœur née-morte dont on n'a cessé de me parler, à laquelle on n'a cessé de me comparer, malgré l'incendie de Bay City dans lequel toute ma famille a péri, malgré Bénarès et les cadavres qui au bord du Gange vinrent effleurer mon corps et le caresser, il me semble que j'ai réellement vu mon premier mort quelques années après avoir quitté le Texas. La mort, bien sûr, est partout et chaque seconde, elle nous traverse, elle nous appelle et nous fait des clins d'œil. Mais elle est restée longtemps pour moi excessivement abstraite, dans la mesure où je n'avais pas réellement pu voir quelqu'un agoniser. Je n'avais jamais pu observer la vie quitter la vie et le corps se métamorphoser pour accueillir en lui l'œuvre parfois bien lente de la mort.

Quelque temps après mon retour de l'Inde, je m'installai au Nouveau-Mexique où je mis au monde Heaven. À Rio Rancho, dans la maison voisine de la mienne, habitait un vieux monsieur qui vivait avec sa femme et qui devint vite mon ami quand il apprit que je pilotais de grands avions blancs à travers le ciel bleu et mauve de l'Amérique. Cet homme, Bernie, était comme moi pilote d'avion, mais il avait œuvré dans l'Armée américaine. Il avait même bombardé la Normandie durant la Seconde Guerre mondiale de ma mère et de ma tante, pour forcer les Allemands à se retrancher. Il fallait les faire déguerpir des lieux du débarquement pour que les troupes alliées avancent et libèrent l'Europe. Bernie connaissait un peu le français grâce aux quelques mois passés sur le sol normand, puis à Paris. Il adorait quand je lui racontais dans ma langue maternelle mon excitation enfantine à chaque décollage. Je parlais souvent mécanique avec lui, mais aussi de cette sensation métaphysique d'être quelque part entre le ciel et la terre quand l'avion semble porté par l'air et n'offrir plus aucune résistance à l'atmosphère. Soudain il serait possible de s'écraser, de sentir violemment la force de la gravité de la terre et du vivant et de s'abandonner à l'attraction irrésistiblement terrestre. Je riais avec Bernie de notre envie de nous écraser, envie contre laquelle lutte tout pilote, qu'il l'avoue ou non. Bernie avait fini par oser me demander de lui faire toutes sortes de petites courses en ville, alors que lui me sortait les poubelles trois fois la semaine ou encore se permettait d'arroser les fleurs que j'avais fait pousser derrière et devant chez moi, malgré le soleil brûlant, harassant. J'imaginais souvent que ma mère et ma tante, durant l'exode, sur les routes avec les membres de la famille catholique qui les cachait, avaient levé leurs yeux apeurés vers le ciel et avaient aperçu le ventre de l'avion de tôle bleu que pilotait Bernie. J'imaginais Babette et Denise dans un lien secret, céleste à cet homme qu'elles avaient peut-être aussi croisé sur les routes. Cela m'avait poussé à aimer Bernie comme un des miens, avec toute l'ambivalence que cela pouvait impliquer. Heaven aussi, alors tout enfant, aimait Bernie. Je ne sais pourquoi mais il avait conquis ma petite fille, qui me demandait souvent d'aller frapper à sa porte. Nous passâmes quelques années dans la proximité un peu distante et très bienveillante de Bernie. Et puis, peu de jours après les quatre ans de Heaven, à la fin d'un été extrêmement beau, Bernie vint me voir un soir pour m'annoncer sa mort. «Amy, je vais y passer bientôt, me dit-il. Une saloperie infecte. Une pourriture. Un cancer du foie qui a fait des petits. Je suis complètement atteint, ma belle. Mes enfants vont venir. Je leur ai annoncé. Tu seras là aux derniers moments quand mon âme pourra enfin prendre son envol?»

La mort de Bernie fut la première vraie agonie à laquelle j'assistai. Je fus là durant les derniers jours où il passa de vie à trépas. Puisqu'il avait demandé à sa femme Mary de pouvoir mourir à la maison, je me permis de venir quelques heures à son chevet, chaque jour, pendant trois semaines. Je me souviens que son corps devint lentement très léger. Son cou se mit à ressembler à celui d'un volatil et son faciès sur lequel sa peau déshydratée se tendait pour le faire ressembler à celui d'un oiseau indien devenait désespérément osseux, dur. Au début, Bernie me racontait avec force détails les hallucinations que lui donnait l'approche de la mort et la morphine. En face de son lit, de l'autre côté de la chambre, se trouvait un tableau abstrait dans lequel il me disait se perdre dès qu'il le fixait. Mary eut l'idée de changer l'image que son mari avait aimée vivant et la remplaça par la grande photographie d'un âne qu'elle et Bernie avaient découvert en Grèce au détour d'un chemin et qui leur avait barré la route quelques heures, refusant obstinément de quitter le milieu de la voie. Bernie et Mary racontaient souvent cette histoire en riant et pendant que l'animal leur obstruait le passage, ils n'avaient rien trouvé de mieux à faire que de photographier le mulet, sous toutes ses coutures. Il était sorti de l'entêtement de la bête une photo superbe qui meublait la petite salle à manger de Bernie et Mary et qui faisait toujours l'objet de commentaires amusés et étonnés des visiteurs, puisque l'âne semblait rigoler à pleines dents sur l'image. Quand la photo fut installée en face du lit de Bernie agonisant, celui-ci sembla retrouver durant quelques jours un peu de calme. Peut-être voyait-il en cet âne entêté qui refusait de céder le passage, sa propre détermination à ne pas laisser la voie libre à la mort. Peut-être aussi que la bonne tête de l'âne avait quelque chose de rassurant pour un homme condamné à ne plus penser à des choses aussi précises, et souvent après la mort de Bernie, j'ai pensé, à tort, qu'il s'était peut-être réincarné en mulet. Bernie m'avait en effet dit, et ce fut là une de ses dernières paroles : « Je veux être un âne après. Oui. Je sens que je serai un âne si je dois me réincarner. Toi qui es allée en Inde, tu dois croire à cela, non ? » Mais Bernie me semblait surtout devenir un petit moineau déplumé. Les transformations qu'il aurait à subir pour se métamorphoser en bourricot devraient être encore nombreuses. Que de chemins à parcourir, me disais-je, pour devenir un âne... Que de douleurs, de peines pour désirer être un animal buté. Et même l'oiseau frêle qu'il était en train d'incarner sous mes yeux, peu à peu, me faisait comprendre qu'il n'est jamais possible d'être certain du chemin à prendre pour parvenir au but, que le trajet de nos vies nous est imposé par des forces, dont au moment de la mort nous apparaît la puissance. Je dois dire que pour une pilote d'avion qui doit toujours connaître la route et sa position précise dans le ciel, ceci est une vérité bien brutale, à laquelle comme vivante, il m'est impossible de totalement me soumettre. La désorientation est pourtant le guide des humains.

L'avant-veille de sa mort, Bernie perdit conscience. C'est du moins ce que les médecins dirent. Je sais seulement que je n'osais plus lui dire mon nom lorsque je m'approchais de son lit. Je voyais qu'il était déjà de l'autre côté de la rive des vivants et qu'il ne fallait surtout pas le faire souffrir en lui rappelant l'existence. Bernie avait déjà parcouru un certain chemin vers la mort et la vie ne pouvait être qu'un rappel terrible pour celui qui avait déjà traversé en partie le Styx ou le Gange. Je n'osais pas même poser ma main sur lui, parce que je la savais, malgré tout, trop vivante, trop pleine d'histoires et de souvenirs. Dans son délire, Bernie avait demandé que l'on retire l'image de l'âne. Elle avait fini par le terrifier. Je crois qu'elle lui rappelait encore trop son passé, des moments où son corps avait encore une importance inassimilable, obscène pour celui qui s'apprête à mourir. Chez certains Indiens d'Amérique, ceux qui vivent ne doivent pas utiliser le nom des morts. Les esprits dans l'au-delà peuvent être très occupés, et les interrompre pourrait attirer leur colère. Par respect pour l'agonie de Bernie, je résistai donc à la tentation de le prendre dans mes bras. Comment aurait-il trouvé en lui la force de tout laisser si les vivants tentaient encore de le retenir par leurs pleurs, leurs préoccupations, leurs souvenirs ou encore leurs peurs? Aussi scandaleux, inhumain que cela puisse paraître, celui ou celle qui meurt doit le faire seul. La mort n'est pas de l'ordre de l'humain, elle est sacrée, c'est-à-dire divine ou anodine. C'est une inconnue dont il faut respecter les secrets. C'est pourquoi les humains que nous sommes doivent s'incliner quand elle arrive vraiment et la laisser faire son œuvre, fût-elle diabolique, seule. J'ai compris avec la mort de Bernie, que le scandale des camps de concentration réside dans cette mort collective, publique, arrachée à même la vie, abruptement. Les morts doivent avoir le temps de quitter les vivants et de devenir parias. Voilà pourquoi j'ai toujours pensé que ceux qui meurent violemment, accidentellement souffrent davantage que les autres.

Bernie mourut un jeudi. J'étais à ses côtés. Alors que je planais dans le ciel mauve du Michigan, prête à attendre le signal qui me permettrait de poser un avion sur la piste d'atterrissage de l'aéroport de Détroit, son agonie finale commença. Mary me joint au téléphone au bureau de la compagnie d'aviation. J'arrivai immédiatement par l'avion suivant que je devais de toute façon ramener à Albuquerque. Le ciel, ce soir-là, était bien vide. Pas un nuage, pas le moindre vent. La terre s'étalait à perte de vue, morne.

Bernie respirait dans la douleur. L'air n'arrivait pas à passer à travers son corps. Sa poitrine, sa gorge émettaient un bruit terrible de tuyau bouché qui semblait le surprendre lui-même dans ce qui lui restait de conscience. Son corps était tellement déshydraté que sa peau ressemblait à un parchemin tendu, jaunâtre. Il m'était interdit de soulager sa soif que je voyais immense dans ses lèvres qui n'arrêtaient pas de s'ouvrir pour réclamer de l'eau. Mary et le médecin craignaient qu'il meure étouffé par le liquide. J'obéissais à cet ordre, même si je ne comprenais pourquoi on préférait pour Bernie une mort par déshydratation à une fin par obstruction des poumons. Je dus voir le corps de Bernie non pas me demander de continuer à vivre mais simplement se tendre pour mendier de l'eau que je ne pouvais lui procurer. Son râle était profond, il lui arrachait l'âme. Il raclait dans les moindres recoins du corps ce qui restait de vie. Parfois, j'avais l'impression que Bernie jouait, par tous ses orifices, son propre requiem. Il était un orgue et la chambre de Rio Rancho une cathédrale gothique dans laquelle résonnaient les souffrances humaines. J'étais devenue totalement muette. Un matin, alors que j'étais allée me faire un café, soudain un silence se fit. Les râlements cessèrent net. J'accourus. Mary était à côté de Bernie. Et je vis le corps du mourant, tout à fait calme, se dresser dans son lit. Bernie ouvrit les yeux. Il aperçut quelque chose très loin, quelque chose de terrifiant et de doux. Son visage portait sur lui de la terreur et pourtant une certaine confiance, un apaisement. Il esquissa un signe, sembla prendre un envol difficile, violent et retomba sur son oreiller. Il ne respirait plus. Mary se pencha vers sa bouche et ne décela aucun souffle. Elle ferma doucement les yeux de son mari.

Sur son lit de mort, Bernie semblait être suspendu, comme un oiseau. Je m'approchai de lui. Je ne le touchai pas. J'ai pensé à ce moment précis que je n'en avais pas le droit. Le corps de Bernie flottait au-dessus des draps. Il me semble qu'il était un oiseau et que l'âne ne serait pas encore de mise pour sa prochaine vie.

Après un temps, la morgue vint. Deux malabars tatoués, venus spécialement d'Albuquerque s'emparèrent du corps absolument aérien. Entre les grosses mains et les énormes bras de ces deux gringos bien costauds, Bernie semblait être une petite plume. Les gars étaient en fait étonnés de voir combien leurs efforts étaient démesurés, ridicules. Je crois que j'aurais pu soulever le corps de Bernie, à bout de bras, tant il n'était plus soumis à la pesanteur. On le mit dans un sac noir et on l'emporta dans un camion. Je n'allai pas à son enterrement. Je ne supportais pas de penser qu'il serait enterré dans le sol du Nouveau-Mexique, qu'il serait mangé par des bêtes, qu'il se décomposerait. Mary, malgré les désirs de son mari, avait décidé qu'elle voulait se recueillir sur une tombe dans laquelle elle pouvait imaginer son Bernie. Moi, je le voyais flamber sur un bûcher à Varanasi, délivré tranquillement de la pesanteur d'être né. L'enterrement pour moi retardait cet effacement de nos vies, cette délivrance par l'air. J'aurais voulu que le ciel absorbe Bernie. Si mes conceptions de la mort se sont mille fois transformées depuis cette époque, si elles risquent de prendre de nouvelles formes jusqu'à ce que ma mort advienne, je pense néanmoins qu'il ne m'est pas possible de penser les morts dans la terre. Nous sommes, nous Occidentaux, enfants d'Auschwitz, des fils et des filles de l'air, des âmes volatiles, qui ne peuvent trouver la paix dans le sol. Seul le ciel gazeux est notre demeure. La terre et le territoire nous sont étrangers. Les Apaches réservaient à côté de leur champs cultivables, une terre dédiée aux morts. Même durant les plus grandes famines, ils n'avaient pas le droit de cultiver cet espace qui devait apaiser la colère des ancêtres. La latérite, la terra rossa, le tchernoziom, l'humus témoignent de peuples anciens que nous avons exterminés avant de finir par nous entretuer ou nous détruire. Le ciel est notre seul pays, notre contrée impossible et nous y errerons. À moins qu'un jour nous ne soyons capables comme les bouddhistes et les hindous, d'en faire un espace sacré, non encore conquis. Le ciel contemporain est noir, l'ombre croît chaque jour. Chaque année, malgré le réchauffement de la planète, le ciel s'assombrit. L'apocalypse nous fait croire en la fin du monde. Mais la Terre est morte il y a déjà bien longtemps, morcelée, divisée par l'humain. Nous avons depuis conquis le ciel et c'est lui que nous détruisons maintenant avec nos exhalaisons, nos fumées, nos avions, nos émissions de gaz. Nous, fils et filles d'Auschwitz, il ne nous reste que ce ciel triste auquel nous aspirons dans nos crémations nombreuses, nos désirs célestes. Nous sommes condamnés au ciel dans lequel nous avons la folle et risible prétention de ne pas croire.

Le 3 juillet 1979

Un cri d'enfant dans la nuit me réveille. Un cri venu du fond de l'horreur. Ma tante accourt dans ma chambre. Elle allume la lumière et me voit dressée, debout sur mon lit, terrifiée. Mon oncle Gustavo et Victor inquiets passent la tête dans l'embrasure de ma porte. Au garage, la chienne dans sa cage aboie. J'ai réveillé toute la maisonnée. J'ai chaud. J'ai soif. Je voudrais quitter ce corps qui tremble de tous ses membres. Je demande que l'on éteigne la lumière. Le regard de ma tante, sa gentillesse me sont insupportables. Dans la nuit noire de Bay City, la maison de tôle n'est pour moi d'aucun réconfort. Il n'y a que cette enfant, cette enfant toute maigre qui allait mourir et qui me demandait de la sauver. Quand on a arraché sa petite main à la mienne qu'elle tenait bien fort, elle n'a pu pousser qu'un horrible cri. Comme si on lui tranchait un membre. J'ai entendu sa voix, celle d'un animal, briser le silence qui nous entourait, elle et moi. J'étais muette. Totalement paralysée. Ma main ne s'est pas desserrée. Je sens encore au creux de ma paume gauche ses petits doigts secs. Elle portait une robe blanche trop petite pour elle qu'elle n'arrivait pas à boutonner complètement. Ses genoux étaient noueux, décharnés. Voilà des heures que nous nous promenions heureuses. Tout à coup, des hommes. Sortis de nulle part, venus des enfers. Ils sont venus la prendre. Il n'y avait rien à faire. Je n'ai entendu qu'un cri.

Demain j'aurai dix-huit ans. Je ne serai jamais plus une enfant. Je ne mourrai jamais arrachée à ma mère, un soir doux de septembre, en rentrant de l'école. Je ne mourrai pas petite, gazée, alors que les miens me piétineront malgré eux, en tentant de trouver une bouffée d'air, un bout de ciel bleu. Je ne serai jamais une morte enfant. Je ne l'ai pas été. Je n'ai pas connu la guerre dans ma jeunesse. De cela, je suis vierge, de cela, je ne sais rien. Sauf ce cri. Celui que j'entends encore cette nuit du 2 au 3 juillet 1979. Celui que je pousse, en rage, vers le ciel noir, bestial de Bay City.

Je songe à eux, les fantômes du cagibi, à eux dans le *basement* qui ont dû entendre mon hurlement désespéré déchirer la nuit et qui se sont peut-être terrés un peu plus, craignant qu'on ne les écorche davantage. Ont-il vraiment eu peur ? Se sont-ils avec le temps habitués à ce sursaut de vie, juste avant le pire ? Ont-ils poussé un tel hurlement devant la vue de leur propre mort ? Elsa a-t-elle mordu un soldat au moment où on la bousculait dans la chambre à gaz ? L'asphyxie l'a-t-elle empêchée d'insulter le ciel au moment de mourir? Georges a-t-il blasphémé au moment où un nazi lui a mis une balle dans la tête? A-t-il pu manifester sa colère envers ce monde impassible, envers notre Dieu impuissant et lâche? A-t-il eu le temps de haïr celui qui lui a enlevé la vie? De regarder le ciel et de cracher en sa direction? Depuis que je suis toute petite, je ne pense qu'aux détails. Au manteau qu'une petite Sarah portait en descendant du train qui l'emportait vers Auschwitz. À Peter, qui tout le long du trajet infâme, pleurait d'avoir laissé son chat Mutsi sans personne. Aux repousses blanches de cheveux pour lesquelles une des mes grands-tantes coquette devait s'inquiéter en passant sa main sous son chapeau. Dieu gît dans les détails, dit-on. Je ne le crois pas. Ce n'est pas Dieu que je retrouve dans les moindres faits et gestes des gens, dans leurs inquiétudes vaines, lorsque le plus terrible a lieu. Ce n'est pas Dieu qui est là, non, certes pas. C'est la vie, dans ce qu'elle a de plus bête et de plus vivant. La vie absurde qui continue à parler devant la mort, l'horreur, l'immonde. La vie est là quand le condamné va se faire trancher la tête et qu'il regarde le ciel magnifique, qu'il respire à plein poumons l'air frais du matin. La vie est là quand les parents viennent de quitter leur enfant mort à l'hôpital et que soudain monte en eux le désir brûlant de faire l'amour. La vie est là tout le temps. La vie est là quand, après un accident de voiture, la merde sort du corps. La vie est là, toujours là. C'est une vraie saloperie qui nous quitte au tout dernier moment. Du moins, je l'espère.

Je n'arrive pas à me rendormir. Dans la nuit noire de la maison de tôle, les souvenirs courent les uns après les autres, se chevauchent, cavalent. Des souvenirs qui ne m'appartiennent pas. Je suis hantée. Je l'ai toujours été. Des dates, des moments précis de la Deuxième Guerre mondiale me reviennent en mémoire. Pourtant j'ai à peine dix-huit ans. Je suis née le 4 juillet 1961 à Détroit, Michigan, bien après l'holocauste, bien après la fin du monde. Loin, très loin des fosses européennes, des cendres du passé. Demain, j'aurai dix-huit ans et je suis pleine de foi en l'avenir. Mais a-t-on le droit à l'espérance? N'est-elle pas toujours terriblement déçue? Les images d'un temps qui m'est étranger s'entremêlent à celle très nette de cette petite fille dont la main chaude est encore au creux de la mienne. Je me retrouve en 1944. Le 13 septembre 1944, à Auschwitz-Birkenau, les yeux se tournent vers le ciel gris. Des avions passent en trombe pour aller bombarder Monowitz Buma, un camp de travail adjacent à Auschwitz et dirigé par des civils de la Compagnie IG Farben qui travaillent en collaboration avec les SS. Monowitz est une cible militaire et les Alliés se sentent autorisés à la détruire. Ce n'est pas le cas d'Auschwitz. Pourtant le 13 septembre 1944, à Auschwitz, on est soudain plein d'espoir. Vite, vite, des idées, des joies reviennent à l'esprit. Il serait donc possible que le camp soit détruit, qu'un assaut aérien vienne mettre fin à l'horreur. Des cris se font entendre. Des bombes tombent accidentellement sur des baraques et tuent des dizaines de déportés. Mais mieux vaut mourir sous une bombe alliée que dans un four crématoire. Mieux vaut mourir en pensant que l'enfer peut disparaître que de périr en sachant que le monde entier a oublié le peuple juif et qu'il participe, en silence, complice, à son extermination. Mieux vaut mourir en ayant espéré soudain que du ciel peuvent tomber des bombes venues de loin pour libérer les camps que d'expirer sous les coups hypocrites, abjects des infâmes. Le 13 septembre 1944, des yeux se lèvent vers le ciel sombre d'Auschwitz et pour la première fois, quelques détenus y voient de l'espérance. Le firmament vient de se trouer et de laisser passer des avions magnifiques, gros de désirs et de joies soudain possibles. Pendant quelques minutes, les cœurs battent, les respirations se font haletantes, les cœurs prient. Pendant quelque temps très bref, il est envisageable de penser que le jour a un sens. Cela dure quelques petites minutes. Puis, le ciel se referme. Il recoud vite la plaie sanguinolente de la liesse. Il reprend immédiatement sa forme vide. Le ciel a pleuré d'allégresse. En vain. Le 13 septembre 1944, l'espoir est assassiné. Les Juifs hongrois sont gazés en série. En septembre et octobre 1944, Anne Frank est à Auschwitz d'où elle sera envoyée à Bergen-Belsen. Là-bas, elle meurt rapidement. En septembre

1944, l'armée soviétique est à cent vingt milles du camp, mais les nazis continuent à nourrir les fours, à y engouffrer les vivants, dévorés immédiatement. Ce n'est qu'en novembre 1944, que les crématoires sont dynamités pour empêcher à jamais tout témoignage, pour effacer les crimes impies. Il faut tout nettoyer. Brûler les listes, les dossiers, les preuves. Recouvrir de terre les fosses. Rien n'aura eu lieu. Seul le ciel sera témoin de l'horreur. Seul le ciel aura tout vu. Mais au ciel, on fait des pieds de nez. On sait bien qu'il ne peut rien pour nous. Le ciel est un traître. Il faut l'assassiner.

Dans le silence de ma chambre, les bombes que j'entends très clairement ne pas tomber sur Auschwitz ce 13 septembre 1944 me rendent folle. Je voudrais crier encore. Je me tourne et me retourne dans mes draps sans être capable de m'endormir. Après deux heures, je finis par trouver le sommeil, pour sans cesse me réveiller en sursaut. C'est ce sommeil-là que des millions de gens ont dû avoir pendant la guerre. Pendant des années, des millions de gens ont dormi sans jamais trouver le repos ou la paix. Parfois, ils rêvaient d'événements joyeux. Parfois un rêve furtif leur donnait un instant un léger réconfort. Ils se réveillaient en souriant à l'idée d'une sortie à la campagne, d'un baiser échangé, d'un morceau de viande avalé, d'un corps qui retrouvait le désir. Mais dès le réveil, le plaisir nocturne était arraché. Il fallait vite aller se mettre à l'abri des bombes, puisque la sirène retentissait dans la nuit. Il fallait vite aller se mettre en rang dans le camp. Il fallait vite retrouver l'immonde quotidien, retourner à l'heure de la guerre, rejoindre la logique absurde du jour et espérer ne plus jamais rêver. Au creux de mon lit, au petit matin du 3 juillet 1979, je remercie le ciel de m'avoir donné toute ma vie des cauchemars, de n'avoir jamais eu foi en demain. Je n'ai pas connu le bonheur de l'oubli. Pour la première fois de ma vie, à l'aube de mes dix-huit ans, je suis ivre de demain. Cela est effrayant. Je partirai, je quitterai bientôt Bay City et son ciel mauve. Je m'éloignerai davantage encore de l'Europe. Je ne me retournerai pas. Je ferai comme ma mère. Le passé s'effacera peu à peu. J'aurai des rêves doux. Les alliés vont bombarder la maison de tôle. J'en mourrai enfin ou je pourrai fuir. Peu importe. Quelque chose aura lieu qui me redonnera confiance dans le jour. Il le faut. Je me rendors ravie en imaginant des bombes mastodontes pleuvoir du ciel gros de Bay City. Les voici qui sont lâchées juste au-dessus de ma tête. Quel bonheur de sentir que l'on tente d'anéantir ma prison.

À mon réveil, j'appelle David Feinberg, mon copain du moment, avec lequel je passe mon temps à regarder le ciel d'été dans sa voiture décapotable, une Ford Mustang beige de 1968. J'aime bien David. Son père, chirurgien, vit à Buffalo et a laissé sa famille pour sa secrétaire. La mère a décidé de vivre à Bay City pour suivre un type avec lequel elle a eu deux autres enfants. David est extrêmement séduisant, c'est un gaillard qui a tout pour plaire aux filles. Il est beaucoup trop sain pour moi. Il fait partie de l'équipe de football de l'école et aime les Beatles. Il part pour Boston l'an prochain pour commencer des études de médecine que son père va lui payer. Nous avons décidé de passer l'été ensemble. Je ne sais ce qu'il peut trouver en une personne aussi étrange que moi. Toutes les filles à l'école me jalousent. Moi, j'adore sa décapotable. Je me couche sur la banquette arrière et regarde le ciel pendant que David fonce à toute allure sur l'autoroute. David est Juif. Son père du moins l'est. Sa mère, elle, va à la même église que ma tante. David aime passer de longs moments dans un *rest area* du long de la route, allongé dans l'herbe, la tête sur mon ventre, à m'entendre parler de l'holocauste. Je lui raconte mes visions. Il pose quelques questions et écoute intensément. Je ne pense pas aimer David. Je n'aime personne. Lui n'arrête pas de me dire qu'il voudrait m'épouser après ses études. Je ne lui réponds pas. Jamais je ne me marierai. Je l'ai décidé, il y a des années. David ne sera pas fidèle, c'est déjà évident, à ce qu'il pourrait être. Il renoncera à tout pour devenir comme son père. Il épousera une jeune infirmière qu'il connaîtra pendant ses premières années de travail à l'hôpital. Mais pour l'instant, je continue à lui parler d'Auschwitz. Cela nous lie un peu. Sa présence m'est douce.

Le matin du 3 juillet, j'appelle David. Il n'est pas réveillé. Je le sais. Nous devons passer la soirée ensemble. Demain ce sera la fête chez moi, et David veut célébrer mes dix-huit ans seul avec moi, en m'invitant à manger chez lui. Il préparera le repas. Sa mère, son beau-père et les enfants sont partis pour quelques jours à Sugar Loaf. Ils reviendront dans la journée du 4. David et moi devons aller au cinéma, ou encore, faire une grande balade en voiture, sous le ciel étoilé. David a travaillé toute la nuit à la station-service où il est pompiste et caissier. J'aime l'odeur d'essence que son corps exhale. Je respire souvent son sexe pétrolifère, rassurant, véritable geyser et j'y trouve un certain bonheur. Le sperme de David a selon moi un goût d'essence. Quand je lui dis cela, David, dans un premier temps, s'excuse et puis il éclate de rire. Tous les garçons de Bay City sont circoncis. La mode et une conception de l'hygiène nord-américaine privent de prépuce tous les hommes du continent depuis des décennies. J'ai donc l'habitude de baiser avec des gars à la peau du pénis coupée. Mais avec David, je peux fantasmer que c'est parce qu'il est Juif qu'il a en permanence le gland exposé et endurci. Je m'attache à cette idée consolante et l'odeur des émanations d'hydrocarbure fait de David Feinberg un gars que je commence à apprécier, malgré moi. L'odeur du pétrole est enivrante. Je fais jurer David de ne pas se laver après ses heures de travail. Il lui arrive de m'obéir et nous passons alors les meilleurs moments du monde. Ce matin du 3 juillet, David doit être crevé. Mais c'est une urgence, je viens d'avoir une idée. J'ai besoin de David ou encore de sa voiture. J'ai décidé d'amener Elsa et Georges visiter Bay City et ses environs. Je veux leur montrer l'Amérique et son ciel mauve. Pour cela, j'ai besoin d'une voiture sans toit, de laquelle mes grands-parents pourront tout voir, tout découvrir. Je souhaite leur montrer d'autres cieux que ceux de l'Europe. Ici, il est vrai, tout est irrespirable. La pollution tue le Michigan à petit feu et le taux de cancéreux est faramineux. Mais le ciel mauve est préférable au ciel de plomb européen, plein des cendres du passé. Il faut que mes grands-parents sentent quelques heures la liberté toxique et qu'ils sortent du cagibi sordide de la Seconde Guerre mondiale.

David, endormi, accepte quand même de venir sur-le-champ. Il veut bien me passer sa voiture, sa belle Mustang, mais il a envie d'être avec moi, toute la journée. Maintenant de toute façon, il ne pourra plus se rendormir. Il doit néanmoins rentrer tôt, pour aller faire les courses. Ce soir, il me reçoit. Et il va faire cela bien. Je lui promets que nous serons à la maison pour trois heures. Il est neuf heures. Je l'attends à dix heures. Avant l'arrivée de David, je dois convaincre ma tante de me laisser promener Elsa et Georges dans la Mustang. Ma tante ne connaît pas la nature exacte de mes liens avec «le petit Juif», comme elle le nomme. Elle aime bien sa mère, mais lui ne va jamais à l'église et se réclame de la religion de son père. Pour réaliser mon plan, je vais dire à Babette que j'emmène mes grands-parents voir une petite chapelle de Saginaw qu'elle aime bien et que David vient avec moi, parce que j'entends le convertir, lui aussi. Je ferai d'une pierre deux coups. Dans la cuisine, alors que je lui explique mon idée, Babette se méfie. Ses parents ne devraient pas sortir. Ils vont avoir peur. Ils sont terrorisés et ne parlent à personne, me dit-elle. Mais je la persuade perfidement que cette sortie fait partie de la stratégie pour convertir Elsa et Georges. Je dois les sauver, leur ouvrir la porte du paradis et leur permettre d'en finir avec l'errance. Cette tâche m'incombe. Ma tante souriante me donne sa bénédiction à condition que personne dans la maison de tôle ne les voie entrer ou sortir. Il faut faire tout particulièrement attention puisque ma mère revient aujourd'hui, vers midi, de Chicago et qu'elle sera donc vraisemblablement à la maison à mon retour. Je promets de trouver quelque stratagème et au besoin de faire entrer mes grands-parents par la fenêtre minuscule du *basement*. Ils sont tellement maigres que leur corps passera aisément. Je les pousserai s'il le faut. Reste maintenant à aller parler aux deux spectres et à les forcer, sans trop les apeurer, à sortir du cagibi dans lequel ils semblent couler des jours effrayés mais relativement tranquilles. Ma tante me dit que cela fait des mois qu'ils sont là sans sortir et qu'ils semblent ne rien vouloir. Ils ne supportent pas la lumière et poussent des cris de bêtes affolées dès que la porte s'ouvre et laisse passer la lumière sale qui vient de la minuscule fenêtre du soussol. Les sortir de là ne sera pas facile.

Je descends l'escalier près de la cuisine, vais vers la porte du cagibi que j'ouvre tout doucement, en murmurant à l'endroit de mes grands-parents que c'est moi, Amy, la fille de Denise. Oui, c'est moi qui viens les tirer de leur temps, qui viens les extirper de leur histoire. À l'intérieur de la minuscule pièce, Georges et Elsa sont allongés sur un vieux matelas qui a servi longtemps à mon cousin. Ils sont enveloppés dans des couvertures effilochées, sales et leur visage si maigre disparaît sous l'épaisseur de pièces de tissus. Ils forment une masse informe qu'il serait sûrement sage de laisser au chaos. Tout en ces corps gisants devrait me forcer à abandonner mon entreprise. Elsa et Georges font partie du monde du cagibi. Ils appartiennent à l'obscurité et s'effacent dans la pénombre et l'humidité de la cave. Leurs yeux, alors que je viens d'ouvrir la porte, me supplient de les oublier. Ce sont des abolis de l'histoire. Il faut les laisser à leur non-existence, leur permettre de se résorber dans le vide du temps. Je ne dois pas les faire exister. Ils se sont tus depuis si longtemps et ils attendent d'être ingurgités par le néant. Surpris eux-mêmes d'être encore là, ils supplient le ciel noir de les absorber dans sa vacuité.

J'ai dix-huit ans demain. Je ne sais pas encore qu'il faut laisser les morts en paix. Je ne connais rien du silence que demande l'horreur. J'ai dix-huit ans demain et je veux que le jour éclate, que la vérité fasse du vacarme. Je m'approche de mes grands-parents. Ils se mettent à grogner et à geindre faiblement. En eux je sens une colère morte à jamais tue. Ils voudraient me repousser, me renvoyer loin d'eux. Mais ils n'opposent pas de vraie résistance quand je les force à se relever et quand je leur explique que nous allons aller saluer le ciel de l'Amérique. Leurs grommellements faiblards s'arrêtent. Ils vont me suivre dociles. Devant ma détermination, ils ne peuvent qu'acquiescer. Les coups, les mauvais traitements, les visions de l'enfer ont tué en eux toute réelle volonté. Ils feront ce que je veux. Leur vie ne leur appartient plus. Leurs gestes, leurs actes relèvent de l'automatisme asservi, de l'habitude. Ils essaient simplement d'éviter quelque meurtrissure. Mes grands-parents sont deux loques, semblables aux tissus qui recouvrent leur corps. Et je vais profiter lamentablement de leur vulnérabilité. Pour eux, mes demandes sont un ordre auquel ils obtempèrent encore sans trop savoir ce qu'ils font. Je le sens confusément, là, en leur prenant la main pour les aider à gravir l'escalier de bois qui monte à la cuisine. Je sais vaguement que je deviens une tortionnaire et qu'entre moi et les Allemands, il n'y a guère de différence. Mais je ne veux pas penser à mes grands-parents. Je ne pense qu'à moi, qu'au plaisir fou de les voir sous le ciel mauve de Bay City. Je vais enfin voir le passé et le présent réunis. Il n'y aura plus de hiatus. Le monde aura repris la forme qu'il avait déjà perdue longtemps avant ma naissance. Et si je dois me faire bourreau teuton pour cela, je ne faillirai pas à mon devoir.

Elsa et Georges montent péniblement l'escalier. Georges rampe et se cogne les jambes sur chaque marche. Ses pieds se prennent dans les grandes couvertures qu'ils ne lâchent pas, lui et Elsa. Je n'ai pas le courage de leur ordonner de se dépouiller de ce qui semble être leur dernier bien. Arrivés dans la cuisine, ils sont aveuglés par la lumière qui pénètre si faiblement dans la maison de tôle. Ma tante est là, elle les conduit à travers la salle à manger jusque dans la *tv room*. Leurs deux silhouettes errantes se laissent brinquebaler par elle et moi. Elsa et Georges ont vraiment l'air de spectres échevelés, livides au milieu du salon. Nous devons arriver à la porte du garage devant lequel David, dans quelques minutes, aura garé la voiture. Il nous faut traverser la maison, qui malgré sa petitesse est, pour mes grands-parents, un lieu dans lequel ils semblent être perdus. L'un d'entre eux trébuche sur le banc capitonné de velours rouge du piano, l'autre se cogne violemment dans un tableau bigarré au cadre doré que mon oncle a peint pour ma tante et qui veut représenter la Butte Montmartre. Elsa et Georges marchent en aveugle et titubent à travers les pièces. Je suis derrière eux et les empêche par quelques gestes de se faire mal. Ma tante ouvre l'étrange cortège que nous formons tous les quatre. Quand nous arrivons dans le garage, Elsa et Georges semblent enfin respirer.

L'obscurité du lieu les rassure et même la chienne, qui a sa niche là et qui se met à aboyer comme une folle en les voyant, ne semble pas les déranger. Les crocs sortis, Bonecca a tout d'une aide gardienne de camp.

Soudain, après un temps et à travers les jappements incessants, j'entends une voiture entrer dans le *driveway* et des coups de klaxon répétés qui entonnent une petite mélodie joyeuse. C'est David et sa Mustang qui viennent d'arriver. J'actionne le mécanisme de la lourde porte de garage qui se relève alors automatiquement. Je fais signe à David d'entrer son engin à l'intérieur, ce qu'il fait sans rechigner tout en prenant garde de ne pas écraser mes grands-parents terrorisés et la chienne qui court dans tous les sens au bout de sa laisse. Quand la voiture est là, j'ouvre une portière et pousse mes grands-parents sur le siège arrière. Je ne veux pas que ma tante change d'idées ou me fasse une scène. Je tiens donc à me dépêcher. Je ne laisse pas David sortir de la Mustang pour saluer Babette. De toute façon, ma tante n'aime pas David. La politesse n'y changerait rien. Je saute sur le siège avant de la Mustang et je demande à mon copain de faire marche arrière, de quitter Veronica Lane au plus vite, alors que je vois la porte du garage se refermer sous mes yeux.

«Où allons-nous ?» me demande David, qui a endossé une salopette Lee Painter blanche qui lui donne l'air d'un bourgeois encanaillé déguisé en ouvrier. «Qui sont ces gens ?» Je lui explique que ce sont de vieux amis juifs de ma tante qui viennent directement d'Europe et d'un autre temps. Je veux leur montrer l'Amérique. Il ne faut pas qu'il s'inquiète. Ce sont simplement des gens très âgés, venus d'un monde disparu. Il s'agit de les amener en balade, de leur faire prendre l'air. Nous serons bientôt rentrés. Les deux spectres ont toujours le corps enveloppé dans ces couvertures sales qu'ils affectionnent. Ils sont tapis sous les tissus et semblent ne pas pouvoir encore saisir l'étendue de leur effroi.

« Prends l'autoroute, dis-je à David, allons sur la route qui mène à Chicago. Roule aussi vite que tu le peux. » David rit. Il adore quand je lui dis d'accélérer avec la voiture. Il me demande alors s'il peut mettre de la musique. Les rythmes des chansons nous donnent une impression grisante de vitesse. Chaque fois que dans la Mustang David me fait entendre *Why Don't We Do It in the Road?*, cette chanson pourrie des Beatles, il me sourit amoureusement et finit par me dire que nous sommes vraiment heureux ensemble. Je suis émue un instant et puis j'éclate franchement de rire. Même si les Beatles figurent sur la liste des ennemis publics que j'ai inscrits en feutre rouge sur la porte de mon casier au *high school,* je ne peux m'empêcher d'être joyeuse quand David tente de me convertir au son sirupeux de John Lennon et sa clique. Même si j'ai fait une séance de satanisme contre Paul McCartney et George Harrison qui viennent de sortir en cette année 1979 respectivement, *Wings over the World, Love Comes to Everyone*, je ne peux qu'apprécier la bonne humeur de David quand il parle du groupe de ces vieux beaux. David est tenté ce matin de mettre la chanson de notre bonheur. Je l'arrête vite en lui expliquant que ce n'est pas tout à fait le moment. Il boude un peu et met alors une autre chanson, *Helter Skelter,* qui est très certainement la moins ennuyeuse des Beatles. Elle me permet de déclarer à tous les abrutis que je connais que l'album blanc qui date déjà de plus de dix ans est quand même recommandable.

Il fait un temps magnifique. Le ciel de Bay City ce matin du 3 juillet est violet. Le soleil jaune est au-dessus de nos têtes et les vents qui soufflent dans la Mustang décapotable me sont, me semble-t-il, favorables. Je file vers mon avenir. Demain m'appelle. Georges et Elsa sont terrés dans le fond de la voiture. Ils ont décidé de se rouler en boule afin de se cacher sur le plancher de la Mustang. Nous roulons ainsi près de deux heures, sur la *highway.* Nous nous dirigeons vers l'ouest, à toute allure. Le ciel de l'Amérique au-dessus de nos têtes semble bénir notre course folle à travers l'histoire. David et moi fonçons enivrés vers le vingt et unième siècle. Il faut délivrer mes grands-parents du poids du temps. Il faut effacer la souffrance, l'horreur et les conduire au seuil du futur. Je veux que la voiture accélère tambour battant vers l'avenir, que la route de Chicago soit celle de la délivrance. Il reste à conquérir l'Amérique. L'oubli sera notre devise. Dans un tout petit peu plus de vingt ans, le vingtième siècle ne sera plus qu'un mauvais souvenir, qu'un cauchemar que nous n'aurons même pas fait. Le vent caresse mes cheveux longs. Il gonfle les manches de la chemise bleue que David porte sous sa salopette. J'avale des milles et des milles d'autoroutes du Nouveau Monde. L'Amérique s'engouffre en moi et balaie violemment les vestiges du passé, les fétus fragiles de réminiscences cauchemardesques. Je ne crois qu'au rêve américain et même s'il est parfois pénible, il est toujours neuf. Je crie de bonheur alors que notre Mustang dépasse les autres voitures. Je fais des pieds de nez aux conducteurs que nous distançons rapidement. L'Europe putride s'éloigne, elle n'est plus rien. Il ne faut pas se retourner, mais s'élancer vers Chicago, San Francisco ou Dallas, là où la vie sait renaître et donner aux humains une insouciance providentielle.

Au bout de quelque temps, Elsa et Georges sortent une tête hirsute de leurs couvertures et du fond de la voiture tournent leurs yeux vers le ciel violet. Je ne sais ce qu'ils regardent tout à coup. Découvrent-ils quelque chose d'heureux dans ce firmament toxique, plein des promesses d'un futur accéléré ? Que pensent-ils des voitures innombrables ou des avions blancs qui nous saluent ? En me retournant vers eux, je les vois s'asseoir sur la banquette de cuir beige et, à l'abri dans leurs couvertures, tendre timidement leur visage vers le soleil trop chaud. La danse de la lumière sur leur crâne maigre, sur leur peau précaire et sur leurs doigts tordus a quelque chose de terriblement triste. J'ai beau vouloir précipiter mon histoire vers sa destruction, la hâter vers un futur amnésique, béat, Elsa et Georges sont des morts que le soleil et la vie blessent et pour lesquels l'Amérique insensée reste insignifiante. Le soleil ne peut caresser la chair défunte des morts. Le soleil est une morsure. Du passé, d'Auschwitz, on ne peut guérir. La plaie suppure éternellement. Et les crânes de mes grands-parents, malmenés par le soleil, en témoignent.

Je demande à David de prendre la prochaine sortie où il y a une aire de repos. On pourra garer la voiture sous un arbre, à l'abri de la virulence du jour nouveau. Je ne sais trop où nous sommes. Les indications que je peux lire, *Galesburg Rest Area 704, Kalamzoo County* ne me sont d'aucun secours. David met la voiture un peu à l'écart, loin des énormes camions de marchandises dans lesquels de gros gars dorment profondément. Les routes sont pleines de ces aventuriers rangés qui parcourent le sol américain dans tous les sens et déchargent à Pittsburgh, à Rapid City ou à Des Moines, du bétail apeuré, des automobiles noires ou des boîtes d'anxiolytiques. Après avoir fait cracher à leur camion des tonnes de gaz à travers le désert ou les plaines, ils retournent bien tranquillement dans leur maison de banlieue, auprès de leur femme et de leurs trois enfants, passent les soirées de congé dans leur *lazy boy* à regarder très tard dans la nuit le *Tonight Show Starring Johnny Carson* et s'endorment devant leur téléviseur.

La Mustang se range tranquillement au bout de l'allée et j'ouvre vite la portière, descends précipitamment de la voiture et vais m'accroupir contre un arbre pour y vomir mon petit-déjeuner. Quelque chose a basculé. Mon désarroi est immense. Je me mets à crier longtemps en montrant mes poings au ciel, en tentant de frapper l'infini. David ne comprend rien. Il tourne autour de moi et finit par poser sa main chaude, timide, sur mon épaule. Je vois au loin Elsa aider Georges à sortir de la voiture. Mes grands-parents s'approchent. Les voilà qui, titubant et pâles, s'avancent en ma direction. Près de l'arbre dans l'herbe, ils s'assoient très lentement. J'ai peur que leur corps ne se casse. David les aide à se pencher vers le sol. Ils respirent l'air pollué de l'autoroute qui se mêle à l'odeur des sapins et des grands chênes qui nous accueillent sous leur cime tragique. Que le ciel est méchant! Pourquoi m'enlève-t-il tout espoir? Pourquoi ne répond-il jamais à nos détresses, à nos demandes? Je voudrais pouvoir l'insulter, lui cracher à la face, lui porter un coup de couteau sanglant qui le dégonflerait, le défigurerait à jamais. Mais je ne sais que hurler passionnément, brutalement. Mes cris résonnent et se brisent sur la voûte céleste, barbare, inhumaine. Au bout d'un temps long, j'ai vidé toute ma colère de mon corps. Quelques camionneurs sont venus voir celle qui poussait de tels hurlements et ont découvert, avant de retourner vite dans la cage de leur camion, le spectacle inouï que nous formons tous les quatre, David, moi et mes grands-parents en tenue de 1942. Georges se lève difficilement et me demande par ses gestes d'en faire autant. Je me retrouve face à lui. Longtemps, il fixe mon visage boursouflé, rouge. Il plonge ses yeux vitreux dans les miens et puis de sa main vieille, fripée, émaciée, il caresse mes yeux, attrape avec ses doigts malhabiles mes dernières larmes qu'il essuie doucement. Je comprends que Georges a du mal à me voir moi. Je le sens lire très clairement en moi, ce qui ne m'appartient pas en propre. Se dessinent dans mon regard immensément triste, sa propre souffrance, celle des millions de Juifs, celle des abîmés, des anéantis de la guerre et puis aussi celle insondable de l'Amérique insouciante. Georges contemple tout ce passé que je contiens encore dans ce parking du *Rest Area 704* du Kalamzoo County. Il ne m'est pas possible d'y échapper, de poser abruptement le fardeau de l'histoire. Elsa elle aussi s'approche. Je prends mes grands-parents dans mes bras, les enserre chastement en tentant de ne pas les briser davantage. Ils ont vu qui je suis. En moi, ils ont reconnu l'horreur qu'ils ont vécue. Comme eux, je suis une morte.

Nous restons enlacés un moment. Quand je relève la tête et que nos corps se séparent, j'entends Georges me murmurer en français ces mots que je ne pourrai jamais oublier : « Il faut incendier le ciel. Mets donc le feu à tout cela. » Georges dit cela d'une voix que je ne lui connais pas. Il faut dire que depuis ma découverte dans le cagibi des deux fantômes de mes grands-parents, je n'ai jamais entendu une parole venue d'eux. Ce sont des plaintes, grognements et gémissements que leurs gorges meurtries ont fait résonner. Ils ont poussé des cris étouffés et animaux comme si le son de leur voix s'était éteint à jamais. Les mots de Georges prononcés bien clairement en français ont de quoi me surprendre. Leur sens me semble fort vague. Je me demande pourquoi mon grand-père utilise une telle métaphore, lui qui a vu le corps de sa femme brûler et s'envoler en fumées grises dans le ciel grossier de la Pologne nazie. Je demande à Georges de répéter ce qu'il vient de me dire, mais il ne répond déjà plus. Il me sourit gentiment, absent. Elsa, à ses côtés, me regarde elle aussi tendrement, perdue quelque part dans son passé. Je n'obtiendrai plus rien d'eux. Je le sais. Je vais vers la Mustang contre laquelle David s'est appuyé tandis qu'il fume une Lucky Strike. Il m'offre immédiatement une de ses cigarettes, alors que Georges et Elsa retrouvent leur état cataleptique et s'assoient sur la banquette arrière. La Lucky Strike de laquelle je tire quelques bouffées vivifiantes me permet de retrouver mon souffle. Je respire profondément et arrive ainsi à calmer les derniers soubresauts de mon corps. David me regarde avidement. Il a sûrement une chanson des Beatles en tête. Je ne sais que faire de son amour. Je n'arriverai jamais à croire en lui, ni en l'avenir. Tout était fini avant même que David et moi naissions. Tout avait déjà eu lieu. Même la fin. Le ciel est un enfer, a écrit Georges un jour, d'Auschwitz. Oui, le ciel est monstrueux, laid, difforme et rien ne saura nous débarrasser de notre douleur. Les voitures pas très loin sur l'autoroute imitent le bruit de la mer. Nous sommes au bord du monde et bientôt, demain, après ma fête d'anniversaire, nous plongerons dans le grand trou du néant. Nous cesserons enfin de lever la tête vers le ciel hautain. Nous tomberons de haut. Nous serons précipités dans les profondeurs et les bas-fonds. Le ciel aura disparu et je vivrai sous terre, damnée, sans plus aucun espoir. En grillant ma cigarette, j'interprète les paroles de mon grand-père. Oui, il a raison, il me faut incendier le ciel violet et foutre le feu à ce qu'il reste d'Auschwitz. Le langage n'est pas fait de métaphores. Les mots disent ce qu'ils ont à dire. Mon plan s'élabore dans le *Rest Area 704*, au milieu de l'Amérique. Je mettrai fin à ma souffrance et à celle de toute ma famille. Le monde s'embrasera une dernière fois.

Sur la route qui nous ramène à Bay City, j'ai le cœur léger. J'ai décidé de mettre de la musique. David a toujours dans sa Mustang une cassette de l'album *Alice Cooper Goes to Hell*. Ce disque d'Alice est celui que j'aime le moins, mais David apprécie en lui la reprise de vieilles chansons un peu désuètes. Ce garçon est décidément trop nostalgique pour moi. Néanmoins, je lui demande de me mettre *I'm Always Chasing Rainbows* et j'entonne très fort sur le chemin du retour, alors que le soleil plombe au-dessus de nos têtes : « *My schemes are just like all my dreams / Ending in the sky / Some fellows look and find the sunshine / I always look and find the rain.* » Je m'arrête un instant pour reprendre: «*I'm always chasing rainbows / waiting to find the little blue bird / in vain.*» Les paroles de la musique me réconfortent. Alice a repris Julie Andrews avec conviction. Je chante. Je célèbre. J'en ai fini de ma quête. Je ne chercherai plus les arcs-en-ciel qui jouent à cache-cache au-dessus du Michigan. Je ne courrai plus après le bleu du firmament. J'accepte que le ciel soit noir ou mauve. Je sais maintenant qu'il le restera. Je suis comme Alice, désespérée à jamais.

Au retour, je demande à David de s'arrêter au K-Mart où je travaille. Ma seule vraie demeure. J'ai promis à ma tante ce matin, au milieu de mes tractations et mes stratagèmes pour amener Elsa et Georges avec moi, de lui rapporter de la pâte à pain qu'elle glissera dans son four et qu'elle transformera en une baguette imparfaite. Ce pain combiné avec un verre de piquette rouge servie dans des verres à pied donnera à notre repas un petit air français qui fera illusion. Ma mère revient ce soir avec mon petit frère et Babette tient à ce que tout soit bien soigné. Elle prépare un rôti de bœuf infâme qu'elle fera trop cuire, des pommes de terre à l'ail et toute la famille aura en entrée une salade de tomates au persil sur laquelle reposeront quelques œufs durs hébétés. Pour dessert, ma tante fera un jello aux fruits et à la crème, ce qui ne ressemble en rien aux pâtisseries françaises dont elle se régale les yeux dans les journaux français et qui sont, bien sûr, introuvables à Bay City. Mais le jello, c'est apparemment bon pour les os, les ongles et les cheveux et toute la famille semble en avoir besoin, puisque nous bouffons de la gélatine verte, orange, jaune ou rouge à tous les repas. Heureusement ce soir David m'invite à dîner et je pourrai éviter la pseudo-baguette et le jello fourré aux guimauves.

J'entre en trombe dans le K-Mart. Elsa et Georges décident de sortir de la voiture et de me suivre et David ne fait absolument rien pour les en empêcher. Tandis que je louche sur le rayon des fromages afin d'y trouver un camembert sous vide et sans goût qui fera plaisir à ma tante, je vois David s'avancer près de moi et me demander sans manifester la moindre inquiétude où sont les deux vieux. Mon sang ne fait qu'un tour. Je comprends que David les a laissé filer et qu'il me faut courir à travers l'immense magasin pour les retrouver. Je me précipite à travers les rayons de nourriture, David pendu à mes basques. Je lui crie de se rendre utile et d'aller dans l'autre partie du magasin. Je vais le rejoindre si je ne trouve rien. Je crie à travers les étagères. Je ne sais pas comment nommer mes grands-parents. Je ne leur ai jamais vraiment parlé. Mais je hurle en français des : « Où êtes-vous ? Vous êtes là ? » qui font tourner les têtes de tous les clients peu habitués aux étrangers. À bout de souffle, à la fin d'une course effrénée, j'entends David siffler. Il les a retrouvés. Je les aperçois tous les trois au bout d'une allée dans laquelle mes grands-parents semblent errer. Ils sont terrifiés par la lumière infernale des néons et ont trouvé refuge dans le rayon des vêtements pour enfants où les étalages monstrueux des soldes les engloutissent tout à fait. J'ai le cœur serré en les voyant ainsi perdus dans le magasin, s'égarant parmi les produits de toutes sortes. Ce monde qu'ils n'ont pas pu connaître ne leur apportera aucun réconfort. C'est un lieu pour ceux qui n'ont aucune mémoire, où le passé n'est inscrit nulle part. Nous sommes en 1979. Tout commence aujourd'hui, dans le K-Mart, dans le rayon des chaussures ou des disques de la semaine. Le temps décline les *top ten* du présent que l'on abolira vite pour en créer d'autres. Nous sommes en 1979. C'est l'année de l'enfant. Et j'ai dix-huit ans demain. Je suis de la race des morts, des vieux, de ceux que tous les jouets et gadgets du K-Mart n'arriveront pas à consoler. L'année de l'enfant, ce n'est décidément pas la mienne.

Dans la voiture, alors que j'attends David que j'ai envoyé faire les courses, je mets au point les derniers détails de mon plan. J'ai tout prévu. J'incendierai le ciel. L'apocalypse adviendra. Il fera vraiment noir. Ma bouche avalera les ténèbres et se confondra avec elles.

Nous regagnons la maison de tôle en marchant à partir du terrain de football où David laisse la Mustang. Nous devons éviter d'attirer l'attention et entrer dans la maison sans nous faire remarquer par ma mère qui est sûrement revenue de Chicago. Nous passons par le jardin où les rosiers de ma tante poussent nonchalamment dans le bruit des climatiseurs et dans les effluves du chlore. Sous le soleil, la piscine est particulièrement belle. Elle donne envie d'y plonger. La minuscule fenêtre du sous-sol est ouverte, comme convenu. Ma tante qui ne supporte pas l'air de l'extérieur a cédé et nous fait ainsi signe que le chemin le plus commode, par la porte, n'est pas praticable. Ma mère ne doit pas être bien loin. Nous sommes tous penchés pour que personne ne nous aperçoive de l'intérieur. Mes grands-parents ne semblent guère surpris de ce jeu farfelu. La guerre les a habitués au pire. David, quant à lui, ne me pose aucune question. Il sait que moi et ma famille, nous sommes tous un peu cinglés. C'est un garçon cool qui prend pas mal de drogue. Mes excentricités sont moins étonnantes que ses hallucinations. J'enlève la moustiquaire. Je m'introduis difficilement dans la maison. Il faut se laisser choir dans le sous-sol et j'ai peur qu'Elsa et Georges se fracassent la tête ou se rompent le cou. David va les aider à s'engouffrer dans le trou que forme l'ouverture de la fenêtre. Je dois les récupérer à l'atterrissage. David ne peut pas le faire. Il est trop grand et gros pour pouvoir se hasarder dans cette entrée trop étroite. C'est un joueur de football, un Américain. Il est de taille imposante. Il a été nourri au lait de vache et en boit encore à tous les repas. Chez nous, ma mère et ma tante n'ont jamais laissé une bouteille de lait entrer dans la maison.

Le lait reste pour les Français, indigeste. Elsa passe la première. Je vois ses pieds pendre. Je saisis ses vieilles chaussures, éculées, déformées, afin qu'elle ne se fasse pas trop mal en tombant sur ses petits talons. J'attrape les fesses décharnées de ma grand-mère que recouvre sa jupe sale, trop grande. En haut dans le jardin, David lui tient les bras. Il me chuchote qu'il va la lâcher, que ce sera à moi de porter le poids. Je dépose Elsa à côté de moi. Cette femme ne pèse guère plus qu'une plume. Je pourrais courir en traversant l'Amérique avec elle sur mon dos ou encore à bout de bras. Je suis costaude et pour elle, je pourrais être si forte. Je pourrais changer le monde et me gonfler de promesses. Mais tout est déjà fini et il n'y a plus aucun espoir. Courir, rire, nous sauver, entrevoir quelque moment heureux ne nous servirait à rien. Je suis morte. Elle aussi. Je ne dois pas l'oublier. C'est au tour de Georges de se glisser dans la fenêtre. Ses maigres jambes pendent longtemps dans le vide tandis que David tient son torse fortement. Je n'arrive pas à saisir mon grand-père. Sa maigreur me paralyse. Je n'ose le prendre à bras-le-corps. Je suis figée, alors que David me demande sans trop faire de bruit, d'attraper le vieil homme. Je ne peux bouger. Sur le corps grotesque de Georges, sur ses mollets riquiqui autour desquels flotte son pantalon, je vois la guerre, ses privations, ses morts. Mon grand-père a reçu une balle dans la tête alors qu'il était épuisé. C'est cette exténuation que je vois ici, offerte à moi. Les mollets décharnés de Georges Rosenberg témoignent de tous les sévices des années quarante, de l'abomination de l'époque. Je ne détache pas mon regard de la souffrance de la chair. Et David a beau me supplier de me réveiller, il m'est impossible de faire quoi que ce soit. C'est Elsa qui finalement aide son mari à atteindre sain et sauf le sol de la cave. Elle, si faible, saisit son époux dans ses bras et le dépose délicatement sur la terre. Cela me secoue. Nous courons vers le cagibi. Elsa et Georges se couchent aussitôt sur leur paillasse. Je les embrasse tous les deux sur le front. Leur peau si fine pourrait se percer sous mes baisers. Je ferme la porte derrière moi, le cœur gros. Je retourne à la fenêtre où David m'attend. Il me demande ce qui m'est arrivé, pourquoi je n'ai pas aidé le vieil homme. Je lui promets de lui répondre ce soir. Je serai comme convenu à six heures trente chez lui, pour le repas du soir. Qu'il parte, qu'il retourne à sa voiture. Je dois me dépêcher. David m'envoie des baisers de loin, alors que je remets la moustiquaire et que je referme la fenêtre. Je monte l'escalier bancal qui conduit à la cuisine. Je n'y trouve pas ma mère, mais aperçois mon petit frère qui triture de la pâte à modeler sur la table de la cuisine que ma tante, dont je connais les manies, a recouverte d'une toile cirée achetée au K-Mart. Je vais vite dire à Angelo de ne pas répandre sa pâte à modeler partout sur la moquette. Il risque de se faire houspiller par ma tante. C'est un enfant de cinq ans mal élevé et brutal et je n'ai que très peu de contacts avec lui. J'ai toujours refusé d'être sa *babysitter* ou de m'occuper de lui. Ma mère l'adore et m'en veut de ne pas partager sa passion. Elle a donné à son petit dernier le même nom que sa fille chérie, morte à la naissance, sa fille Angie qui m'a pourri la vie. Angelo représente aussi pour ma mère le retour possible de mon père dont elle n'a toujours pas fait le deuil. Cet homme n'a jamais voulu d'elle, l'a foutue à la porte à plusieurs reprises, mais Denise espère encore que mon père fera amende honorable, qu'il lui demandera pardon et qu'ils couleront ensemble des jours heureux. Angelo doit l'aider à regagner le cœur de son amant. Un père ne peut que vouloir revoir son fils, sa descendance. Ma mère est persuadée que tôt ou tard, « le salopard d'Italien », « le couillon de Grec », « le métèque ordurier », comme elle nomme mon père, la rappellera auprès d'elle. La psychologie de Denise m'est totalement étrangère. Sa haine violente et manifeste pour les hommes côtoie une faiblesse incommensurable envers ceux-ci. J'ai appris depuis longtemps à ne plus croire en ses emportements ou ses colères absolues.

Ma mère est dans sa chambre. Elle défait ses valises et m'accueille par quelque parole sèche. Elle m'informe très vite qu'elle vient d'arriver et qu'elle n'a aucune envie d'être là. Elle s'est sentie obligée de revenir pour mon anniversaire demain. Babette ne lui pardonnerait pas son absence et comme elle dépend de la générosité de sa sœur, elle n'a aucun intérêt à manquer la célébration à laquelle Babette tient tant. Ma mère ne me regarde même pas. Elle s'occupe de sortir les vêtements de ses nombreux sacs et de les regarder afin de savoir si elle doit ou non les repasser. Tout à coup, elle se tourne vers moi, me scrute de haut en bas et me lance : « Qu'est-ce que tu es mal fagotée ! Tu as l'air d'une pouilleuse ! En plus, cette jupe courte te grossit. Tu as vraiment mauvais genre ! J'espère que tu vas quand même mieux t'habiller demain pour ton anniversaire. Tu ne vas pas nous faire honte, tout de même. » Ma mère ne sait pas me parler sans m'insulter. Elle ne sait pas me regarder sans mépris. Cela ne changera jamais. Mais c'est sans importance. Le ciel est prêt à prendre feu. Toute ma douleur partira en fumée.

Je tourne les talons alors que ma mère m'oublie déjà. Je me lave, me change et cours vers le garage, enfourche la moto de mon cousin qu'il me prête ce soir en échange de mon silence sur un coup foireux. J'ai bien manœuvré et le chantage avec Victor a encore fonctionné. Je file vers la maison de David, à trois milles de chez moi. La fin approche mais ce soir, je serai un peu heureuse.

À Varanasi, j'ai connu des femmes ascètes. Elles ont fait le vœu de ne plus toucher d'autres corps. Il s'agit de veuves, de femmes peu gâtées par la nature, de jeunes filles qui ne peuvent trouver un époux, de vraies mystiques, de rudes saintes. Le chemin vers la pureté est long, initiatique. Une jeune anthropologue canadienne, Louise MacPherson que je rencontrai lors de mon voyage là-bas me mit au courant de ses recherches auprès des brahmacarini. Elle me parla longuement de cette poète du Cachemire qui vécut au quatorzième siècle, Lal Ded, connue sous le nom de Lalla Lalleshwari ou encore Arifa. Après avoir été maltraitée par sa belle-mère et négligée par son mari, Lalla s'échappa et s'initia à la chasteté. Louise était née le même jour que moi. Nous nous voyions comme des jumelles. Elle parlait français, venait du Québec et avait tout quitté pour se perdre en Inde. Elle avait de bonnes raisons d'abandonner Montréal, mais jamais elle ne les évoqua avec moi. Je ne lui parlai pas davantage de ma vie, de Bay City. Du

Texas, je ne dis rien. Pendant quelques mois, sous le ciel indien, intensément rouge, nous fûmes inséparables. Sans passé. Dans les cloîtres de Varanasi, nous nous sommes dépouillées, sans dire un mot, de nos vies antérieures. Ensemble, nous avons connu la joie du présent. J'étais grosse de Heaven et de l'avenir rouge entrevu dans le ciel indien. La vue d'une brebis dans un champ, d'une pintade dans une basse-cour ou d'une méduse échouée sur une plage nous transportait. Nous avons frémi devant un cochonnet destiné à l'abattoir que nous montrait un fermier et nous avons tremblé d'émotion en voyant, sur les marches qui mènent au fleuve, une corneille splendide se disputer avec une consœur un morceau de cadavre. Un troupeau de brebis traversant la route, clopin-clopant, le cul en l'air, les sabots joyeux nous fit rire pendant des jours. Une coccinelle sur un chardon nous a vues nous effondrer dans une douleur douce. Avec Louise, nous dansions sur l'eau. Et à l'aube, sur les ghâts de Varanasi, les hérons posés sur les vagues se berçaient nonchalamment avec nous.

Louise est morte il y a quelques années. Je l'ai appris sur la couverture de son dernier livre que je consultais sur Amazon.com. Une leucémie violente l'a emportée. Sa disparition m'a longtemps désemparée. Avec elle nous avions beaucoup parlé de la mort. Elle voulait, si cela lui était possible, se réincarner en insecte pour avoir une vie très courte et accélérer ses passages sur terre. Elle était, comme moi, avide du néant. Nous savions qu'après Varanasi nous ne nous reverrions pas. Pas dans ce monde. Pas en Occident. Nous ne pouvions nous donner rendez-vous que dans le ciel rouge. Nous n'échangeâmes même pas nos adresses.

À mon retour de l'Inde, après la naissance de ma fille, je suis revenue à une espèce de virginité. Malgré toutes les copulations que j'ai pratiquées durant mon adolescence à Bay City, malgré tous les êtres avec lesquels j'ai atteint le nirvana, plus tard au Texas et au cours de mes voyages, malgré toutes les heures passées à vouloir toucher désespérément un bout du ciel bleu, je suis restée intouchée et intouchable. Fondamentalement absente, même dans le rut. Je sais que Louise était comme moi. Vierge. Oui, je suis vierge, mais je ne sais de quoi. Ce n'est pas la jouissance qui m'a fait défaut. Non, elle est toujours venue. Elle a toujours été là au rendez-vous. Mais c'est l'idée d'une atteinte, d'une entame dans mon âme. Personne n'a entaillé mon histoire ou celle de ma famille. Personne ne m'a délivrée. Malgré des centaines d'orgasmes dans des décapotables où souvent je me permettais de regarder les nuées vaporeuses valser dans le ciel pendant que je m'envoyais en l'air, je n'ai pas pu m'oublier ou connaître le ravissement. Je sais qu'il appartient aux saintes, aux croyantes, à celles qui ont un Dieu. Je n'ai pas la grâce. J'ai été abreuvée de la couleur violette du firmament métallique. Tout en moi est entaché de mauve. Cela m'a gardée pure. Pour moi, il ne saurait y avoir de vraie extase. L'amour, je ne l'ai pas vraiment connu. Je ne me le rappelle pas. Il y eut David Feinberg, mon copain juif, qui portait une salopette Lee Painter. Il s'accompagnait de sa guitare pour fredonner, en faussant, une chanson des Beatles, *Yesterday*. Ce garçon croyait dans le passé, dans l'avenir, en moi et puis aussi en Dieu. Il voulait être chirurgien comme son père qui l'avait abandonné pour fonder une autre famille. Il me promettait une longue vie sous le ciel mauve, comme ses yeux. Je ne voulais pas de la misère de Bay City, de Buffalo, de Chicago ou encore de Boston. Je voulais m'envoler bien loin et anéantir en moi les fumées violettes de l'est de l'Amérique. David aurait pu être l'amour, si une telle chose pouvait exister pour moi, si j'avais eu quelque foi. Il ne fut pas grand-chose. Un souvenir jauni d'une époque que je veux morte.

Dans la sexualité, comme ailleurs, aucun ciel ne s'ouvre. Il m'est impossible de léviter, de parcourir l'éther en frémissant de joie. J'envie les dévots, les fervents religieux, ceux que le ciel noie dans sa félicité. Je ne suis pas de ceux-là. Je suis une fille du vingtième siècle, une fleur ferrugineuse de la Seconde Guerre mondiale. Une incroyante sous un ciel dur, fait de pierres, de rocs et d'os.

Heaven, elle, est amoureuse. Elle l'a toujours été. Depuis sa petite enfance, elle sait plonger dans le ciel désespéré et malgré les turbulences de l'air du temps, elle revient de l'azur, bariolée, rassérénée, heureuse. Dès sa naissance, Heaven était avide. Elle enfilait les biberons de lait frénétiquement, redemandait de la bouillie blanchâtre et levait, en criant, ses petits poings vers le ciel indifférent pour exiger son dû. Heaven est une géante, une Gargantua qui ne fait qu'une bouchée des cieux. Elle a avalé la terre rouge du Nouveau-Mexique et s'est gorgée de l'air sec et enivrant du désert. Souvent, quand elle était toute petite, nous allions nous promener sur les roches brûlantes qui s'étendent à perte de vue à quelques milles de chez nous. Quand le vent balayait le sable et les pierres, nous nous mettions à danser et à hurler avec la terre et le ciel. Nos pieds ont martelé les sols de l'Amérique. Depuis trois ans, Heaven étudie à l'*Institute of Meteoritics* d'Albuquerque le système solaire et l'évolution de la planète. Elle est spécialiste en météorites et collectionne dans son laboratoire, une grande variété de matériaux extra-terrestres. Au musée de l'Institut, Heaven montre aussi aux visiteurs, les morceaux du ciel qui nous sont tombés sur la tête. Elle s'est installée un appartement dans le sous-sol de notre maison de Rio Rancho. Elle y accueille Wayland, son copain, qui vient passer toutes les soirées avec elle. C'est en faisant du bénévolat pour les services communautaires auprès des Amérindiens, que Heaven a connu son amoureux. Il vient d'une tribu hopi d'Arizona et tout comme ma fille, il croit en l'avenir. Tous les deux ne cessent de me réprimander sur mon travail. Les compagnies d'aviation sont pour eux, au même titre que les usines de Flint qui crachent les fumées de l'enfer, de grands ennemis, les responsables de notre malheur. Je ne peux leur expliquer ce qu'est le ciel pour moi. Que les avions que je lance en sa direction conjurent le mauvais sort, que leurs vapeurs toxiques embrassent les cendres de mes ancêtres et font saigner le firmament qui rendra un jour l'âme. Je ne veux sauver ni la terre, ni le ciel. Le monde est un désastre. À la catastrophe, je veux participer en transperçant l'azur. À ma mort, il me faudra me faire pardonner d'avoir vécu si longtemps. Je n'aurai pas d'autre excuse que celle d'avoir voulu contribuer à l'apocalypse.

De ma vie, Heaven connaît les secrets importants : ma famille juive, ma vie au Michigan, le ciel mauve qui vire au violet. Durant son enfance, je lui ai dévoilé mes origines et j'ai répondu à toutes les questions qu'elle a bien voulu me poser. Nous sommes allées à Auschwitz ensemble et je lui ai montré là où sont morts ses grands-parents. Malgré tout, j'ai essayé de ne pas encombrer sa vie de mon histoire. Il y a trois ans, elle m'a demandé d'aller dans le cimetière de Saint-Patrick à Bay City et de voir la tombe de tous les miens. Elle m'a aussi priée de l'amener sur Veronica Lane. Je lui ai dit que je ne pouvais pas. Il m'est impossible d'aller là-bas, de marcher dans mes propres pas, de voir le soleil triste se coucher sur la mauvaise herbe qui pousse au-dessus de la fosse familiale. Je ne me retournerai pas. Je ne boirai plus le ciel mauve, hypocrite du Michigan pour me consoler de la vie. Je vais souvent à Détroit pour le travail, mais je ne fais jamais les cent milles qui me séparent de mon passé. C'est simplement impensable. Heaven a décidé d'aller avec Wayland faire un tour là-bas. Je ne les ai pas accompagnés.

J'ai espéré que ma fille soit plus proche des origines de son père, un Indien d'Amérique que j'ai peu connu et surtout vite oublié. Il a décidé, je ne sais pourquoi, d'établir des liens avec sa fille dont il a découvert, alors qu'elle avait cinq ans, l'existence par une connaissance commune très bavarde. Cela m'allait. John Ross est un Cherokee de l'Oklahoma qui a étudié avec moi dans l'aviation au Texas. Je me souviens de bien peu de choses de lui. Je ne suis même pas tout à fait sûre qu'il soit vraiment le père de Heaven. Mais je ne crois pas que cela soit bien important. Je revois ses yeux améthyste qui changeaient de couleur au moindre tremblement du ciel et puis une chambre d'hôtel, je ne sais où. Heaven ne s'appelle pas Ross. Tout comme moi, elle porte deux patronymes : Rozenweig-Rosenberg. J'ai changé de nom en allant au Texas, je ne voulais plus être la descendante de ces paysans catholiques de Villers-Bocage qui ont adopté ma mère et ma tante. Amy Duchesnay est morte dans un incendie qui eut lieu durant la nuit du 4 au 5 juillet 1979. D'elle, il reste si peu. Heaven aime bien cet homme qui veut être son père et qui vient de temps à autre lui rendre visite. Elle passe alors quelques jours avec lui à Albuquerque. Il l'invite aussi à Dallas où il vit encore. J'ai peu revu John Ross. De nous, de notre passé, l'existence de Heaven témoigne. Cela suffit. Heaven m'a peu parlé de celui qu'elle appelle Ross. Même enfant, elle préférait garder pour elle ce qu'elle vivait avec lui. Je lui répète souvent que Wayland a quelque chose de son père. Que ces hommes sont ses vraies racines et que c'est mieux ainsi. J'ai toujours eu peur que ma fille hérite de la violence du passé de l'Europe. J'ai toujours craint qu'elle n'aime que l'Amérique blanche que j'ai connue enfant. Mais avec Ross et Wayland, elle s'est donné une vraie tribu.

Heaven a eu longtemps une vision simpliste des Indiens d'Amérique. Elle voyait en eux un groupe monolithique épris de la justice et de la liberté que les Blancs et le gouvernement américain leur avaient enlevées. Or, le 14 juin 2004, le conseil tribal des Cherokees a mis hors la loi le mariage homosexuel, en définissant le mariage comme une union entre un homme et une femme. Cela a choqué beaucoup ma fille idéaliste, toujours prête à lutter contre toutes les injustices. Mais il y a eu pire encore. En mars 2007, les Cherokees ont voté en grande majorité, l'expulsion de leur nation des descendants métis, des anciens esclaves africains-américains. Les Cherokees pratiquaient l'esclavage des Noirs avant la guerre de Sécession. Après l'affranchissement des esclaves, les unions très nombreuses entre les races ont pu être légalisées. Mais voilà qu'en 2007, on a décidé qui était vraiment Cherokee. À ce moment-là, j'ai eu peur pour ma fille. J'ai craint sa terrible déception. La pureté de la race hante encore le ciel américain. L'Europe est là et rugit à nos portes. L'attitude de Ross devant cette décision de sa nation a déçu grandement Heaven. Je ne sais ce que Ross a dit à Heaven, mais elle est rentrée un soir de Dallas et m'a lancé, en allant dans son petit appartement au sous-sol, qu'elle avait décidé de ne plus voir son père. J'ai voulu la consoler en lui répétant que de toute façon je n'étais pas tout à fait sûre qu'il soit son père, qu'à l'époque, j'avais plusieurs amants, que oui, il était sûrement celui qui lui avait donné la couleur de ses yeux, mais qu'on pouvait rêver d'autre chose, si on le voulait. On n'a pas à subir ses origines, après tout. Peu de temps après cette dispute avec Ross, Heaven est revenue plusieurs fois sur le voyage à Auschwitz que nous avons fait ensemble quand elle avait dix ans. Et puis, elle s'est décidée. Elle est partie pour Bay City avec Wayland. Elle est revenue sans rien me dire sur ce qu'elle avait vu là-bas. Mais après quelques semaines, elle m'a simplement laissé entendre, au détour d'une phrase, qu'elle me comprenait. Elle m'a alors parlé en français, langue que je ne lui ai pas vraiment transmise et qu'elle a glanée ici et là. Je lui ai demandé si le K-Mart existait encore et elle m'a avoué y avoir passé quelques heures avec Wayland à chercher dans les rayons des traces de la jeunesse de sa mère. En vain. Elle a ri en me racontant avoir vu mon nom sur la pierre tombale familiale, mais elle n'a pas voulu en savoir plus. Heaven a ses études, un petit ami, des activités de toutes sortes et un faux père qui la déçoit et qu'elle ne reverra probablement plus. Elle participe à diverses manifestations dans toute l'Amérique et s'est impliquée violemment dans la campagne de Barack Obama. Elle est comme tant de jeunes gens de son âge. Pleine d'espoirs. Elle trouvera son chemin. Les routes de l'Amérique sont innombrables et j'espère qu'elle ne croisera pas les sentiers immondes que j'ai dû emprunter pour me perdre.

Ma fille, quand son amoureux n'est pas là, monte les marches de l'escalier qui sépare son petit appartement du rez-de-chaussée de la maison. Elle vient se coucher dans mon lit et me demande de la tenir contre mon corps, de l'étreindre fort, comme si elle avait trois ou quatre ans. Depuis sa naissance, Heaven n'a jamais dormi seule. Lorsqu'elle était bébé, elle partageait déjà mes draps et toute son enfance, elle a passé ses nuits avec moi. Une nuit, je l'ai retrouvée entre moi et Wayland. Elle s'ennuyait de moi et avait réussi à le convaincre de monter avec elle dans mon lit. Heaven déplace les montagnes, transforme les gens autour d'elle et les fait participer à sa folie. Elle attire les êtres vivants. Je ne lui ai jamais rien interdit et elle a toujours ramené beaucoup d'amis chez nous qui lui tenaient compagnie quand j'étais au travail, dans le ciel de l'Amérique. Frida, une nounou mexicaine a aussi longtemps partagé notre vie. Quand ma fille a commencé à aller voir son père, elle avait cinq ans et je me suis inquiétée pour les nuits où elle aurait à dormir seule, là-bas. Elle m'a dit qu'elle s'arrangerait. Je l'ai crue et ne lui ai jamais posé de questions. Une entente tacite s'est développée entre nous. Je n'ai jamais su quoi dire à ma fille et mon éducation s'est faite dans le silence bienveillant, parfois inquiet que devraient garder les mères.

C'est avec Heaven que je suis parvenue à me dépouiller de tout. Louise en Inde m'avait appris le renoncement aux choses terrestres et j'avais connu grâce à elle une sorte d'émerveillement devant la vie. J'étais enceinte de Heaven et je pense que c'est le bonheur de cette enfant qui contaminait alors ma chair et mon esprit. À mon retour en Amérique, après la césarienne par laquelle ma fille est sortie tout armée de mon ventre, cet état de ravissement s'est volatilisé. Je l'ai cherché longtemps. Puis je l'ai oublié. J'ai alors choisi l'ascèse. Je suis de celles à qui le ciel reste fermé. Je ne suis pas comme mon enfant chérie, une bénie de ce monde. Quand je me lève le matin, je suis grave, lourde de mes cauchemars ou du jour qui vient. Je ne pépie pas comme Heaven qui éclate de rire à côté de moi, parce qu'un rayon du soleil fauve du Nouveau-Mexique joue à cache-cache sur sa paupière. Heaven est joie. Et tous les jours, je remercie le ciel pourtant si ingrat envers moi, d'avoir fait de ma fille une fête. Il m'arrive de penser fièrement que j'ai su porter toute l'horreur du passé et que grâce à moi, Heaven n'a rien hérité de l'histoire. J'ai tout pris sur moi. Il m'arrive de croire que mon sacrifice et celui de toute ma famille en valaient la peine.

C'est après Heaven donc que j'ai décidé de parcourir un chemin initiatique bien ardu pour moi : celui du renoncement au plaisir physique. Pendant très long-temps, à Bay City, au Texas, je me précipitais sans cesse dans l'acte sexuel pour trouver un moment de repos, pour oublier la cruauté du ciel, sa putrescence. Le plaisir a toujours eu sur moi un effet momentanément apaisant qui me laissait très vite désemparée et vide. Une nuit, alors que Heaven souffrait depuis des jours d'une fièvre terrible, d'une fièvre apocalyptique que le Tempra et les antibiotiques ne pouvaient arriver à faire baisser, j'ai prié pour elle. J'ai voulu implorer la clémence d'un ciel qui ne m'avait jamais répondu que par ses atrocités. J'ai prié. Heaven a guéri vite. Sa fièvre, sans mes prières, serait sûrement passée aussi vite. Peu importe. Je ne cherche aucune preuve. Je n'espère rien. Mais après avoir prié, j'ai pensé à ces femmes ascètes. Je les avais côtoyées à Varanasi et Louise faisait sa recherche sur leur vie de saintes. Ces femmes priaient tout le temps et je les enviais. Elles avaient été exclues de la domesticité qui donne là-bas et ailleurs une place aux femmes. En se marginalisant, elles accédaient à quelque chose. À l'ins-tar de ces femmes que j'avais croisées dans mon parcours terrestre, je devais quitter tout attachement au monde du plaisir et me désincarner le plus parfaitement possi-ble. Il me fallait apprendre à disparaître afin que mon âme, si elle existe, puisse quitter sans regret ce corps inutile qui ne sert plus qu'à serrer fort ma grande fille de six pieds la nuit. Parvenir au moksha est un long travail, une discipline rigoureuse. Cet exercice assidu ne vise aucune récompense. La mort sera ma seule délivrance.

Un jour prochain, quand ma fille n'aura plus besoin de moi, je me ferai *sâdhu*, quitterai le Nouveau-Mexique, m'arracherai à Heaven et irai mourir sur les routes de l'Inde où Louise réincarnée, pour la dernière fois, en enfant-déesse me servira de guide. En attendant, je pratique le yoga, récite de longs mantras, fume du haschich, comme je le faisais déjà à Bay City et vis dans une abstinence sexuelle totale qui me permet de me concentrer sur le monde spirituel. Je conduis aussi des avions qui me donnent du ciel une idée mystique.

Dans un ranch du Texas, des femmes se sont regroupées pour fonder une secte féministe, The Ascetic Warriors. Elles ont quitté leur travail ou sont allées à la retraite de façon prématurée pour vivre en communauté afin de préparer leur prochaine réincarnation. À une époque où l'on ne veut plus s'inscrire dans une tradition ascétique, où l'abstinence est vue comme un crime ou un signe de maladie mentale, où la consommation au K-Mart et dans le lit est de mise, comment comprendre le choix que font ces femmes qui ont eu famille, carrière et gloire? Je ne sais pas. Un reportage à la télé les présentait comme des enragées, des harpies prêtes à émasculer les hommes et à châtrer le système capitaliste… Je n'aimerais pas me retrouver au Texas. Je l'ai quitté pour toujours, comme j'ai quitté Bay City et comme j'ai finalement quitté l'Europe, après mille détours. Je ne peux penser qu'à ma propre route, longue si longue. Celle-ci s'avance sinueuse vers l'Inde où j'irai mourir quand ma fille aura sa propre fille à étreindre la nuit. Je partirai. Mes cendres seront dispersées dans le Gange. Je n'existerai plus.

Il faudra alors m'imaginer heureuse.

Le 4 juillet 1979. Independence Day

Lorsque j'arrive vers dix heures à la maison de tôle, j'ai dix-huit ans. J'ai enfilé Veronica Lane et ai arrêté la moto de mon cousin dans le *driveway*. La porte de garage est fermée. Le panier de basketball qui pend tristement au-dessus du mur du garage me rappelle tous les étés de mon enfance. Mon cousin et moi jouions au ballon des heures ensemble pour tromper l'ennui des journées chaudes quand l'école ne nous occupait plus. J'entends encore le bruit monotone du ballon qui saute sur le ciment. Le son répétitif, agaçant est couvert en partie par celui des climatiseurs qui fonctionnent à plein régime et qui obstruent les fenêtres minuscules de la maison. Les rosiers auxquels ma tante porte tant de soins sont maintenant bien fournis et les fleurs semblent s'épanouir sous les conditionneurs d'air. Il a fallu pas mal d'années de travail pour rendre le jardin agréable. Et les petits arbres rabougris qui ont été plantés à l'arrivée de mon oncle et ma tante à Bay City sont maintenant de taille respectable. Les plantes et les êtres poussent dans le terreau pollué du Michigan. Il faut croire que les gaz méphitiques des usines de Flint ou de Dearborn ne sont pas si néfastes pour la vie tenace, qui s'entête à se développer dans les pires conditions. Rien ne peut arrêter cette pulsion de l'existence. Le ciel mauve, infécond, corrompu couve les espoirs indestructibles d'une nation. De lui, naissent nos lendemains empoisonnés.

Je suis née le 4 juillet et ce matin ma journée d'anniversaire débute. J'ai passé la nuit chez David. Cela me vaudra une engueulade en règle. Ma tante va prier pour moi et ma mère me traiter une fois de plus de putain. Mais j'ai dix-huit ans aujourd'hui et rien de tout cela n'a plus d'importance. La maison de tôle que je regarde un moment avant d'y pénétrer me semble encore plus triste que moi. Elle est un avorton de rêve. Un cauchemar inavoué qui constitue toute la fierté et la joie misérable de ma famille. Sa médiocrité ne la trouble pas. Elle semble même fière de ce qu'elle est devenue au cours des années où elle a prospéré à coups de garage, de rallonge de pièces et de décorations kitsch de toutes sortes. J'ai beaucoup de peine devant ce lieu dérisoire et vaniteux qui a accueilli nos vies étriquées, vaines. J'y vois l'insipidité orgueilleuse de ma propre existence.

Mon oncle qui a entendu la moto m'ouvre la porte du devant de la maison. Il m'accueille avec pompe, par la grande porte, celle que nous n'ouvrons jamais, lui préférant l'accès par le garage. Gustavo me prend dans ses bras. Il me souhaite un joyeux anniversaire alors que nous traversons le salon rouge où le piano, toujours aussi lugubre, trône. Ma tante et ma mère sont parties faire les courses pour les célébrations de ce soir. Mon cousin dort encore. Mon petit frère est devant la télévision et regarde ses dessins animés favoris. C'est le 4 juillet. La fête de l'Amérique. Tout le monde est heureux, en congé, Babette, de très bonne humeur paraît-il. Ce matin au petit-déjeuner, elle a mangé des croissants trouvés par ma mère dans une boulangerie française de Chicago. Les croissants ont été achetés congelés et ont ainsi souffert relativement peu des longues heures sur la route. Babette s'en est délectée ce matin et apparemment, elle est dans de bonnes dispositions. Tant mieux.

Gustavo, fébrile, m'entraîne dans le sous-sol où il a, me dit-il, quelque chose à me montrer. Je le suis, un peu tremblante, craignant qu'il n'ait découvert le cagibi de mes grands-parents, ce qui compliquerait les choses. Il n'en est rien. Mon oncle me montre fièrement une peinture qu'il a faite de moi en cachette et qu'il veut me donner. Gustavo peint toujours dans la moisissure de la cave et ses toiles aux pigments violemment criards, posés en couches épaisses, n'arrivent jamais à sécher. Même les tableaux accrochés aux murs partout dans la maison, gardent encore quelque chose d'humide. Plus petite, je jouais souvent avec les croûtes colorées, les morceaux de peinture molle sur les toiles de mon oncle. Ma tante avait beau me gronder, c'était un plaisir trop suave pour que je puisse y renoncer. Ce n'est tout de même pas de ma faute si la maison de tôle est depuis toujours un cloaque humide que l'air conditionné n'arrive pas à assainir.

Sur le portrait que mon oncle a fait de moi à partir d'une photo polaroïd, j'ai l'air sombre, désespérée. Gustavo n'a pas utilisé les couleurs qui lui sont naturelles et le tableau est étonnamment monochrome, terne. Sur un fond violet foncé, mon visage est représenté en mauve grisâtre. Aucune touche chamarrée ne vient égayer cette face de Joconde triste. Je ne sais que penser du cadeau de mon oncle. Je comprends que sous mes allures de révoltée, de rebelle, de dure à cuire, de petite Américaine dévergondée fan d'Alice Cooper, perce mon intolérable douleur, ce que ma mère appelle «ma juiverie». Souvent enfant, lorsque j'étais trop silencieuse à table, ma mère me lançait: «Ne fais pas cette tête-là! Tu as l'air d'une Juive!» Ma mère a arrêté son harcèlement quand je lui ai répondu en me levant de table: «Je n'en ai pas seulement l'air. Je le suis!» Elle s'est demandée ce que je savais et si c'était simplement de la provocation de ma part. Mais j'avais réussi à lui faire stopper son mitraillage d'humiliations. Je ressemble à ce portrait, oui. Je ne peux en douter. Mais ma grand-mère aussi pourrait s'y reconnaître. Georges y verrait quelque chose de ses yeux. Et ma mère et ma tante ont des traits semblables à ceux de cette tête mélancolique.

Nous sommes Juifs. Nous sommes une race que l'on a voulu anéantir. Nous avons vécu mille pogroms, des millions de ghettos, la Shoah. Nous sommes Juifs et tristes. Et la vie ne peut recommencer. L'histoire est décidément trop lourde.

Hier soir, après le repas, David et moi avons long-temps parlé dans le jardin à l'arrière de sa maison où il avait dressé une tente pour que nous y passions la nuit. Pour la première fois, il a parlé vraiment du judaïsme de son père et je lui ai raconté les origines secrètes de ma famille. Pour lui, nous ne sommes que des Américains, des enfants du Michigan. Il faut faire du sport, avoir les dents blanches. Nous n'avons pas à nous préoccuper du passé. Il ne connaît pas ses propres grands-parents, morts il y a longtemps sans qu'il ne sache ni où ni com-ment. David voit si peu son père. Ils n'ont que la passion pour la médecine en commun. Cela lui suffit. Durant la longue soirée, nous nous passons lentement de nou-veaux joints. David me demande si j'aimerais aller vivre en Israël. Il serait prêt à partir avec moi, si je le voulais. Ce garçon m'étonne par sa foi en son amour et surtout par son ignorance profonde des humains. Il ne voit pas que rien n'a lieu entre nous qui ne soit déjà fini, que dans cinq à dix ans, il aura épousé une infirmière, une ancienne *cheerleader* de l'équipe de football et qu'il ne se souviendra plus d'Alice Cooper. Il ne voit pas que dans trente ans, il sera encore en train d'attendre la sortie du dernier disque de George Harrison ou de Paul McCartney qu'il mettra dans sa voiture sur le chemin de l'hôpital.

Je n'irai pas en Israël. Je ne crois pas en l'avenir, en une vie toute neuve. Je suis déjà écartelée entre deux continents, deux mondes. Tout effacer, recommencer ma vie ailleurs dans une langue complètement inconnue, dans un pays dont le ciel m'est totalement étranger, me semble impossible. Nous sommes en 1979. J'ai dix-huit ans. Je suis une Américaine de deuxième génération, la fille d'Alice Cooper et du groupe The Germs. Je suis un monstre *made in USA*. À défaut de pouvoir vivre dans le Nouveau Monde, j'y mourrai.

Ma mère et ma tante s'affairent dans la cuisine. Elles sont en train de ranger les courses. Je dois les rejoindre. J'embrasse mon oncle qui me garde longtemps dans ses bras. Je vais partir. Il pense que je dois aller loin, très loin de la maison de tôle. Mais il voudrait bien que je ne le laisse pas seul avec les deux mégères, son fils pas brillant et le sale petit marmot qu'est mon frère. Je lui dis de ne pas s'inquiéter de l'avenir. Les choses ne se passeront pas comme il l'imagine. J'ai trouvé un moyen pour le délivrer de tout. Je prends un air sérieux. Mon oncle rit, me laisse monter l'escalier à toute allure. En haut, dès qu'elles me voient, ma mère me traite de catin et ma tante m'avoue avoir prié ce matin très tôt, à la messe, pour mon âme perdue. Mais Babette change vite de sujet. Les croissants ont eu un bon effet sur elle. De toute façon, j'ai décidé de ne pas répondre aux deux sœurs. Tout cela n'aura bientôt plus aucune existence. Le ciel s'embrasera. Je ne faisais pourtant pas grand-chose de mal, la nuit dernière, avec David. Je cherchais quelques moments de bonheur, loin des poursuites des spectres de l'histoire. Je m'envoyais en l'air avec un copain en fumant du haschich et en prenant des champignons magiques qui me donnent des images de ciel aux nuages roses et doux. David déconnait pas mal. Il voyait en mes mamelons roses de petits fruits des champs qu'il ne pouvait s'arrêter de manger. Avec lui, j'ai été un tout petit peu insouciante. J'ai cru pour quelques heures que je sais illusoires que je ne suis qu'une enfant de l'Amérique. Ce matin, j'ai les seins irrités, la bouche encore un peu pâteuse et l'esprit lent, mais j'ai surtout dix-huit ans. Et ce soir, je serai délivrée de tout.

Je prépare toute la matinée avec ma mère et ma tante le buffet de ce soir. Les invités seront là vers cinq heures. Mon oncle s'occupe de la viande qu'il fera griller. Il passera donc tout son temps devant le barbecue à tourner les morceaux de barbaque dont l'odeur fera saliver tout Veronica Lane. Ma tante et sa sœur ont acheté d'énormes cuisses de poulet, des côtes de bœuf et de porc, des saucisses bien grasses de toutes sortes dont on fourrera les hot-dogs que l'on prépare pour les enfants. Je suis préposée aux viandes. Je dois les couper, les badigeonner de sauce barbecue, les faire mariner et les disposer dans de grands plats en aluminium que les deux sœurs ont achetés ce matin en quantité industrielle, puisque c'était une affaire. Ma tante s'occupe des crudités : carottes, céleris, brocolis, radis, cornichons et petits oignons conservés dans le vinaigre. Elle met le tout dans de grands plats de plastique colorés qu'elle affectionne et qu'elle achète en solde à la fin de l'été pour l'année suivante. Ma tante est fière d'exhiber des plats avec lesquels elle fera l'envie de ses voisins. Elle met au milieu de chaque immense assiette un bol de trempette Ranch, s'affaire en tous les sens en regardant l'horloge du four, mais s'arrête sans cesse pour s'exclamer devant la beauté de ses décorations. Tout à l'heure, elle fera quelques salades avec de la laitue ou des haricots secs. Elle préparera aussi de la salade de choux à la mayonnaise onctueuse. Elle taillera les énormes pastèques qu'elle a ramenées du K-Mart. Ma mère et elle feront cuire un immense gâteau à partir de mélanges Duncan Hines Deluxe moelleux qu'elles recouvriront, à grands coups de spatule, d'un glaçage au chocolat et de cerises en conserve. Elles prépareront aussi du jello qu'elles couperont en étoiles grâce à un moule prévu à cet effet. Des dizaines de sacs de chips et de pretzels jonchent déjà la table de la salle à manger et les bouteilles de Pepsi, de Seven Up, de Ginger Ale, de punch aux fruits et de bières sont descendues à la cave par mon cousin qui vient de se réveiller et qui est assigné aux tâches viriles. Victor range les diverses boissons dans un vieux frigo qui fuit un peu mais qui est encore fonctionnel. Il est étonnant de voir ma tante et sa sœur, ces deux femmes si imbues de la culture et de la nourriture françaises, se soumettre aux goûts du coin et dresser un buffet dont leurs invités seraient jaloux. Babette et Denise gardent secret leur amour de la baguette, du camembert, des croissants ou des pains au chocolat. Malgré leurs excentricités vestimentaires, devant les voisins, elles veulent se montrer de bonnes Américaines bien intégrées à la vie de Bay City. Ce soir, ma tante sera déguisée en statue de la Liberté pour accueillir ses hôtes. Les décorations que mon oncle doit poser partout dans le jardin et devant le garage seront bleues, blanches ou rouges, aux couleurs de l'Amérique. Un grand drapeau américain sera accroché par mon cousin Victor sur la porte du garage et les serviettes en papier, elles aussi, arboreront l'étendard du pays. Ma tante et sa sœur sont malgré tout patriotes. Elles croient dans cette nation qui leur a permis d'oublier le passé, de refaire leur vie. La nourriture est pour elles franchement mauvaise, mais ce soir, elles ne mangeront presque pas. De toute façon, ce n'est pas leur genre de plats. Mais elles légitiment leur menu en se disant que les invités, ces Américains ignorants, peu gastronomes, n'apprécieraient pas autre chose. Ce serait, se convainquent-elles, donner de la confiture à des cochons. Mieux vaut faire à Rome comme les Romains, à Bay City comme les Américains et servir à cette bande de primitifs affamés ce qu'ils peuvent aimer.

Il faut simplement leur en mettre plein la vue. Ne pas lésiner sur les quantités ni les décorations. Et là-dessus, ma tante et ma mère ne sont pas chiches.

Il y a un mois, Babette a envoyé des dizaines d'invitations par la poste, tentant ainsi de montrer son savoir-vivre européen. Elle voulait que les gens ne puissent pas faire d'autre plan pour les célébrations du 4 juillet. Elle a décidé d'un budget généreux qui me prive de cadeau d'anniversaire, ce que ma tante justifie en me lançant que, de toute façon, cette fête est pour moi. J'en suis, essaie-t-elle de me persuader, la seule bénéficiaire. De cela, je ne suis pas sûre. Parmi la soixantaine d'invités, on retrouve quelques notables de Bay City que ma tante fréquente : cinq ou six curés, le directeur de l'école, sa maîtresse, six collègues que Babette veut époustoufler, le dentiste et le médecin de la famille qui seront accompagnés de leur femme et leurs enfants. Il y a aussi des voisins triés sur le volet et «qui nous ont déjà rendu service», deux ou trois vendeuses du Jacobsen's de Saginaw «avec lesquelles il faut se mettre bien», un policier «très sympathique», deux couples de Canadiens-français «à l'accent épouvantable» qui se sont installés depuis peu à Bay City et dont ma tante se moque, des membres de l'église catholique, des amis crapuleux de Victor, et quelques pauvres âmes «à qui il faut faire la charité pour mériter le paradis chrétien». Pour ma part, j'ai convié très peu d'amis à mon dix-huitième anniversaire. Des amis, en fait, je n'en ai pas vraiment. Il y aura

Jason Lamora et deux autres de mes copains homo-sexuels qui ne détestent pas Alice Cooper mais qui sont surtout fans de Freddie Mercury parce qu'il a révélé son homosexualité en 1974, dans un entretien pour le maga-zine *New Musical Express*; Bettie, une fille obèse qui mâche sans arrêt du chewing-gum et qui porte des décolletés interminables que tout Bay City condamne et sur lesquels les gars ne cessent de loucher; et puis Linda, une fille d'une famille très, très, pauvre qui m'a confié qu'elle veut faire des films pornos pour gagner sa vie. Elle partira à Los Angeles en août. Jerry, mon patron au K-Mart, viendra faire un tour. David aussi sera là. Babette a même invité la mère de David et les deux mioches qu'elle a eus avec son nouveau mari et qui reviennent de Sugar Loaf aujourd'hui. Ma tante a pitié de cette divorcée et elle la plaint d'avoir eu à se remarier. Mes amis ont tous en commun le rêve de quitter ce bled, d'aller vivre sur la Côte Ouest, là où tout est pos-sible. Il n'y a que Jerry pour vouloir mourir à Bay City dans son K-Mart, au milieu des sous-vêtements pour femmes. Même David veut partir un peu et aller dans une grande ville de la Nouvelle-Angleterre pour faire ses études. Ma tante, en coupant les carottes, me pré-vient qu'elle espère que mes copains sauront se tenir comme il faut et n'auront pas, comme à leur habitude, mauvais genre. Elle a déjà prévenu Bettie, à la fin de l'année, de se couvrir les mamelons. Elle lui a dit bien fort, dans le milieu du couloir que ses tenues étaient inconvenantes et qu'il fallait mettre autre chose si elle venait à passer chez nous. Bettie lui a répondu en faisant éclater bruyamment sa grosse boule de gomme. Depuis, ma tante passe son temps à noircir mon amie. Elle lui préfère Linda, qui, bien qu'elle s'habille un peu court, reste décente. Je ne raconte pas à ma tante que Lin ne porte jamais de culottes sous ses jupes « un peu courtes » et qu'elle se penche souvent pour montrer son cul aux hommes à qui elle se vend facilement. Elle doit amasser du fric pour s'en aller loin et ce n'est pas en travaillant au McDonald's, comme elle le fait, qu'elle gagnera de quoi pouvoir partir. Il faut qu'elle trime un peu. Et elle pense acquérir ainsi de l'expérience pour son futur travail.

Nous passons la matinée Babette, ma mère et moi à préparer la nourriture pour la fête, à trancher des légumes, nettoyer des morceaux de viande, écarter des carcasses, couper des os, démouler les jellos multicolores et fourrés aux guimauves ou glacer le gâteau. Mon oncle et mon cousin s'activent dans le jardin. Ils sortent des chaises, des tables, nettoient la piscine et ses alentours, charroient des caisses. Mon petit frère, qui continue à regarder la télévision en pyjama, vient de temps à autre nous voler des morceaux de carotte ou plonge son doigt dans le glaçage, juste avant que ma mère le voie et l'engueule. À midi, nous nous arrêtons tous pour souffler. Ma tante qui a tout prévu depuis des lustres vient de faire quelques sandwichs et elle nous les donne en nous priant d'aller les manger dehors pour ne pas faire de miettes partout. La maison est impeccable. Il s'agit de ne rien salir. Dehors, nous prenons nos aises sur le patio qui est en fait une surface couverte de grandes dalles posées à même le sol. Le patio s'étend des marches de la maison jusqu'à un grand cabanon de tôle où l'on range non seulement les outils pour le jardin et la piscine, mais aussi les tables et chaises d'extérieur. Cette baraque nous protège des regards curieux des voisins de derrière, qui sont, selon ma tante, de mauvaises gens. Pour ma part, je ne les ai jamais vus. Sur la droite du jardin se trouve la maison des Cooper, nos voisins. Le mari travaille dans une usine de voiture et a un poste de responsabilité. Leur fille, Louise, me gardait souvent quand j'étais enfant, mais elle est morte d'un cancer très jeune. Je l'ai vue dans son cercueil. Elle était défigurée par les traitements médicaux. De sa mort, ses parents ne se sont jamais remis. Bien que ma tante les invite dès qu'elle le peut, ils ne viennent pas nous rendre visite. De ma chambre, je les aperçois parfois s'engouffrant dans leur vieille voiture. Le monde semble ne plus être là pour eux. Sur la gauche de la maison, il y a un immense terrain vague et au loin un terrain de tennis, un autre de football et mon *high school* que je peux voir très bien du haut de mon sapin-cabane dans lequel je montais enfant pour me sentir plus près du ciel. Le jardin est bordé du côté du champ de sapins qui sont les seuls arbres dans tout Bay City qui soient plus vieux que moi. Je ne sais comment ces conifères ont survécu au rasage de la forêt quand notre quartier a été construit, mais ils sont là et témoignent d'un temps qui, pour les gens de Veronica Lane, est immémorial, préhistorique.

Sur le patio, après l'ingestion rapide et efficace de mon sandwich au *baloney* et d'une bouteille de Pepsi, je fume lentement une cigarette avec Gustavo et Victor qui en profite pour me souhaiter bon anniversaire. Ce sera son anniversaire à lui, très bientôt, le 2 septembre. Il a demandé à sa mère de lui payer une nouvelle moto et il est sûr qu'il l'aura. Il pourra se pavaner dans Bay City et faire enrager ses amis. Mon oncle ne l'écoute pas. Il n'écoute jamais son fils. Il regarde au loin. Vers sa terre natale. Vers l'Amérique du Sud, loin, loin, à l'autre bout du ciel. Gustavo se tait, plein de son passé sur lequel il ne dit jamais un mot… C'est une magnifique journée. Il fera 80 °F. Le ciel est mauve franc. La piscine bleue, invitante. Nous devrions nous amuser. Célébrer la fête de l'Amérique, ma liberté. J'aurai tant à accomplir ce soir très tard pour nous délivrer tous, Babette, Denise, Victor, Gustavo, Angelo, du poids du temps. Mon plan est conçu depuis que Georges m'a dit en me regardant intensément : « Il faut incendier le ciel. Mets donc le feu à tout cela. » Je pense que ce soir, je vais avoir besoin de courage pour les sauver eux aussi, mes grands-parents, de la folie de l'histoire. Je trouverai la force de faire ce que j'ai à faire. Mais la tâche, alors que je fume ma troisième Benson & Hedges au menthol, me semble démesurée.

Denise et Babette ne mettent pas le nez dehors. Ce soir, elles participeront à la fête en restant dans la cuisine. Elles détestent manger sur le patio, les insectes qui virevoltent, piquent et la lumière trop crue. Mais surtout elles ne supportent pas l'air du Michigan. Elles préfèrent passer d'un air climatisé à un autre et prennent la voiture pour aller partout. Je me mets à décorer le jardin. Je plante dans la terre ici et là de grandes torches que j'ai rapportées du K-Mart et que l'on allumera dès qu'il fera noir afin de créer de l'ambiance. Sur les tables où l'on posera le buffet, je déballe de leurs sacs de plastique de longues nappes de papier tricolore. Je pose vite les verres et les gobelets transparents, les assiettes, les couteaux, les fourchettes, les cuillers, les pichets, les bouteilles pour empêcher le papier des nappes de s'envoler vers le ciel. Je commence à gonfler avec Victor un paquet de ballons rouges, puis un autre de ballons bleus, et puis enfin, un dernier de blancs. Nous accrochons toutes les boules de couleur avec des ficelles un peu partout. Nous voilà en train de monter sur des échelles pour les disposer sur les bords de la gouttière, dans les sapins, sur le toit du cabanon. Nous déroulons aussi quelques guirlandes. Le jardin devient en quelques heures un lieu délicieusement kitsch où les invités se sentiront chez eux en sautant dans la piscine ou en dévorant une côtelette de porc bien grasse et trop assaisonnée. Quand nous avons fini, mon cousin me demande si je suis contente. Je ne sais quoi lui dire. Je vois notre vie étalée devant nous, notre vie tape-à-l'œil, faite de papier et de plastique, notre vie captive comme ces ballons gonflés d'espoir qui ne pourront jamais prendre leur envol vers le ciel. Grâce à de grosses rallonges qu'il fait passer par la fenêtre du sous-sol, Victor installe un système de son et d'énormes haut-parleurs. Il veut mettre de l'ambiance. Ce soir, il va faire danser tout Bay City. Je continue à regarder le jardin tristement, prise d'une immense pitié pour ma famille, pour moi. Mon cousin voyant mon air sérieux me dit vite en américain : « Tu crois qu'on est le 4 ou le 14 juillet ? Regarde, Amy, tout est bleu, blanc, rouge ! » Nous éclatons de rire. Malgré tout, mon cousin a parfois l'insouciance contagieuse. L'empressement de ma mère et ma tante à fêter l'Amérique est grotesque. En fait, secrètement peut-être même inconsciemment elles célèbrent avec quelques jours d'avance leur France chérie pour laquelle elles n'ont qu'un amour chimérique. Depuis leur arrivée en Amérique, Babette et Denise ne sont pas retournées en France. Le pays qu'elles portent en elles est celui de la Deuxième Guerre mondiale et des années qui l'ont suivie. Revoir leur France et leur Normandie détruirait leurs rêves, le monde européen, joyeux, vivant qu'elles se sont construit ici en oubliant combien elles y avaient souffert. Là-bas, l'odeur du vent ou encore la couleur du ciel gris leur rappelleraient la vérité de leur histoire. Et cela, bien sûr, est hors de question. Les deux sœurs n'ont jamais parlé d'un possible voyage en Europe. Tacitement, elles ont décidé de garder intactes leurs illusions françaises. Sous la crypte que forme le ciel de Bay City, véritable cloche de verre, elles veillent à conserver entiers les mensonges puants de leur vie. Moi non plus je ne connais pas les voyages. J'ai dix-huit ans et je ne sais presque rien de ce monde. Je n'ai eu droit qu'à ces territoires dantesques que m'ont confiés mes cauchemars et qui ont fait de moi un spectre errant à travers les contrées infernales. Mon périple satanique prendra fin ce soir. Il a commencé bien avant ma naissance, quelque part dans les arcanes haineux de l'Europe. Il se terminera à Bay City, Michigan, là où tout meurt un jour, sous un ciel mauve.

Je décide d'aller faire une sieste. Après ces heures de travail et l'effet des drogues qui ne s'estompe que lentement, j'ai besoin de repos. Dans ma chambre, le Christ perché sur ma commode me regarde doucement. Il ne peut rien pour moi. Il n'a jamais été d'aucun secours. Je suis Juive. Je ne crois pas en lui, en sa bonté, sa miséricorde. Je me couche un instant et malgré la fatigue insoutenable, je n'arrive pas à m'endormir. L'activité dans la maison, les remarques de ma mère qui passe devant ma chambre en murmurant : « Quelle catin, sa nuit l'a épuisée ! », le plan que je dois exécuter après la fête me donnent la fièvre. Malgré l'air climatisé qui tient la maison fraîche, je suis en nage. Sur mon bureau traîne une bible que ma tante met systématiquement en évidence. Chaque soir, je la range dans mon placard à l'abri de mon regard. Chaque matin, dès que j'ai le dos tourné, alors que je suis partie au travail ou à l'école, Babette va vers mon placard, ressort le livre et le remet sur mon bureau. Depuis des années, sans que nous en ayons parlé, Babette et moi nous nous astreignons à ce manège. Un jour, très en colère, je suis partie avec la bible et l'ai foutue dans une poubelle à l'école. Mais le soir une nouvelle bible m'attendait. Ma tante l'avait remplacée. À l'église de Babette, on distribue gratuitement l'Ancien et le Nouveau Testament. Les bibles existent en toutes les langues et même en français. Tandis que je pense à ma tenue pour la soirée, je joue machinalement avec ma bible. Je tourne les pages légèrement, sans y penser. Je tombe sur le passage de la colère de Yahvé :

C'est pourquoi la colère de Yahvé s'est enflammée contre son peuple ;
Il a levé la main contre lui pour le frapper
Les montagnes ont tremblé
Et les cadavres sont comme des ordures au milieu des rues,
Avec tout cela la colère de Yahvé ne s'est pas calmée
Sa main reste levée.

Yahvé serait en colère contre nous… Cela devrait expliquer la couleur noire ou mauve du ciel, les horreurs partout dans le monde, les massacres, les holocaustes, les meurtres, les abattages incessants des humains et des animaux. Yahvé serait en colère contre nous! Ce serait le comble! Mais qu'avons-nous fait, si ce n'est exister, sans avoir demandé de venir au monde? La Bible est une foutaise. Elle ne console de rien et surtout pas du ciel que Yahvé voit comme son royaume et qui n'est que pourriture. C'est ma colère à moi qui s'enflammera. C'est elle qui brûlera les enfers que nous habitons depuis déjà trop longtemps. J'incendierai le ciel. Je mettrai le feu aux dieux. Nous en aurons fini de ce monde et puis de l'autre, de l'au-delà ridicule en lequel nous voulons espérer. Nous ne serons plus rien, et même Yahvé, ce tourment quotidien et dérisoire, périra. Je comprends pourquoi je n'ai jamais lu la Bible. Il n'y a rien pour moi là-dedans. Je suis, à l'image de ce monde, une damnée. Il ne me reste qu'à faire advenir le néant. Pour nous tous… Il arrive.

Je laisse la bible sur mon bureau. Aujourd'hui, je ne la mettrai pas dans le placard. Je n'ai plus besoin de jouer avec ma tante. Tout va disparaître et la bible ne résistera pas longtemps à mon apocalypse. Je m'habille pour la fête, mets un jean rouge, des baskets bleues et un long t-shirt blanc, beaucoup trop grand pour moi. Nous devons tous être vêtus des couleurs du drapeau américain. Nous fêtons les deux cent trois ans de notre liberté et les premières heures de mon indépendance. Je me colle un sourire sur le visage. Il me faut encore m'amuser.

Ma tante a revêtu sa tenue de statue de la Liberté qu'elle s'est confectionnée dans les derniers mois. Mon oncle a reçu de sa femme une veste queue-de-pie bleue, un pantalon rayé rouge et blanc. Sur la perruque de longs cheveux blancs qu'il porte, il est coiffé d'un chapeau haut-de-forme aux couleurs de la bannière étoilée et arbore un nœud papillon rouge. Gustavo est ridicule et il le sait, mais sa femme est contente. C'est tout ce qui compte pour cet homme qui n'attend rien d'autre de la vie que la paix dans son ménage. Ma mère a refusé de se déguiser, mais elle respecte le code tricolore que Babette nous impose. Victor et Angelo sont affublés d'ensembles de *Captain America* achetés au K-Mart, qui ont déjà servi à l'Halloween. Mon cousin n'a aucune maturité et s'amuse comme un fou avec mon petit frère. Ces deux-là ont le même âge mental et se chamaillent sans cesse en rigolant.

Les invités arrivent. Les premières voitures se rangent pêle-mêle dans le *driveway*, les autres se garent à la queue leu leu de chaque côté de Veronica Lane et s'avancent un peu sur les pelouses des voisins. À Bay City, il n'y a aucun trottoir. La ville trouve superflu d'en installer. Personne ne marche. Nos convives ont respecté les consignes et font honneur à notre drapeau. Ils contournent la maison et vont directement dans le jardin où mon cousin a déjà mis la musique. À l'approche des gens, la chienne aboie très fort, mais on ne peut l'entendre. Victor inaugure la soirée avec *The Star-Spangled Banner*, l'hymne américain joué par Jimmy Hendrix, un morceau extraordinaire, terriblement sombre. Ce soir Victor veut nous faire vibrer avec tous les airs qui louangent les États-Unis. Cela l'amuse. Il nous met des vieilles versions de *Stars et Stripes Forever*. On entend Frank Sinatra et Ray Charles chanter deux versions d'*America the Beautiful*. *Anchors Weigh* de Glenn Miller met tout le monde de bonne humeur. Victor enchaîne sur trois classiques d'Elvis Presley que ma tante affectionne tout particulièrement : *The Battle Hymn of the Republic*, *All My Trials*, *Dixie*. Chaque fois que j'entre dans la cuisine, Babette sourit. Elle entend alors au loin les chansons que son fils lui dédie secrètement et elle devient rose de plaisir en fredonnant les refrains dans la maison de tôle où les bruits extérieurs sont couverts par le ronronnement de l'air climatisé. Il est prévu que je passe une bonne partie de ma soirée d'anniversaire à apporter les plats sur la table de buffet, à mettre les assiettes sales dans des sacs de poubelle que l'on retrouve placés bien en évidence ici et là dans le jardin. Je veille à ce qu'il ne manque de rien et surtout à ce que les enfants ne tombent pas dans la piscine par inadvertance et ne se noient sous nos yeux distraits. Il faut aussi que je fasse bien attention quand la nuit tombera que personne ne se brûle sur les grandes torches qui illumineront le jardin et qui, parfumées à la citronnelle, éloigneront les insectes qui pullulent autour de la piscine. Ma tante est terrifiée à l'idée d'un accident, d'une noyade. Elle a bercé mon enfance et celle de mon cousin avec sa terreur de retrouver un jour nos corps flottant à la surface de l'eau. J'ai souvent pensé exaucer le souhait secret de ma tante de me voir morte. Je me suis imaginée au fond de l'eau, ondulant dans la couleur turquoise. J'ai voulu me suicider dans ce bassin chloré et je me suis surprise à vouloir me précipiter tout habillée dans la partie la plus profonde de la piscine en espérant ne pas pouvoir en ressortir. J'ai désiré remplir mes poumons de tout ce liquide javellisé et les sentir brûler. J'ai vu ma tête se balancer de gauche à droite, inerte, heureuse et mon visage mauve, bleui par la suffocation, apparaître et disparaître. En fait, je ne crois pas pouvoir me noyer. Je suis une très bonne nageuse. Ma tante a même insisté pour que je passe mon diplôme de sauveteur. Et puis je dois ajouter que je suis habituée de nager avec des chaussures et des vêtements. Pour rigoler, mon cousin m'a tant de fois poussée bêtement dans la piscine profonde que mes réflexes de survie dans l'eau sont, malgré moi, bien forts. Je ne périrai pas noyée. L'eau ne me sauvera pas de l'enfer d'être venue au monde. Je devrai mettre le feu à ma vie. Je ne peux échapper à mon destin.

Une amie bigote de Babette s'approche de moi pour me dire combien j'ai changé depuis la dernière fois qu'elle m'a vue et combien les côtelettes de porc sont bonnes. Elle a déposé un cadeau pour moi sur une table prévue à cet effet et espère que je vais aimer ce petit rien. Les gens ne sont pas mesquins. Ils m'ont tous apporté quelque chose. Cela me touche cette gentillesse bonasse chez des êtres dépourvus de la moindre conscience du mal qui les entoure ou qu'ils perpétuent. Je me laisse attendrir par cette générosité sincère et il m'en faudrait peu pour croire que finalement ce soir, le ciel est magnifique, d'un mauve somptueux. Le 4 juillet pourrait être la fête de l'insouciance et du bonheur d'être. Oui, cela pourrait être un beau moment. Mais je ne peux oublier. Moi, je n'oublie rien. Au moins quarante-huit membres de ma famille sont morts à Auschwitz ou ailleurs, dans un camp nazi... Mes grands-parents ne peuvent reposer en paix. Depuis des lustres, ils croupissent dans le cagibi de notre sous-sol. Ma sœur Angie pourrit dans son cimetière et rend mes nuits impossibles. Les cauchemars m'oppressent. Ma douleur est inextinguible. Elle ne peut que brûler davantage.

David vient d'arriver. Il est encore dans les limbes de la drogue dont il a abusé hier soir. Il a dormi toute la journée et n'est pas très frais. Il me demande où il peut aller fumer un joint en toute tranquillité. Je lui fais signe d'aller voir mon cousin qui lui montrera quelle parcelle du champ derrière les sapins est à l'abri des regards du voisinage... *American Pie* de Don McLean retentit dans les haut-parleurs. Du coup, David oublie son pétard et m'entraîne danser avec lui… Beaucoup d'autres se joignent à nous. Des enfants délurés, contents. Des adultes étonnés de se laisser aller aussi facilement au plaisir et qui se font des clins d'œil en évoquant tacitement leur jeunesse. Le jardin sent la viande qui grille sur le barbecue. Par moments, la fumée est très dense et il devient presque difficile de respirer. Pourtant, Victor continue à faire danser tous les invités en faisant se suivre les disques à toute allure. Il est remplacé par son copain Jeff qui change le répertoire et se permet de mettre du disco qu'il adore. Je me surprends à me tré-mousser sur *Stayin' Alive* des Bee Gees, sur un air des Village People et sur *Ring My Bell* d'Anita Ward qui est avec *Hot Stuff* de Donna Summers le hit de l'été. *I Got You Babe* de Sonny and Cher, un vieux truc éculé, met les invités en transe. Les gens chantent à tue-tête en se prenant les mains. L'ensemble est moins patriotique qu'avec Victor, mais permet à tout le monde de se contorsionner comme des anguilles. Victor délivré de ses devoirs en profite pour jouer avec les gamins à les jeter dans la piscine et à pousser David dans l'eau bruta-lement. Victor se chamaille toujours avec mon copain. Ils jouent dans la même équipe de football, ont été un an dans la même classe et sont en compétition constante, même si David bat mon cousin dans toutes les disci-plines et surtout en musique où David excelle, « comme tous les Juifs », affirme ma tante. Au début du printemps, lorsque j'ai commencé à sortir un peu avec David, mon cousin pensait que je faisais cela contre lui et aurait préféré que je me retrouve avec un de ses amis au goût accentué pour le métal chromé et les boules disco. David tombe dans la piscine. Victor l'a plaqué comme on le fait au football et mon copain n'a pu que se laisser tomber. Il rit alors qu'il refait surface et invite les gens à venir faire trempette avec lui et les enfants. Plusieurs de nos invités s'exécutent, non sans avoir enlevé leurs vêtements sous lesquels ils ont un maillot de bain, comme l'a recommandé ma tante dans ses invitations prévoyantes.

Je ne vais pas me baigner. Je m'assois dans une chaise pliante en fibres de plastique et je contemple la fête où tout le monde rit et semble heureux. La nuit américaine est douce. Il fait merveilleusement chaud. Une légère brise nous calme les esprits et chasse l'odeur cannibale de la viande. La musique se fait moins forte. Le ciel du Michigan nous protège de tous les cauchemars mondiaux. Jeff retourne à Johnny Cash et Woody Guthrie. Dans quelques minutes, il fera nuit. Le soleil s'éteint sur les toits des maisons de tôle. Il agonise lentement, en colorant le ciel de traînées orange et aubergine. Demain, ce sera encore une belle journée. Les gens retourneront à leur vie paisible, ils iront au travail dans leur grande voiture montée dans une usine de Flint ou de Dearborn. Demain ce sera sûrement magnifique. Mais je n'existerai plus. J'aurai incendié l'histoire.

On entend un vacarme terrible. La foudre semble illuminer un instant le ciel et le déchire brutalement. C'est le feu d'artifice du 4 juillet qui commence. Cette année, toutes les festivités ont lieu dans le champ attenant au *high school*, donc tout près de la maison de tôle. La pétarade excessive nous tord les tympans. On se rhabille à la hâte. On passe une grande serviette autour du corps, on remet vite des chaussures et on court en direction du champ pour être aux premières loges, pour voir encore mieux le ciel exploser en fleurs géantes, évanescentes. Les boules de feu se suivent, se chevauchent, se mordent. C'est une cavalcade effrénée. Un ballet spectaculaire de lumières. Le bruit m'étourdit. Je frissonne. Je sais que les plus beaux rêves américains virent aux cauchemars, que les soirs de liesse au Michigan finissent souvent par un accident de voiture dans lequel sept jeunes de seize ans engouffrés dans la vieille Ford des parents du conducteur périssent sur le coup. Les grandes nuits du 4 juillet noient des enfants dans les piscines, défigurent des adolescents qui ont décidé de créer leur propre feu d'artifice, fauchent des piétons sur Priscilla Lane, violent des jeunes filles dans les *parties*. La nuit est tendre, dit-on, en Amérique. Oui, mais elle se transforme vite quand un policier de Bay City vient vous annoncer que votre fils est mort d'une overdose chez des amis... L'Amérique est une fête, mais elle se change aussitôt en commémoration funèbre. Tout ici vire au tragique sans crier gare. Mais on oublie, on repart pour un autre tour. La machine à leurre se remet en marche. Le ciel mauve des hivers et des étés du nord est si rassurant. Il témoigne de la prospérité de notre économie. Sa toxicité est la garantie de notre esprit de conquête, de notre réussite industrielle. Après avoir vite enterré leurs morts, demain les Américains se mettront devant la télé et regarderont des reprises du *Sonny and Cher Comedy Hour*, verront avec joie le *Donny & Marie* ou s'esclafferont devant *All in the Family*. J'aime profondément ce pays illusoire où il est possible de croire en demain, malgré l'ignominie des temps. Je suis Américaine. J'ai voulu l'être. J'abhorre depuis toujours l'Europe qui hurle en moi. J'aimerais désespérément ne pas penser à hier et n'avoir foi qu'en demain. Mais ma vie a été décidée bien avant ma propre naissance. Sur mon berceau planait l'ombre du nazisme et je n'ai pu malgré la télé, le K-Mart, les voitures, le sexe, la musique et Alice Cooper déposer ce fardeau pesant de mes origines. La seconde génération d'immigrants est maudite. Il faut des siècles pour se remettre de l'histoire de sa famille. Je n'y peux rien. Et moi, je n'ai pas la force d'attendre. De croire que ma descendance aura le droit d'être vierge du passé.

Le feu d'artifice dure une éternité. Il célèbre notre puissance, notre souveraineté. Je descends en cachette dans le sous-sol. Il me faut voir mes grands-parents. Les serrer une dernière fois dans les bras. Je les aperçois, blottis comme toujours sous de vieilles couvertures. Ils sont terrorisés par le bruit des boules de feu qui fracassent le ciel. Le son les affole. Ils sont transis d'effroi. Je m'avance doucement, leur murmure des mots doux, les incite à ne pas avoir peur. «C'est la fin du monde, leur dis-je fièrement. Tout demain sera terminé. Vos souffrances. Les miennes. Nous retrouverons le néant duquel nous n'aurions jamais du sortir. Il n'y aura plus rien. Enfin!» Elsa et Georges ne m'entendent pas. La terreur les guide. Ils ont perdu toute raison. Je les embrasse sur le front. Les couche sous leurs couvertures nauséabondes. Ils peuvent dormir du sommeil des justes. Je m'occupe de tout.

La fête s'étire encore un peu. Jerry, mon patron, est arrivé. Il est visiblement content de me voir. Sa présence, comme toujours, me rassure. Il s'est déguisé en son idole, The Demon, dont il a mis, pour la circonstance, les vêtements rouge, blanc et bleu. Il a un look d'enfer, un maquillage savant, des bottes démesurément hautes et ressemble à s'y méprendre au membre de Kiss. Je suis ravie! Jerry est un amour! On me présente un gâteau sur lequel on a mis des feux de Bengale qui sont censés nous rappeler les feux d'artifice. Je déballe les cadeaux. Pour me faire plaisir, mon cousin met Alice Cooper. *Welcome to my Nightmare* et *I Love the Dead* décident beaucoup d'invités à partir, alors que les jeunes se servent copieusement des bières. Ceux qui s'en vont entrent dans la maison pour dire au revoir à Babette et à Denise qui ont très peu mis le nez dehors. Tout le monde complimente ma tante sur la soirée et sa tenue. Babette est heureuse. Je danse un peu encore, fume quelques joints dans le jardin avec mes amis. Je crie alors que nous nous dandinons, en nous tenant les mains, sur une dernière chanson d'Alice : *Is It My Body*. La soirée prend fin. Les amis de mon cousin vont vomir dans le champ et partent terminer la nuit dans le sous-sol de la maison de Jeff sur Pamela Lane. Ils emmènent avec eux Victor et mes copines Bettie et Linda qu'ils ont tripotées toute la journée. Je raccompagne Jerry à sa voiture. Il a du mal à se mettre au volant. Ses bottes à semelles plate-forme sont décidément trop hautes et l'empêchent de marcher correctement. De plus, la bouteille de vodka qu'il s'est apportée et qu'il a bue presque à lui tout seul ne l'aide guère à évaluer les distances. Il est vraiment très saoul et tient à ramener mes trois amis homosexuels chez l'un d'entre eux. Pour cela, il doit traverser Bay City et je suis un peu inquiète. Après que Jason a pissé contre l'arbre devant la maison en en mettant partout sur son pantalon, je les laisse partir. Après tout, ce soir, c'est peut-être vraiment pour nous tous la fin du monde. Je retourne dans le jardin. Je mets tous les vestiges de la fête dans de grands sacs à poubelle orange. Nous devons avant de nous coucher avoir remis la maison en ordre. Babette et Denise ont passé la soirée à nettoyer les plats sales qui revenaient à la cuisine. Elles sont couchées maintenant. Mon oncle aussi. Je m'occupe des dernières choses à faire. David reste avec moi pour m'aider. Il insiste pour que je vienne passer la nuit avec lui, dans la tente de son jardin. Je prétexte la fatigue. Je l'embrasse longtemps. J'ai apprécié ce garçon gentil au destin si prévisible. Mais quoi qu'il arrive, après cette nuit, nous ne nous reverrons plus. Je lui fais signe de la main en lui envoyant un baiser alors qu'il fait démarrer sa Mustang qui va vite s'engouffrer dans la nuit. La chienne aboie encore. Je vais la caresser dans sa cage dans le garage dont la porte se relève automatiquement avec la commande que j'actionne. Une ouverture faite pour Bonecca lui donne accès l'été à un enclos fermé à l'extérieur de la maison. Je parle un peu à cette chienne que j'aime bien et dont les malheurs sont si semblables aux miens. Elle est docile, tendre et s'abreuve de mes caresses. Je ressors. Je fais le tour de la maison pour parvenir à l'enclos qui jouxte la maison de tôle. Et j'ouvre la grille en faisant la combinaison du cadenas qui barre la serrure. J'appelle Bonecca pour lui montrer la voie de la sortie. Elle aboie contre moi. Me regarde furieuse. J'ai beau la supplier de s'enfuir, elle s'entête à rester là, dans sa prison où elle respire sans cesse les gaz des voitures. Je renonce à la voir partir et laisse la grille grande ouverte. Elle pourra ainsi fuir quand elle le décidera, dans l'obscurité. Je rentre alors dans la maison et m'allonge sur mon lit, toute habillée. J'attends le retour de Victor. Il doit mourir avec nous. Toute ma famille doit y passer. Je m'assoupis un peu, je ne sais combien de temps. Victor fait un bruit d'enfer en allant se coucher et j'ai peur qu'il ne réveille toute la maison. Mais très vite, le silence envahit la maison de tôle et je n'entends que quelques ronflements paisibles.

Je me lève, me dirige vers la chambre de ma tante et mon oncle dont je vois les corps se retourner dans leur lit, en quête d'une position plus confortable. Mon cousin ronfle fort et quand je passe dans le couloir sur la pointe des pieds, je n'ai pas besoin d'entrer dans la pièce où il se trouve pour savoir qu'il dort. Dans la dernière chambre, ma mère a pris Angelo dans ses bras et le serre contre elle. Je voudrais aller leur dire adieu, les prendre dans mes bras et pleurer avec eux, mais je ne dois pas m'attendrir et risquer de les réveiller. Je dois avancer et faire ce qui est le mieux. J'ai envie de m'effondrer, de crier, d'appeler à l'aide. Je voudrais verser ici toutes les larmes de mon corps, demander pardon et faire demi-tour. Mais j'ai tant de fois sangloté dans ce couloir, j'ai tant de fois montré mes poings au ciel méchant sans que rien ne change, sans qu'il perde sa couleur mauve, toxique, funeste. Il me faut du courage pour accomplir la fin de notre destin et délivrer tous les miens du poids du temps et les larmes qui obstruent mes yeux et me serrent la gorge ne doivent pas éteindre le feu qui embrasera le ciel.

Il est quatre heures du matin. Le jour va bientôt se lever. Il me faut me dépêcher. Je vais dans le garage, prends les bidons d'essence qui sont là en permanence. Je trempe une torche qui reste de la fête de ce soir. Je rentre dans la maison. Je mets de l'essence sur les rideaux rouges du salon, sur le canapé de ma tante, et puis aussi sur le piano et sa banquette. J'inonde le tapis. L'odeur m'enivre. Pendant que je m'applique, je vois Elsa et Georges à côté de moi. Ils viennent de sortir de leur cagibi pour m'aider. Leurs yeux sont rouges, tuméfiés. Nous nous serrons longuement les uns contre les autres. Toutes les peines du monde cette nuit s'écoulent du visage de Georges et Elsa. Ce sont des larmes douces. Celles de l'apocalypse. Ce soir, le ciel doit payer pour sa cruauté. Je dois punir ce Dieu qui nous laisse crever sans lever le petit doigt, qui regarde sa création sans avoir le moindre frisson. Le néant gagnera sur le divin vicieux, pervers. Georges me fait un signe. C'est lui qui allumera le brasier. Il prend une torche, alors que ses muscles sont inexistants, la lance violemment dans la pièce. Les rideaux carmin, le sofa rouge déversent leur sang sur le tapis blanc. Tout s'illumine. Tout prend feu. Georges prend la main d'Elsa. Ils se jettent tous les deux dans le brasier en me souriant. Je les regarde, ma gorge m'étouffe. Les flammes lèchent vite mes pieds. Enfin, je meurs. Je suis délivrée.

Plus de poésie après Auschwitz, a dit un philosophe. Je pense en effet que la poésie aurait dû être interdite dès 1945. La poésie blasphème l'horreur de ce monde. Il est totalement indécent de croire dans les mots, dans l'art et dans l'espoir alors que les catastrophes empilent les cadavres sur cette terre. Après Auschwitz, il n'est pas plus possible de manger de la viande. La chair qui cuit ne peut que nous rappeler les brasiers de l'Allemagne nazie. L'odeur des corps animaux devrait nous rappeler notre culpabilité. Depuis le 5 juillet 1979, je suis végétarienne… J'ai senti, perchée dans mon arbre, le bouquet nauséabond des tissus qui carbonisent. C'était une odeur terrible, grasse avec quelque chose de sucré. Les survivants d'Auschwitz la décrivent parfois. Ils disent que jamais cette odeur ne les quitte. Je le crois. En fait, ce parfum était là toujours présent pour moi bien avant le 4 juillet 1979. Ai-je respiré un autre air dans ma vie? Et ne me suis-je pas enivrée aux gaz toxiques des usines de Flint pour oublier les émanations des corps qui brûlent encore dans mon esprit?

Dans mon enfance, les fumées que rejetaient les usines de Dearborn près de Détroit me rappelaient, sans que je sache comment, les liens fous, inextricables entre l'industrialisation, les abattoirs d'animaux destinés à la consommation de masse et le massacre des Juifs. C'est à Dearborn où se trouve le siège international de la compagnie Ford que naquit Henry Ford. Là, les chaînes de montage produisirent les premières Ford T qui ont sillonné, pleines d'espoir, le territoire magnifique, infini de ce pays. C'est de Dearborn que Ford contrôlait sa succursale allemande qui tournait fort grâce au travail des prisonniers. Le 22 mai 1920, le journal hebdomadaire de Ford attaqua les Juifs dans ses pages. *Le Dearborn Independant* était distribué à travers toute la nation, à environ trois cent mille exemplaires. Ford lui-même publia quatre brochures antisémites à partir d'articles parus dans son journal et rassembla des textes dans un recueil intitulé *The International Jew*. Ce livre connut un grand succès en Allemagne et influença la jeunesse. Hitler aimait Ford, avait un portrait de lui dans son bureau à Munich, le louangea dans *Mein Kampf* et lui octroya la Grande Croix de l'ordre suprême de l'Aigle en 1938. Les chaînes de montage d'automobiles pensées par Ford ont été imaginées après une visite du jeune Henry dans les abattoirs de viande de Chicago. C'est ce rapport à l'efficacité dans la production qui hanta l'Allemagne nazie autant que les usines du Michigan.

Tout a donc commencé sous le ciel de l'Amérique. Le Michigan est complice des morts d'Auschwitz. Il n'est pas le seul coupable. Nous le sommes tous. Les événements s'enchaînent follement dans la gigantesque chaîne de montage du temps. Heaven m'a révélé de quoi était fait réellement le ciel de mon enfance. Elle m'a montré combien étaient toxiques les fumées de Bay City. Elles sont faites des cendres des morts, des exploités de ce monde. Un jour de 2002, elle m'a donné à lire le livre de Charles Patterson, *Eternal Treblinka*. J'ai su alors. Ma vie au Michigan s'est bien déroulée à l'ombre des camps nazis. Les usines d'automobiles et les cheminées des camps ont pollué ensemble un même ciel. Heaven et Wayland, lors de leur voyage à Bay City, sont allés à Dearborn. Ils ont visité le Musée Henry Ford et puis aussi Greenfield Village. Ma fille n'est pas haineuse. Elle veut tout savoir. Elle tente de comprendre comment on construit un mythe en ne mettant pas de l'avant certains éléments d'une histoire calamiteuse. Il faut pardonner, pense-t-elle, pardonner à tous, et surtout se battre, continuellement se battre sur tous les fronts. Depuis la guerre, la famille Ford a tenté de réparer ses torts par des dons à des organisations juives. Il fallait bien sûr se refaire une image et Israël est un bon marché pour l'automobile. Mais je ne condamne personne. Même pas moi. Heaven m'a appris cela. Le monde porte des contradictions et des paradoxes dont il est impossible de savoir le sens dernier. Le bien et le mal s'embrassent dans un même être.

Mon végétarisme cache aussi ma perte d'appétit. Avec le temps, je mange de moins en moins. Je suis devenue une vieille anorexique. Il y en a tant. Mastiquer est honteux et seuls les corps dans les camps de concentration me semblent réels. Je sais bien que je répète le passé, qu'il s'inscrit dans mon corps, à même ma chair. Je rejoue lamentablement l'holocauste. Les femmes en Occident ne pensent qu'à maigrir. Les mannequins sont squelettiques. Beaucoup demandent des lois pour limiter cette maigreur hystérique qui ne sait que recommencer le passé jusqu'à l'inanition ou la mort. Qu'y a-t-il de si attirant dans ces corps faméliques, osseux? Quelle séduction de la mort ou quel amour du cadavre cherchons-nous dans cette maigreur? J'habite cette pauvreté psychique, ces dénuements corporels. Je suis du pays horrifiant des privations, des humiliations. Depuis mon arrivée à Rio Rancho, après le retour de l'Inde, après mon accouchement, je mange peu. Je n'ai jamais faim. Ma peau usée fait voir mes os secs. Heaven dit de moi qu'un grand vent pourrait m'emporter. Je suis toujours à m'envoler, à décoller vers le ciel. Ma fille a toujours été gloutonne. Pourtant, Heaven n'a jamais mangé la moindre chair animale. Depuis sa tendre enfance, je la nourris de plantes, de fruits, de légumes qui sont sûrement contaminés par notre monde gangrené, mais dont la mastication ne lui rappelle jamais le goût de ses ancêtres ou d'un corps mort. J'ai fait en sorte que ma fille n'ait pas à mâcher quatre ou cinq fois la semaine de la viande plus ou moins faisandée censée lui donner une force, une énergie que l'absorption de sang donnerait aux barbares que nous sommes. Il nous faudrait pour être vigoureux, nous astreindre à avaler à grandes lampées l'hémoglobine de nos victimes animales avec lesquelles nous n'avons mené aucun réel combat. Que célébrons-nous dans ce broyage forcené des tissus organiques et musculaires, dans ces déglutitions obligées ? Notre suprématie sur les autres espèces ? Isaac Bashevis Singer est devenu végétarien et a défendu les animaux après la Shoah et l'extermination d'une grande partie de sa famille. Il voyait un lien entre l'abattage des bêtes au vingtième siècle et la mise à mort des Juifs. Il savait de quoi il parlait.

L'anorexie est mon œuvre. Pourtant c'est elle qui a fait son travail en moi. Elle a lutté sur tous les fronts pour abolir mon corps à sa guise. J'ai commencé, il me semble, à disparaître petit à petit. L'âge a contribué aussi à effacer en moi la dureté de mes traits et la brutalité de mes angoisses. Depuis peu, mon corps s'amenuise. Mes muscles se défont et malgré les heures de yoga que je fais avec mon gourou à Santa Fe, je suis en train de tranquillement me gommer de ce monde, de me dissoudre. Il me semble que vieillir, c'est cela : connaître davantage la honte d'être parmi les vivants et de n'avoir pour consolation que la mort toujours plus présente qui saura oblitérer la turpitude. Prendre de moins en moins de place pour les êtres en sursis que nous sommes, déleste un peu l'existence du malaise qu'elle constitue. Mes yeux qui ne voient plus très bien sans lunettes les caractères des livres que je lis, mon regard nu qui ne peut plus fixer avec autant de force ce qui m'entoure donnent à mes jours un aspect vaporeux, éthéré, parfois céleste. Je m'use. Et les objets autour de moi se mettent aussi à s'élimer. Heaven me rappelle parfois qu'il faut acheter un tapis ou une lampe. Je ne vois plus l'érosion du temps contre laquelle ma fille aimerait que je lutte. En vain. Voilà tant d'années que je joue à la vie que je me suis trouvée prise à mon propre jeu. J'ai fait mon temps, celui qui ne m'a jamais appartenu. J'ai même épuisé mon sursis. Maintenant, je sais que Heaven partira sous peu avec Wayland ou un autre et qu'elle n'aura plus besoin de moi pour dormir la nuit. C'est contre un autre corps qu'elle apprendra à se blottir. Et puis un jour, ce sera à elle de protéger des enfants du passé, ce vautour nocturne, cet oiseau de proie somnambule qui ne cesse de nous réveiller et de nous entraîner dans sa ronde obscure. Autour de moi, l'histoire rôde à nouveau, les cauchemars se réveillent et me bâillent au nez. Bientôt, après des années de repos et de tromperie, ils seront tout à fait vigoureux. Plus rien ne pourra les tenir à distance. En moi je sens monter le désir tenace d'en finir, ce désir qui m'obsède sans cesse et auquel je n'ai pas succombé. Pour ma fille. J'ai compris il y a une dizaine d'années que si je n'étais pas morte à Bay City-Auschwitz, dans la nuit du 4 au 5 juillet 1979, c'était uniquement pour mettre un jour au monde Heaven. J'ai fait pousser ma fille sur la terre aride du Nouveau-Mexique. Elle a grandi, radieuse. Mon destin est accompli. Il est le sien.

Il ne me reste plus qu'à me retirer de ce qui aura été ma vie et de me résorber dans l'absence. Je n'ai pas la chance de n'avoir jamais existé, ou d'être mort-née comme ma salope de sœur. À ma mort, il restera dans ce monde quelques petites choses de moi qui disparaîtront vite. Je le souhaite. La vie est amnésique. Moi, je ne l'étais pas et c'est bien pour cela que j'ai pu si peu profiter de la bêtise apparente du ciel. Souvent, lorsque Heaven et moi allons promener le soir les chiennes dans le désert, à côté de chez nous, je voudrais lui avouer mon projet. J'aimerais la convaincre de me laisser partir dès maintenant avant que je ne fasse une bêtise, que je n'écrase un avion contre le sol ou que je ne tue des gens dans un *fast food*. Il y a en moi la pulsion génocidaire de toute l'histoire de cette terre. En moi, les peuples meurent. Je les vois périr horriblement. Je pourrais mettre à sac tout l'univers si je me laissais aller, si Heaven n'était pas là. Je suis capable du pire.

Parmi les roches du chemin sur lesquelles je trébuche souvent et qui crissent sous mes pas, je voudrais confier à ma fille mes envies de départ. Je me tais pourtant. Je ne lui dis rien. Heaven tenterait de me retenir. Elle me convaincrait de vivre avec elle, son mari, ses enfants jusqu'à ma mort qu'elle saurait accueillir alors. Parfois, il me semble que ce serait bon de finir ainsi : à l'hôpital, dans les souffrances d'un cancer qu'on soulage à grands coups de morphine. Il me semble que c'est l'holocauste organisé du temps qui passe que je devrais accepter de vivre en mourant hébétée dans une chambre aseptisée et triste. Il serait très certainement doux de me faire l'hôtesse accueillante de la mort banalisée. Mais en moi, la révolte gronde. Les années à venir me révulsent à l'avance. Elles ne sauraient m'apporter le moindre répit. J'appartiens que je le veuille ou non à la Deuxième Guerre mondiale et il me faut en finir avec la comédie que joue le ciel incandescent du matin, toujours si séduisant. Heaven est grande maintenant. Même si elle n'entrevoit pas encore le moment où elle pourra vivre sans moi, elle n'aura bientôt plus besoin de sa mère.

Après la nuit du 4 juillet 1979, je n'ai pas eu le courage de tout laisser derrière moi. J'ai changé d'État, certes. J'ai abandonné le Michigan pour aller vers le Texas, puis plus tard le Nouveau-Mexique m'a adoptée. Le ciel de Rio Rancho est si magnifique. Mon existence pourtant m'a été pénible. Et la mort inéluctable ne saura que m'apaiser. Chaque matin de ma vie, tout est à recommencer. Je n'ai jamais acquis, comme tant d'autres l'ont fait, la confiance dans le jour. Le matin, je n'ai jamais su si je verrais le soleil se coucher au loin dans le désert, et le soir, dans mon lit, au moment de m'endormir, je n'ai jamais pensé que demain m'apporterait un jour tout neuf, rempli d'espoirs et de nouveautés. Pour moi, le quotidien est resté folie. Les jours se sont accumulés sans m'apporter la moindre foi en eux. J'ai vécu comme les gens pendant la guerre, en demeurant toujours sur le qui-vive. Incrédule face à la pérennité des choses, je me demande sans cesse si dans les prochaines cinq minutes le monde n'implosera pas. Les scénarios catastrophiques, finaux se sont toujours bousculés en moi. Je ne connais pas la peur. Je suis déjà morte. Qu'aurais-je à craindre ? La colère de Dieu ? Mais voilà longtemps que Dieu nous méprise et qu'il nous a abandonnés. Rien n'a su me faire trembler, si ce n'est la bêtise humaine. Toute la planète se veut sourde et aveugle. Il y a cette perverse croyance dans l'avenir, dans la perpétuation de notre misérable espèce qui pousse les mortels à oublier et à continuer à regarder avec espoir le ciel hypocrite, tyrannique. Dans les mensonges du firmament, les humains cherchent à lire les signes d'espoir. Ils ne pourront jamais se résoudre à renoncer à l'illusion. Moi-même en mettant Heaven sur cette terre, je n'ai pu m'empêcher d'attendre pour elle un monde meilleur.

Dans nos marches à travers les espaces désolés du Nouveau-Mexique, quand la poussière nous mord les mollets et que les chiennes aboient à la vue d'un coyote au loin, Heaven et moi restons souvent muettes, nous tenant par la main. Le soleil se couche alors que nous échangeons quelques mots sur ses études, sur les livres que nous lisons toujours l'une à la suite de l'autre ou sur les pueblos qui nous entourent et qui témoignent d'une vie désormais presque morte. La beauté du désert nous coupe encore le souffle. À ma fille, elle donne espoir en demain. À moi, elle permet de supporter les heures qui, depuis ma naissance, s'ajoutent les unes aux autres sans raison. De cette douceur du ciel du Nouveau-Mexique, je ne me suis pas lassée. Et en elle, j'aurais trouvé le bonheur si le bruit des massacres et des génocides d'Amérique n'étaient pas venus perforer l'air et se rappeler à ma mémoire.

Après le Michigan, j'ai pris les deux noms de mes grands-parents que je porte fièrement, douloureusement. J'ai renoncé à beaucoup de choses. Au K-Mart, au Target, au capitalisme comme pain quotidien. J'ai essayé de devenir meilleure. Cela s'est fait souvent malgré moi. Je ne mange presque pas. Je n'avale aucune chair animale. Cela m'est impossible. Je ne touche plus, pour les consommer, les corps des humains. Mais je n'ai pas pu renoncer au mal contemporain, aux voitures que j'adore, aux avions que j'ai appris à piloter, au pétrole qui, selon moi, reste notre seul Dieu. Heaven et ses amis me le reprochent sans cesse. Ils militent contre tout ce qui m'excite. J'ai besoin de l'essence pour fuir de temps à autre sur les routes du Nouveau-Mexique ou de l'Arizona. J'ai toujours éprouvé un plaisir troublant dans les stations-service en mettant l'essence dans ma voiture et en m'emplissant les poumons de cette odeur liquoreuse, métallique. Je me grise au pétrole. Sur le tarmac, je suis transportée par les relents qui s'exhalent des avions et des camions-citernes. Cela m'échauffe les sens.

J'aime conduire les avions dans le ciel et si celui-ci n'était pas contaminé par la pollution, il sentirait trop le passé rance, infect. Un jour, je quitterai tout cela, pour aller mourir en Inde. Je prendrai ma voiture une dernière fois et je la laisserai dans le parking de l'aéroport d'Albuquerque que je connais si bien. Je prendrai un avion pour Los Angeles. Et puis un autre, le dernier, pour New Delhi. Là-bas, je marcherai les cinq cents milles qui séparent les villes de Delhi et Varanasi, en suivant le cours du Gange. Je ne mangerai plus rien. Je boirai simplement l'eau pourrie, bienfaitrice du fleuve sacré. J'espère que la mort se présentera vite à moi, que très vite mon corps disparaîtra. J'espère que de moi ce monde ne gardera rien, si ce n'est ce cri d'épouvante que je porte en moi depuis ma naissance.

Du 5 juillet 1979 au 1er janvier 1980

De mon sapin-cabane, je vois les derniers restes de la maison de tôle se gondoler sous la chaleur infernale de l'incendie. Mon passé s'envole en fumées polluantes et se mêle au ciel désespérément pâle des petites heures du jour. Des pompiers se promènent sur les lieux, piétinent les vestiges du temps, arrosent ici et là le terrain où certaines braises agonisent, avant de vouloir se raviver sous la brise légère du matin. Un périmètre de sécurité a été dressé autour de la maison à l'aide de petites bandes de couleur orange. Il est interdit de s'approcher du brasier à peine éteint et les voisins qui sont sortis de leur maison regardent de loin le spectacle désolant de tant de vies évanouies dans l'air du Michigan. On ne cherche aucun survivant. Les carcasses de voitures et de motos incitent à croire que tous les membres de la famille étaient dans leur lit au moment de l'incendie. Et pour le reste, on fera les vérifications plus tard. Les conversations vont bon train. J'en entends des bribes. Malgré la stupéfaction générale devant le terrible événement, tout le monde est bien content que le service des pompiers de Bay City ait fait un si bon travail et qu'aucune maison voisine n'ait été touchée. Même les sapins qui créent une barrière naturelle entre le jardin et le champ ont été épargnés par le feu. Cela tient du miracle ou de la prestation exemplaire des autorités de la ville, finit par dire une journaliste venue renifler sur les lieux de quoi donner en pâture aux téléspectateurs de la chaîne locale avides de divertissements dans cette petite ville si ennuyeuse. Personne ne songe à me chercher dans mon sapin. «Toute la famille a péri», commente la journaliste qui réenregistre patiemment son laïus. Au moment de la première prise, une voiture a démarré en faisant un bruit effrayant. Les voisins témoignent: «Ces gens-là formaient une famille tranquille, les dames étaient françaises et le monsieur parlait le brésilien.» Ils précisent que nous vivions dans le quartier depuis dix-huit ans et qu'un accident est sûrement la cause de cette tragédie. «C'étaient des professeurs de langue au *high school*, ajoutent-ils fiers. J'ai eu des cours avec eux quand j'étais plus jeune. Je ne les oublierai jamais. »

De mon sapin-cabane, abasourdie, je scrute le ciel. Je lui montre les poings et je lui crache au visage. Comment se fait-il que je sois vivante? Pourquoi ai-je été épargnée? Pourquoi ne suis-je pas cendres parmi les cendres de ma famille? Dieu m'a encore flouée. Ma colère contre lui est immense. J'appelle sur lui la malédiction. Je le blasphème, l'insulte. Comment peut-il être le témoin, le complice de l'abominable ? Je n'ai jamais demandé à vivre. Je n'ai appelé que la mort. Et j'ai cru qu'elle avait exaucé mes souhaits.

Il faisait encore nuit quand je me suis réveillée dans mon sapin-cabane. J'avais excessivement chaud. Le brasier consumait mon passé et toute l'histoire de l'Europe. L'air était une fournaise. Je ne pouvais bouger. Mon corps paralysé ne se laissait pas conduire par mon esprit. Étais-je morte, malgré tout ? Cette prison infernale dans laquelle je me trouvais sans pouvoir lever un doigt ou sourciller, était-elle la première étape du long chemin de la mort ? Pourtant, quelque chose me disait que j'étais encore parmi les vivants. En moi, il y avait un cri, une épouvante. Depuis toujours ce cri m'avait accompagnée, mais pour la première fois je l'entendais clairement, sans qu'il s'interrompe. Ce cri strident, terrifié me perçait les tympans et semblait donner de grands coups dans ma tête en tentant de s'échapper pour aller se répercuter contre le ciel. J'espérais que bientôt, les flammes démesurées, dévoreuses toucheraient le sapin dans lequel se trouvait la cabane de mon enfance et m'engloutiraient rapidement. Je priais aussi pour que la fumée épaisse, noire m'étouffe vite, me calcine les poumons, la gorge, les voies nasales et que je cesse de respirer. Le bruit douloureux des matières en ignition se mêlaient à mon cri intérieur qui continuait à vouloir percer ma boîte crânienne et qui, à en juger par l'intensité de la souffrance que j'éprouvais, ne pouvait que parvenir à ses fins. Le cri se faisait drille, foreuse, torpille. L'écoulement de mon cerveau à travers le trou qui allait être creusé m'apporterait peut-être quelque soulagement. Mes yeux, malgré la violence de mes douleurs, ne se refermaient pas. Écarquillés, ils fixaient la scène de l'incendie.

Lorsque j'étais enfant, je passais des heures dans mon sapin-cabane, à regarder, bien cachée, ce qui se passait dans notre jardin, chez les voisins, dans notre cuisine ou encore dans les chambres de ma mère et de ma tante, quand les petites fenêtres de la baraque de tôle me laissaient passer un regard conquérant. Souvent, petite, j'avais imaginé que la maison prenait feu et partait en flammes. Souvent, je m'étais sentie bienheureuse en pensant combien toute notre vie était fragile et que tout pouvait en quelques heures, quelques minutes, être réduit en cendres. Le matin du 5 juillet, alors que l'aube paressait encore, le spectacle bien réel de la maison en train de brûler ne pouvait plus m'apporter ni joie, ni peine. J'étais au-delà de tout sentiment. En moi, il n'y avait que la colère immense d'être vivante et je restais là à fixer l'incendie, alors que mes yeux semblaient se dessécher, puis se calciner.

Ce que je vis ce matin noir, aucun livre, aucune histoire, aucun film ne peut en rendre compte. L'image de tout un peuple, celui des Juifs, celui des humains réduits en cendres me brûla l'âme et la rétine. Des humains nus se tordaient dans les flammes en des contorsions improbables, infernales. Des êtres maléfiques les poussaient en riant et la maison en feu était devenu le lieu même des enfers. De tout cela, rien ne sortirait purifié. C'était évident. Il ne resterait que le mal, tentaculaire. Inouï. Celui-ci se répandrait bientôt partout. Il y aurait d'autres brasiers dans le monde. Un grand incendie ravagerait notre terre. Tout se consumerait. Impuissante, j'assistais au début de la fin. Dans les flammes, les êtres couraient dans tous les sens, comme des animaux apeurés, pour échapper au cauchemar satanique. Ils galopaient, aveugles, dans le chaos, titubant de-ci de-là et tentant grotesquement de rester ainsi encore un peu en vie. Pour quelques secondes d'existence supplémentaire, absurde, ils se bousculaient les uns les autres, se piétinaient sans y penser et écrasaient les os de leurs semblables, tout aussi condamnés qu'eux. Parmi ces créatures, je voyais beaucoup de petits enfants, indécents de maigreur, semblables à des échassiers affamés. Ils pullulaient, remuaient frénétiquement, évitaient le feu vorace pour finir malgré tout par être bouffés par la fournaise qui dessinait autour de leur corps une aura démoniaque. Un peuple d'animaux avait aussi été précipité dans le brasier et tous les êtres vivants en venaient à se mêler, se confondre, s'embraser dans les flammes du mal. Je ne pouvais rien entendre des hurlements et gémissements qui étaient poussés. Je voyais des bouches et des gueules se distordre, des visages se déchirer sous l'effroi, des yeux sortir de leurs orbites en cherchant à apercevoir encore à travers l'intense plafond de fumée un bout de ciel en lequel se fier. Des mains, des jambes, des bras s'agitaient de façon désarticulée. L'incendie gagnait de plus en plus de terrain. Personne ne pourrait y échapper. Tout serait inévitablement condamné à partir en fumée. Et les soldats du mal regardaient, allègres, ce qui se passait. Cela dura des années, des millénaires. Il me semblait que je voyais l'horreur envahir le monde depuis la nuit des temps et que le cri qui déchirait mon cerveau était désormais l'éternité.

Tout à coup pourtant, il cessa. Dans ma tête, je sentis comme un grand calme, comme un vent doux. Les sons du brasier me parvinrent enfin. Les sentinelles-gardiennes avaient disparu. J'entendis des pleurs s'élever des dernières braises. Des sanglots, des plaintes, des lamentations formaient un concert cacophonique de souffrances innommables dont seuls les sons inarticulés pouvaient témoigner. Peut-on imaginer ce que c'est que d'entendre tous les êtres vivants de ce monde gémir, se plaindre? Le cri qui avait accompagné ma vie et qui s'était fait intolérable durant l'incendie n'était que peu de chose à côté de ces millions de pleurs, de murmures déchirants, de grognements poignants. La peine du temps éclatait comme une outre trop pleine et j'étais la seule à pouvoir entendre son explosion. Au bout d'un temps violent, le silence revint. L'extraordinaire souffrance décida de se résorber. J'entendis au loin des oiseaux chanter. Le ciel en se levant fit un bruit discret. Primesautier, il s'étira joyeusement en jouant avec les nuages. Je me mis à vomir sur la beauté du jour. Je fus soulevée de spasmes qui firent remonter de mon estomac la putridité immémoriale. Je crus que mes déjections allaient m'étouffer. Comme il m'était impossible de bouger, mon vomi avait du mal à trouver le passage vers l'extérieur de mon corps et me couvrit bientôt le visage. L'indifférence du ciel devant l'horreur qu'il abrite me semblait la pire insulte à la raison et même à ma folie. Que le soleil continuât de se lever ainsi malgré l'effroi qu'il voulait estomper me rendait viscéralement haineuse, malade. Un chien se mit à hurler à la mort. C'était Bonecca qui saluait une dernière fois le jour en train de se lever. Elle était en train de périr dans les flammes de la maison où elle était restée pour mourir avec tous les autres, mais elle tenait à encourager le monde à poursuivre sa course maléfique. Son jappement au soleil me fit terriblement mal. Cette chienne fidèle, extraordinairement entêtée dans sa loyauté à notre famille, était de loin plus humaine que moi. Elle n'avait pas pu abandonner les siens à l'apocalypse. Elle avait préféré rester avec eux jusqu'à la fin. Apparemment, je n'en avais pas été capable. J'avais failli au seul devoir que je devais accomplir et sans me souvenir de rien, je me retrouvais paralysée dans mon sapin-cabane. J'ignorais comment j'étais là, encore vivante, malgré tout ce que j'avais fait. Les flammes du salon avaient commencé à s'attaquer à mon corps, lorsqu'il me sembla que je perdis connaissance et m'abîmai, bienheureuse, enfin dans le néant. La dernière image que je garde avant de m'évanouir est celle de mes grands-parents se tenant la main et s'élançant joyeux dans les flammes qui bouffaient rapidement tous les meubles du salon. C'est une image magnifique où j'ai l'impression qu'ils embrassent la vie, son horreur.

Plus tard, j'ai bien dû me rendre à l'évidence que quelque chose en moi avait décidé de quitter le brasier, de courir pour trouver refuge un peu loin. Un instinct de vie et de survie m'a poussée hors de l'espace incandescent, enfumé. Comment ai-je pu ainsi saboter mon destin ? Comment ai-je pu désirer revoir le soleil se lever dans le ciel mauve de l'Amérique ? Tout cela me semble encore impossible. Ma raison se refuse à le croire. Seule ma présence le 5 juillet 1979 dans mon sapin-cabane et la vie qui continue encore, obscène, peuvent témoigner de l'ignominie de mon sauvetage. Je voulais tant que nous mourions tous ensemble, que toute la famille aille rejoindre ma sœur Angie, l'élue de Dieu, qui est morte à sa naissance, une nuit, et n'a jamais connu la couleur du jour. Je nous voulais ensemble avec nos quarante-huit déportés consumés sur les bûchers de la Deuxième Guerre mondiale. J'ai raté mon propre assassinat. Je suis damnée, éternellement damnée. Le néant m'est, par ma faute, interdit.

En bas, les camions de pompier ont éteint prestement ce qui restait du feu. Le plus important était de ne pas le laisser se propager sur tout Veronica Lane, mais les flammes sont vite mortes d'elles-mêmes. On a évacué les voisins à la hâte. J'ai vu les Cooper sortir de chez eux, égarés, alors qu'on les poussait pour qu'ils se dépêchent. Depuis la mort de leur fille, ils ne quittent presque plus leur maison et je ne crois pas qu'ils puissent comprendre en quoi la mort puisse faire peur. Louise était toute leur vie et j'ai souvent rêvé de la faire réapparaître quelques instants pour consoler un peu ses parents.

De mon sapin, je vois la voiturette de la télé s'approcher, féliciter les pompiers de Bay City. J'entends quelqu'un annoncer : « Ils sont tous morts. Il ne reste rien. Dans quelques heures, on dévoilera la cause de l'incendie. » Je vois les pompiers s'activer ici et là, se déployer pour ramasser des indices, des morceaux de chairs ou de matières encore chaudes qui serviront à établir des preuves. Ils continuent, affairés, à fouiller les décombres et à rassembler les restes réduits à rien des corps de ma famille. Si je pouvais, je me dénoncerais. Je crierais que tout est de ma faute. Mais je ne peux bouger et les cris en moi restent muets. Je suis totalement paralysée bien que j'entende et voie tout. Je finis par m'assoupir un temps. Je ne sais s'il est long ou court, mais le soleil est déjà très haut dans le ciel et l'après-midi est bien avancée. Je replonge dans une inconscience presque bienfaitrice. Il fait nuit quand j'ouvre les yeux à nouveau. J'entends les pompiers déclarer à la dame de la télé qui est encore là ou bien qui est revenue pour les dernières nouvelles, que selon toute vraisemblance, l'origine de l'incendie est un malencontreux et tragique accident. Des braises extrêmement légères et volatiles se seraient échappées du barbecue installé trop proche de la maison. Elles auraient pénétré sous la toiture et couvé là longtemps. À la faveur d'un trou d'air, elles auraient pris de la vigueur et tout à coup embrasé la structure qui se trouve sous la tôle. Le feu aurait commencé au-dessus du salon qui a visiblement été le premier à flamber. Tous les membres de la famille dormaient. Le soir, personne n'a dû prêter attention à l'odeur des braises. Les Uceus avaient fait un barbecue et se seraient dit, avant de se coucher, que cela sentait encore un peu la viande ou le bois qui brûle. Ils sont vraisemblablement morts asphyxiés et puis leurs corps ont été consumés par le feu. Dans les prochains jours, les citoyens de Bay City et du Michigan seront appelés à observer des consignes de sécurité beaucoup plus strictes avec leurs barbecues qui enlèvent la vie chaque été à des centaines de gens aux États-Unis.

Je me mets à pousser des cris rauques. Je ne peux bouger mes lèvres, déplacer mon corps. Immobile, je trempe dans le vomi qui s'est précipité hors de mon corps plus tôt dans la journée. Il y a une éternité. J'entends. Tout ce qui se dit en bas de mon sapin-cabane, devant le périmètre de sécurité de la maison, m'est insupportable. Je dois rétablir la vérité. Avouer mes crimes et payer pour n'avoir pas su périr avec les miens. Mes cris percent la rumeur en bas, cette rumeur qui enveloppe le champ de cendres, qui tente de l'embrasser, d'étouffer sa fureur.

Mes mugissements éteints finissent par être perçus par les gens d'en bas. Soudain, un pompier s'inquiète de ces bruits indécis. Il arpente vite le terrain, s'arrête près des racines de l'arbre et tout à coup comprend qu'il y a quelque animal dans la cabane du sapin. Il monte et hurle en me voyant. Il crie aux autres qu'il y a quelqu'un et leur demande d'appeler vite une ambulance. Le pompier reste à côté de moi, me regarde effrayé, voyant sur mon corps, dans mes yeux, la folie de ces derniers jours. Je voudrais lui dire que j'ai connu l'enfer. Devant moi, ce matin, le monde s'est consumé, anéanti. Je voudrais lui annoncer la fin des temps et puis surtout, surtout lui expliquer comment tout cela est arrivé. Je veux qu'il me condamne à mort, qu'il soit mon juge. Malgré ma volonté fébrile, affolée, mon corps ne répond pas à mes ordres, ma bouche est incapable d'articuler un mot. Je me retrouve prisonnière de moi-même. Seul mon regard témoigne de ce que j'ai pu faire et cet homme est visiblement bouleversé par ce qu'il peut apercevoir en moi. Nous restons là un long moment. Sans rien dire. Nous attendons. J'émets de petits gémissements. L'homme me parle. Il me dit son nom, Joey, et me demande de ne pas bouger. « Tout ira bien. » Son visage est tout près du mien et j'avoue que la vue de cet être vivant plein d'espoirs estompe quelques instants mon effroi devant la vie qui continue malgré tout. Au loin, le bruit de la sirène de l'ambulance fait vibrer l'air de cette nuit d'été. Les voisins sortent à toute allure de leur maison en se demandant ce qui se passe. Des ambulanciers vont venir me chercher là-haut. Les pompiers se mettent à saccager mon refuge. Il faut faire en sorte que je puisse descendre sur une civière. Celle-ci fonctionnera avec un système de poulies. Mon sapin et ses branches dans lesquelles je me cache depuis tant d'années sont passés à la hache, dépouillés rapidement, blessés. Tout aura été détruit. De mon enfance, il ne restera rien. Rien que moi, véritable pestilence destinée à la vie, au futur.

Pendant que l'arbre est massacré et préparé pour ma descente, on m'attache à une civière en prenant bien soin de protéger ma colonne vertébrale et ma tête. Comme je ne peux pas bouger et comme je ne semble pas pouvoir parler, on en déduit que ma moelle épinière est touchée et que je suis paralysée. Je me retrouve suspendue entre ciel et terre, brinquebalée. J'ai l'impression un instant de m'envoler, mais la gravité a raison de moi, et la civière touche le sol bruyamment. On me roule sur les débris de la maison de tôle et on me met vite dans l'ambulance alors que les voisins s'approchent et crient: «Mais c'est Amy. Amy Duchesnay. La nièce de Bette et Gus. Mon Dieu! Elle est vraiment en mauvais état!» L'ambulance s'éloigne. Elle file vers l'hôpital de Bay City. Le son de la sirène est assourdissant. Cela me donne envie de m'enfuir. Je retrouve alors, sans que je sache comment, l'usage de mon corps. Je me mets à bouger sur la civière à laquelle je suis pourtant fermement attachée. Je tente de me débattre. Un infirmier s'en aperçoit en disant: «Oh! Shit!» Je vois aussitôt surgir une grande aiguille avec laquelle on va me piquer. Je prie pour que l'on m'envoie dans le sang, une injection mortelle. J'espère de tout cœur que cet ambulancier est un bourreau en train de m'exécuter. Il a compris que j'étais coupable et il m'achève sans procès. Je vois en ce gros gars le fantôme du docteur Mengele, cette ordure surnommée Beppo. Oui, voici l'ange de la mort, celui qui décidait des sélections à Auschwitz et qui fit souffrir l'humanité. Je veux qu'il me torture moi aussi, et je regarderai dans ses yeux ma destruction. Il aura peur. L'aiguille déchire et pénètre ma chair. Cela m'excite. Je suis enfin comblée de joie.

Je me réveille souvent. À l'hôpital de Bay City où je reste quelque temps. Et puis à la clinique pour les malades et les fous à Détroit où je ferai un séjour de plusieurs mois. Jusqu'à la fin septembre, dès que j'ouvre les yeux, je tente de me débattre, de m'enfuir, de me lancer par la fenêtre qu'on a scellée hermétiquement. Dès que je redeviens consciente, je maudis le ciel d'être vivante et je veux remédier à la chose en tentant de me supprimer le plus rapidement possible. Je mène alors une lutte acharnée contre les tubes qui creusent mon corps, l'entravent. J'arrache tous les tuyaux qui me relient, me dit-on, à la vie. Je m'agite en tout sens. Très vite, une infirmière arrive pour m'enfoncer une longue aiguille dans le corps. À chaque injection, il me semble que je hurle de plaisir. Je sens que ce sera ma fin, que le liquide me foudroiera sur place. Et je finis toujours par me réveiller, accablée. Un jour, je sais que c'est l'automne. Jerry, mon patron au K-Mart, est à mes côtés. Les médicaments paralysent mes membres, mais Jerry me fredonne une chanson d'Alice Cooper, celle que je préférais : *Welcome to My Nightmare.* Jerry ne me parle pas. Il chante. Des larmes me montent aux yeux. Je me souviens tout à coup du K-Mart, de ma vie passée et du ciel mauve. J'aimais avant l'incendie, Alice Cooper, le vernis à ongles noir que je respirais voluptueusement et puis mes Benson & Hedges au menthol. J'aimais aussi rire avec Jerry et me disputer avec lui. En moi, mon passé se met à tourbillonner. Cela me brûle, me happe. Je vois quelques souvenirs heureux flamber dans ma conscience. Il m'est impossible d'accueillir celle que j'ai pu être. Je ne veux pas retourner à la vie. Je me rendors vite. Je sens que Jerry essuie mon visage bouleversé.

Un jour, j'ouvre les yeux et je n'ai plus envie de frapper les machines qui m'entourent. Les grandes aiguilles et les médicaments multicolores que l'on me force à ingérer font effet. Je vois que les murs autour de moi sont blancs et qu'une jeune fille très blonde hurle dans le lit à côté du mien. Par la fenêtre, j'aperçois un bout de ciel très bleu. Il fait beau et la lumière m'aveugle. Je

pousse quelques cris bestiaux qui se mêlent aux hurlements de la jeune fille à côté de moi. Une infirmière
surgit inquiète. Je lui fais signe que je veux du papier.
Elle ne prend pas vraiment garde à ma demande.
J'insiste. Elle reviendra plus tard accompagnée de la
docteure Marcie Warren qui m'a apporté de quoi écrire.
Pour les humains, je suis muette. Depuis le 5 juillet, je
n'arrive à articuler que des sons animaux. Dans ma tête,
des phrases se précipitent, se chevauchent, se culbutent,
mais ne forment pas sens. Mon cerveau est traversé par
des explosions pyrotechniques de mots. La machine du
langage s'emballe. Elle déchiquette ma raison et me
donne envie de tout stopper, de tout détruire en moi.
Malgré cela, je dois tenter d'écrire ma confession. Je
tiens à ma condamnation. Je mets quelque chose sur la
page. Je vois vite que je n'arrive pas à la cohérence. Je
me fatigue, me rendors vite. À côté de moi, une jeune
fille d'une quinzaine d'années hurle. Son âme cherche
la mort. Elle l'appelle et veut se suicider. L'accueil que
cette fille veut faire à sa propre fin m'apaise. Il me semble que cette voix est semblable à celle d'une sirène qui
veut séduire le néant et le forcer à lui obéir. Je suis sous
le charme. Je trouve le repos dans cette berceuse de la
mort. Maintenant, chaque fois que je me réveille, je
retourne à ma feuille et continue mon histoire. Quelque
chose se met en marche. Les mots ne dansent plus sur
la page. Ils se calment, soufflent un peu et ne courent
plus, perdus. Les voici qui s'enchaînent. Je les vois se

faire des signes, se lier d'amitié. Marcie passe souvent me voir. Elle regarde ce que je fais. Un matin, elle vient me chercher pour aller dans son bureau, à l'étage et lit ce que j'ai écrit à haute voix. Je m'accuse de tout et surtout de préméditation. Marcie ne dit rien. Elle se contente de faire vibrer mes mots dans l'air aseptisé de la clinique. Je retourne dans ma chambre. Pendant des jours, j'attends que la police vienne me prendre, me torturer pour de bon. Je continue à écrire. Toutes les semaines, Marcie me fait venir dans son bureau et se contente de lire ce que chaque jour j'écris. Tout y passe, mon enfance, celle de ma tante et de ma mère, le mauve obsédant du ciel de Bay City, mes cauchemars, mes grands-parents qui vivaient dans le cagibi et puis ma résolution, mon idée de génie : anéantir le passé. Détruire en moi et les miens toute trace de l'histoire.

Marcie commence petit à petit à me donner des nouvelles de la vie. J'apprends par elle que depuis que je suis à la clinique de Détroit, Jerry est venu souvent me voir. Bettie et Lyn m'ont rendu une ou deux visites. Elle me dit que mon copain David est passé avec sa mère mais qu'il m'a regardé de loin. Il est resté sur le pas de la porte et n'a pas voulu me voir dans cet état. Plus tard, durant l'été, sa mère est revenue une fois, sans son fils. Je ne me rappelle rien. L'été est parti en fumée. Il n'a pas existé. Je me souviens simplement de réveils brutaux, terribles et de cette envie folle de me jeter par la fenêtre. Cette pulsion de destruction que je sens encore parfois me dit que quelque chose a peut-être eu lieu.

La vie a recommencé avec la chanson d'Alice Cooper *Welcome to My Nightmare*, que Jerry a chantée quand il est venu me voir. Le refrain m'a secouée. Le monde m'est alors apparu. Marcie a décidé de me donner les journaux de Bay City qui relatent l'incendie dans la nuit du 4 au 5 juillet. Elle les a déposés sur ma petite table de nuit, sans rien dire. En première page, on parle de moi comme d'une miraculée, une ressuscitée. J'ai eu, puis-je lire, beaucoup de chance. Je suis revenue des morts, puisque les journaux du 5 juillet me comptaient pour morte et que ceux du 6 titraient : « *She's Alive!* » Je dois aussi lire dans les journaux de la fin juillet qu'après enquête, la police a conclu à un accident causé par le barbecue du jardin. Les expertises sont formelles. Marcie m'a même fait venir les rapports de toutes les instances concernées et un policier est venu me parler pour me convaincre que je n'étais absolument pas coupable. J'ai beau lui écrire sur une feuille blanche que tout est de ma faute, il ne semble pas me comprendre. Avec le temps, Marcie Warren m'explique que j'ai vécu un grand choc émotif. Ma culpabilité de survivante crée cette conviction intime de responsabilité et suscite en moi un besoin de punition. Je suis déclarée comme personne souffrant d'un syndrome post-traumatique. C'est ce que je retrouverai dans mon dossier. J'ai l'impression d'être abonnée à ce diagnostic. Je me sens impuissante.

La jeune fille à côté de moi continue à chanter sa berceuse. Elle revient parfois à elle et puis repart vers la mort, en se faisant méduse. Les infirmières veulent me changer de chambre. Mais je tiens à être auprès de cette toute jeune femme qui chante pour mourir, qui dans le corps à corps avec la mort ne cède pas. Un jour, alors qu'elle a pris un peu de mieux, elle se tourne vers moi et m'insulte. Elle me déteste. Malgré tout, je suis trop vivante pour elle. Parfois ses parents viennent la voir. Ils ne lui parlent pas, ne la réveillent pas. Ils la regardent tenter de s'en aller, de mourir, résignés. Je n'aime pas cette fille étendue là pas loin de moi qui appelle sa mort. Ce qu'elle est me reste étranger, mais j'admire en elle son courage, sa force à ne pas accepter l'espoir dont tous lui parlent. Devant la vie, elle n'abdique pas et son hurlement devient de plus en plus un chant guerrier.

Jerry, lui, continue à me rendre visite. Il m'apporte toujours de petits cadeaux, des fleurs, des fruits et du vernis à ongles pour que je puisse le respirer en cachette. Il me parle de David qui ne va pas très bien mais qui est incapable de venir. Il le croise au K-Mart. Bientôt, il partira à Boston. Jerry me met *Refrigerator Heaven* du disque *Easy Action* d'Alice Cooper qui date de 1970. Il a enregistré la chanson sur une cassette et la fait jouer dans un petit appareil qu'il a trimballé pour moi. Nous allons dans la salle-parloir. Et je me mets à chanter avec Jerry : « *Beautiful flyaway / Somewhere like Holy Days / Wonder what brought me back to earth* ». J'ai toujours adoré cette chanson. Elle a toujours dit le dégoût d'être au monde. L'entendre dans la clinique de Détroit, au milieu de toutes ces âmes qui cherchent désespérément à se convaincre de la beauté de la vie, me réchauffe l'âme. Je chante. C'est la première fois que des mots sont dans ma bouche depuis le 5 juillet. Mes lèvres, ma langue ont l'impression de mâcher une substance pâteuse, un peu gluante. Je sens que je m'empoisonne avec les mots que j'articule, que j'avale un corps contaminé qui va pourrir en moi. Mais mon visage retrouve vite les mouvements qu'il doit faire pour émettre du sens. La mastication des sons revient très vite, même si j'ai l'impression que les paroles se décomposent dans ma cavité buccale. Ce jour-là, Alice me redonne une langue et Jerry me serre dans ses bras.

Très vite, les choses se précipitent. La jeune fille à mes côtés perd de plus en plus la tête. Une nuit, elle hurle violemment, elle lutte de toutes ses forces contre la vie qui est en train de se faire tentaculaire. Les infirmières viennent vite chercher Lisa. Il faut préserver les autres patients et ne pas leur montrer le spectacle de cette passion obscène pour la mort.

Aussitôt après le départ de Lisa qui est placée dans une autre unité, je me décide à quitter la clinique. Je veux fuir le Michigan et me promener sur les routes de l'Amérique. Il me faut errer et voir si la mort voudra bien de moi. Marcie me laisserait partir si je ne m'entêtais pas à dire que je suis responsable de l'incendie. Je finis par apprendre à mentir. J'apprends l'histoire qui convient au monde des vivants. Les morts ne me le pardonneront pas, mais cela m'est égal. Je leur en veux de ne pas vouloir de moi. Je ne chercherai plus à mourir. Pas tout de suite. Je me soumets à la vie et à la douleur libératrice de continuer mon chemin, seule.

Je quitte l'hôpital le 22 novembre 1979. C'est l'anniversaire de la mort de John F. Kennedy. Ma tante avait l'habitude de commémorer cette triste date. Je retourne à Bay City et je vais passer quelque temps chez Jerry, à fumer des joints ou des Benson & Hedges et à écouter de la musique. Je dois régler des questions d'héritage chez le notaire, puisque j'ai reçu quelques sous des assurances de mon oncle. Je ne reprends contact avec personne, ne vois aucun de mes amis. J'apprends que ce qu'on pense être les cendres de ma famille a été mis avec le corps pourri de cette salope d'Angie. Je décide de faire graver sur la pierre tombale le nom de tous les miens. Un artiste du coin me fait le travail. Il met Babette, Gustavo, Victor, Denise et Angelo à côté du nom d'Angie. Et puis, je demande aussi que l'on ajoute les noms de Bonecca, d'Amy Duchesnay, d'Elsa Rozenweig et de Georges Rosenberg. Je ne dis pas au tailleur de pierres qu'il s'agit là du nom de la chienne, du mien et des patronymes de mes grands-parents morts à Auschwitz pendant la Deuxième Guerre mondiale. Cet homme sait qu'une famille a péri. Il n'a pas tenu le compte. Un de plus, un de moins, cela n'a guère d'importance.

Le premier janvier 1980, je dis au revoir à Jerry. Nous avons passé Noël ensemble, heureux. Mais maintenant, je dois partir. Il fait très froid. Je prends la route du Sud. Je serai autostoppeuse. On ne va pas me laisser crever sur les routes par un temps pareil. Je veux essayer de trouver un sens à ma vie sur le chemin. Le matin de mon départ, je passe au cimetière Saint-Patrick. Il y a tous nos noms sur la tombe commune. Je caresse longtemps la pierre grise, éternelle, recouverte de neige, sur laquelle le soleil de janvier darde. J'ai donné une sépulture à tout le monde. Il ne me reste plus qu'à partir.

Amy Duchesnay n'est plus. Elle est morte et enterrée. Sous le ciel mauve, toxique, de Bay City.

Depuis quelques jours, Heaven ne vient plus dormir avec moi. Comme Wayland est parti rendre visite à sa famille en Arizona, je ne peux penser que c'est le besoin légitime d'intimité avec son amant qui empêche ma fille de venir, dans l'obscurité, à pas de loups, se blottir contre mon corps maigre. Heaven et moi accueillons le jour imbriquées l'une dans l'autre, nos bras enlaçant le torse de la mère, de la fille. Heaven a passé presque toutes les nuits de sa vie avec moi. Et quand il m'arrivait, au début de ma carrière de pilote, de devoir dormir loin d'elle, Heaven ne pouvait pas toujours trouver le sommeil. Elle refusait d'aller se coucher. Sa nounou n'arrivait pas à calmer son besoin de moi. Souvent, le matin, à mon retour, je la retrouvais épuisée, allongée sur le sofa du salon, devant la télévision muette qui l'avait accompagnée toute la nuit de sa lumière blafarde, légèrement bleutée. J'ai vite opté pour des vols courts, des voyages éclair, une carrière sans éclat pour habiter la nuit de mon enfant chérie. Les cauchemars de ma jeunesse m'ont fait comprendre l'horreur insondable de ce monde quand le ciel vire au noir. J'ai tout fait pour que Heaven ne subisse pas cet avalement nocturne, sauvage qui broie l'enfance, la déchiquette. Contre mon corps-bouclier, ma petite a pu se reposer et moi, souvent, alors que j'étais collée contre sa peau fraîche, j'ai pu oublier la brutalité du matin qui reviendrait, terroriste. Dans l'odeur de vanille, d'orange et de confiture au chocolat ou encore dans les plis de la chair ronde des poignets de ma fille, je me suis surprise à me réconcilier pour quelques instants avec l'existence et ses cieux livides, dépouillés. Je me suis donnée à mon enfant. Je suis devenue son garde du corps. J'ai mené des combats sanglants contre les furies du passé. Autour de ma fille, j'ai construit un rempart contre l'histoire, j'ai creusé des fossés gigantesques pour que les mauvais rêves, les cauchemars grimaçants, les souvenirs-croquemitaines ne puissent jamais passer. J'ai fait exploser toutes les gargouilles monstrueuses du temps. Sous le ciel de Rio Rancho, Heaven et moi avons pris possession de cette terre aride de l'Amérique. J'ai cultivé un petit jardin, élevé des chiens, nourri des poules et un gros cochon vietnamien sur lequel Heaven montait enfant. L'apocalypse n'a pas eu lieu ou je l'ai simplement oubliée. Ma fille a travaillé à un monde meilleur. Nous avons appris à apaiser les esprits des Indiens d'Amérique qui hurlent parfois dans le vent du désert. Ils se lamentent. Nous savons les entendre, les honorer. Dans les luttes que

Heaven et Wayland mènent, il y a ce désir de rendre un jour la terre américaine à ceux qui l'ont aimée. Ces enfants veulent réparer l'avenir déjà tout troué, en pièces. Ils s'acharnent à ravauder le futur. Et Heaven saura recoudre les déchirures du ciel.

Depuis quelques jours, ma fille rentre tard de l'Institut de météorites où elle étudie. Au lieu de venir, comme elle en a l'habitude, me rejoindre dans mon lit, après avoir passé un peu de temps à se détendre, à lire ou à regarder la télévision, elle reste apparemment dormir dans le petit appartement indépendant que nous avons fait aménager dans le sous-sol de notre maison de Rio Rancho. Nous nous retrouvons pour le petit-déjeuner qu'elle vient partager avec moi, dans la cuisine orange, gorgée du soleil pulpeux du matin. Nous parlons de choses et d'autres, mais n'avons pas osé ou voulu évoquer nos solitudes de l'ombre. Nous taisons la séparation de nos corps dans la nuit marine du Nouveau-Mexique. J'ai pensé avec tristesse et soulagement que Heaven avait décidé de se détacher de moi. Elle ne tenait plus à être accompagnée par ma chair dans son périple à travers le sommeil et les rêves. Ma fille a dépassé les vingt ans. Elle a sûrement épuisé le lien qui la tenait arrimée à sa mère. Moi-même, il me semble que mon désir d'aller me perdre à jamais sur la route qui conduit de New Delhi à Varanasi, détruira enfin tout ce qui peut rester de l'Europe en moi et en ma fille. Heaven, je le sens, a besoin de m'oublier. Je dois m'effacer de l'histoire et surtout ne pas, par ma présence, rappeler à mon enfant que quelque chose comme la Deuxième Guerre mondiale a pu avoir lieu. Le ciel pour elle parlera la joie. Heaven se défait de moi, comme l'on doit se séparer d'une amarre qui entrave la liberté. Et moi, je dois l'aider à trancher ce nœud solide qui la ligature.

Lorsqu'elle était enfant ou encore adolescente, Heaven était toujours fière de moi. Je lui avais conseillé de ne pas claironner sur tous les toits qu'elle passait ses nuits dans le lit maternel. Mais quand ses amies venaient à la maison, Heaven les prévenait toujours qu'au milieu de la nuit, elle viendrait me rejoindre, qu'il était libre à elles d'en faire autant si elles le désiraient. Wayland a appris à vivre en partageant sa copine avec moi et a même accepté de passer des morceaux de ses nuits, à l'autre bout de mon lit, dans mes draps mauves. J'aime ce garçon qui arrive à protéger Heaven des ténèbres du temps. Un jour, il m'a avoué qu'il a appris à serrer ma fille dans ses bras, en m'épiant au petit matin. J'ai eu longtemps très peur que Heaven ne puisse jamais trouver quelqu'un qui remplacerait sa mère, qui l'enveloppe-rait d'amour. Finalement elle est très vite tombée sur Wayland et j'ai appris à avoir une confiance folle dans le destin de ma fille. Heaven a toujours su fréquenter des gens tendres, marginaux, extraordinaires. Autour d'elle se sont regroupés les bons et les justes de ce monde. Il faut croire que Heaven est née sous une bonne étoile. Les cieux lui ont toujours été cléments.

Depuis quelques jours, vers onze heures du soir, couchée dans mon lit, je peux entendre Heaven ouvrir la porte de la maison et s'engouffrer directement dans le sous-sol par l'escalier qui donne dans la cuisine. La première nuit où Heaven n'est pas venue s'allonger contre moi, mon corps l'a attendue. Je me suis réveillée toutes les demi-heures, en manque, les membres glacés, avides. Au petit matin, j'ai dû abandonner l'idée qu'elle serait là bientôt. Je me suis levée seule, perdue, très tard. Je ne pouvais me convaincre qu'un travail scolaire avait contraint ma fille à passer une nuit blanche dans son petit bureau attenant à sa chambre. Je sais très bien qu'en ce moment Heaven n'a pas d'examen à passer, ni trop de recherche à accomplir. J'ai compris qu'il ne s'agissait pas là d'une passade. Je n'ai donc pas été étonnée de me réveiller un deuxième matin au milieu de mes draps et couvertures en contemplant l'inéluctable. Les nuits ont passé. Voilà six jours que nous faisons chambre à part, sans rien dire. Moi, dans ma pièce mauve et elle dans son sous-sol.

Je n'ai jamais aimé cette idée d'aménager le sous-sol et faire construire là un petit appartement pour que Heaven ait ses aises et puisse acquérir une certaine indépendance. J'aurais préféré qu'elle se prenne un logement pas loin ou encore qu'elle déserte la banlieue qu'est Rio Rancho, pour aller s'installer à Albuquerque. Le sous-sol pour moi devait rester un lieu vide, dans lequel je ne devais pas mettre les pieds. J'ai toujours détesté les caves, les lieux fermés qui sentent le remugle des années mortes. Mais Heaven a insisté. Petite, à mon grand dam, elle allait souvent se cacher « en bas » et me forçait à la chercher partout durant des heures d'effroi. Avec ses amies, plus tard, elle passait de grandes après-midi à bavarder là et puis plus tard, c'est dans ce sous-sol puant qu'elle a organisé ses premières fêtes d'adolescente. Le sous-sol a toujours été le royaume de Heaven. La lumière que dégage ma fille la met à l'abri de l'obscurité opaque, moisie des lieux souterrains. J'ai donc cédé. J'ai fait construire un vrai petit appartement sous la maison. Nous avons redessiné et agrandi quelques fenêtres pour que la clarté puisse se frayer un chemin dans le petit bureau et la chambre de Heaven. La cuisine et le salon sont encore bien sombres. Heaven y est très peu. Nous partageons les repas et la télévision. Ainsi elle ne peut guère souffrir du manque de lumière qui moi m'angoisserait. En bas, j'ai aussi fait isoler le plancher, bien que l'humidité ne soit pas du tout importante dans ce pays sec qu'est le Nouveau-Mexique. L'odeur de moisi que je sens et qui me donne la nausée dès que je descends l'escalier de la cuisine n'est imputable qu'aux relents de mon passé. Pour moi, en bas, tout sent le *basement* de la maison de tôle. Tous les visiteurs sont formels : le sous-sol ne dégage aucun parfum, si ce n'est la lavande que je dépose partout, dans tous les récipients de la maison. Je dois me faire à cette idée que Heaven est bien dans le sous-sol. Elle le préfère apparemment à ma chambre qu'elle a décidé de déserter.

C'est vendredi soir. Dans mon lit, je fais la lecture de Rutka Laskier dont on vient de publier le journal. Envoyée adolescente à Auschwitz, Rutka avait caché ses écrits dans le plancher d'un appartement avant de prendre un train de la mort. Une amie polonaise, catholique, a retrouvé les feuilles ainsi préservées. Elle n'a pourtant pas jugé bon de les montrer et de les faire lire à d'autres. On vient, après plus de soixante ans, de faire paraître les mots touchants de cette jeune fille qui sait quel destin l'attend, mais qui continue à vouloir vivre. La porte de la maison s'ouvre, se ferme. Heaven est rentrée. J'éteins la lumière. Je m'endors. Je vois Rutka rire avec les garçons dans les rues de Bedzin, puis je la vois docile, malade du choléra, entrer dans le crématoire, supplier en vain de mourir électrocutée sur les fils barbelés. Elle est arrachée à ce monde, elle disparaît. Rutka n'a pas crié. Elle avait peur, mais a préféré penser aux jeunes hommes que son corps désirait dans la terreur de la guerre.

Je me réveille en sueur. Je ne devrais pas me plonger dans de tels récits, mais depuis des années il m'est impossible de lire autre chose que l'horreur. Les histoires de la Seconde Guerre mondiale font partie de moi. Et bien que j'adore la littérature américaine si grande, si imposante, je continue à rouvrir mes plaies vives. J'essaie de me rendormir, en me tournant et retournant dans mes draps frais. Un grognement animal très distinct résonne dans ma chambre mauve. Je pense à quelque bête qui se sera réfugiée près de la maison, ou encore aux animaux nombreux que nous avons et qui peut-être souffrent. Mais en m'asseyant sur mon futon, je vois que mes chiennes sont au pied de mon lit et dorment sans prêter attention à ce qui me semble être une lamentation bestiale. Cela vient du sous-sol... J'en suis sûre et je descendrais à toute allure, si quelque chose ne m'empêchait pas de le faire. Je ne sens pas que Heaven est en danger et ce qui se passe en bas ne me regarde pas, après tout. C'est peut-être la télévision du sous-sol que Heaven n'allume jamais d'habitude qui fait ce bruit. Je n'ai pu remarquer cela avant puisque ma fille n'a presque jamais fait fonctionner son propre téléviseur. Le grognement se fait râle par moments. À quels étranges ébats sexuels se prête ma fille? Je me décide à aller voir, en espérant que Heaven ne s'en apercevra pas. Cela ne sera pas aisé. Les chiennes tiennent à me suivre et je ne peux hausser le ton pour les faire obéir. Je traverse la maison doucement, arrive dans la cuisine orange. La pleine lune dehors éclaire l'intérieur de la pièce. C'est un soir pour les loups-garous et ce grognement persistant me pousserait bien à croire en leur existence. J'ouvre la porte du sous-sol. Le bruit vient bien de là-dessous. Je commence à craindre qu'il ne soit arrivé quelque chose à ma fille. Néanmoins, une pudeur inexplicable m'empêche de crier pour demander à Heaven si tout va bien. Je descends à pas feutrés l'escalier de bois en l'empêchant de craquer sous mon poids pourtant bien léger. Les chiennes me dépassent vite. Elles vont en trombe dans la chambre de Heaven sans aboyer et disparaissent dans le noir. Je m'avance. Le grognement subsiste. C'est une plainte très triste, une agonie infinie à laquelle se mêlent maintenant, alors que je suis plus proche, des ronflements profonds. Heaven a peut-être invité des amis à passer la nuit. Je devrais remonter puisque tout a l'air normal. Les chiennes m'auraient prévenue s'il y avait un problème. Mais quelque chose me pousse irrésistiblement vers la chambre de ma fille. Il me faut savoir ce qui arrive et qui souffre ainsi, très doucement, parmi les ronflements indifférents d'un groupe de gens très endormis. La lumière de la lune me guide. Heaven semble avoir laissé ses rideaux grand ouverts. Je vois distinctement des formes allongées dans le lit de ma fille, et puis aussi sur le plancher. Un être par terre est responsable du grognement qui m'a conduite à cette indiscrétion. Je suis prête à remonter dans ma chambre et à laisser les chiennes que je devine étendues à côté de ces corps épuisés. Un rayon de lune vient frapper le visage qui se lamente. Je reconnais immédiatement mon grand-père Georges Rosenberg. À l'autre bout du lit, ma grand-mère ronfle. Heaven est couchée entre mes deux grands-parents et enlace le corps d'Elsa. Je cherche incrédule mon souffle et m'appuie contre les chambranles de la porte. Je scrute la chambre. Sur le sol sont étendus pêle-mêle ma tante Babette, mon oncle Gustavo, ma mère Denise, mon cousin Victor, mon petit frère Angelo, ma sœur Angie tout bébé et les trois chiennes de mon enfance, Josée, Cindy et Bonecca, que mes chiennes lèchent doucement. Les miens sont tous là autour du lit de ma fille, de mon Heaven. Je voudrais crier. Hurler de douleur. Ma fille chérie habite elle aussi l'histoire.

Le ciel mauve de Bay City a gagné la guerre.

Un long temps, je reste appuyée contre la porte. Je me décide enfin. J'enjambe les corps sans les réveiller. Je me couche à même le sol parmi les chiennes et les humains. J'enlace le petit corps d'Angie et me blottis contre ma mère. Tout est doux. Je ne mettrai pas de temps à m'endormir. La chaleur des miens me berce.

Nous cessons ici d'errer, inhumés dans la terre rouge d'un sous-sol du Nouveau-Mexique.

L'Amérique est notre sépulture. Le ciel, une belle ordure.

Achevé d'imprimer par l'imprimerie Gauvin
le douzième jour du mois de mai 2009
sur papier certifié FSC contenant
100 % de fibres post-consommation.

Sources Mixtes
Groupe de produits issu de forêts bien
gérées et de bois ou fibres recyclés.
www.fsc.org   Cert no. SGS-COC-2624
© 1996 Forest Stewardship Council